TAROT FEMALE DETECTIVE

Diva's disaster

塔罗女神探之名伶劫

暗地妖娆◎著

海豚出版社
CIPG DOLPHIN BOOKS

图书在版编目（CIP）数据

塔罗女神探之名伶劫 / 暗地妖娆著 . — 北京：海豚出版社，2017.4

ISBN 978-7-5110-3728-2

I. ① 塔… II. ① 暗… III. ① 长篇小说—中国—当代 IV. ① I247.5

中国版本图书馆 CIP 数据核字（2017）第 053974 号

书　　名：塔罗女神探之名伶劫
作　　者：暗地妖娆

总发行人：俞晓群

责任编辑：慕君黎　张运玲
封面设计：仙境设计
责任印制：蔡　丽
出　　版：海豚出版社
网　　址：http://www.dolphin-books.com.cn
地　　址：北京市百万庄大街 24 号
邮　　编：100037
电　　话：010-68997480（销售）
　　　　　010-68326332（编辑室）
印　　刷：环球东方（北京）印务有限公司
经　　销：新华书店及网络书店
开　　本：32 开（880 毫米 ×1230 毫米）
印　　张：9
字　　数：242 千字
版　　次：2017 年 4 月第 1 版　2017 年 4 月第 1 次印刷
标准书号：ISBN 978-7-5110-3728-2
定　　价：35.00 元

CONTENTS | 目录

"这座塔，意指落花有意，流水无情。
你在一个男人身上浪费的感情太多，积沙成塔，
最后却高处不胜寒，终究还是要从那里下来的。"
她一脸同情地将那张牌收回，道，
"该了断的时候，一切都必须了断，
哪怕有些事情，已经来不及了。"

过去牌，正位的星星，
说明是见财起意，终导致多宗血案的发生；
现状牌，逆位的皇帝与正位的力量，
可见你们是群龙无首，终导致某些人渔翁得利；
这张未来牌倒也颇有意思，竟是正位的世界……

"当然是大事！"
杜春晓翻开十字状交叠中底下的那张现状牌
——正位的隐者，
"你看这张牌，说明事情办得还不太妙，
该找到的东西都藏着，所以麻烦大了。"

楔　子

“又来了！又来一具死尸哩！”

杜春晓站在黄浦江边，手里捏着半只啃过的烧饼，嘴里的碎渣随口水喷出，沾满灰呢洋装领口。毛衣袖子上也是丝丝拉拉，断成几截的线头随风飞舞。几个老姑婆捂着嘴做惊恐状，讨饭的小赤佬穿着垫满报纸的破皮鞋在旁边又笑又跳，看似胆壮的男子亦畏畏缩缩躲在后头伸头张望。

“你猜里头哪几个是包打听？”杜春晓拿手捅捅夏冰的手臂，她的嘴唇被秋燥折磨得皮开肉绽，只好不断舔舐。

夏冰指了指离江边石墩最远的一个小矮子，干黄皮肤，鸭舌帽压得极低，将一双眼睛都遮起来了。他再指指杜春晓，食指都要戳到她额头上来了。杜春晓因追求洋气，特意在“红玫瑰”剪了个齐刘海儿的学生头，可惜疏于打理，发端已支棱八翘，原该变得年轻的一张脸反而倍显苍老。

杜春晓捉住他的食指，狠狠“呸”了一声，继续看江上漂过的尸体。

那些尸身都白澄澄的，在水面缓缓往下流浮动，双腿微微分开，长发披于两侧，水藻一般四散。因是背面朝上，只能看到两片青白的屁股蛋子，分不清男女。但杜春晓掏出一张女祭司牌，笑道：“都是短命的男鬼啊，连日来见那些‘鸟儿’也见得忒多了。”

夏冰当即红了脸，怒道：“你的意思是，你见多了‘鸟儿’，过了瘾了，所以也想我看看别的？”

“看别的什么？”她突然将充满烟味的嘴贴近他耳边，贼笑起来。

他没有回应，只是扶了一下眼镜，脖子已憋成熟虾色。不晓得为什么，自来到上海，杜春晓虽还是不修边幅的模样，却平添几分性感，这是他在青云镇不曾领略过的。她似是天生属于花花世界，再怎么无所谓，都能融入那个风景里，反而在那水乡小镇上显得突兀。他就是爱她这个欲求鲜明，又知足常乐的样子，一些阴暗的底子却藏得很深，如她手中的牌一般变幻难解。

二人来到上海的最初半个月里，唯一乐趣便是站在黄浦江边看死尸。因租的房子是在石库门弄堂里，房东成日怀疑他们不是正式夫妻，却苦于抓不到证据，只得看在钱的面子上租了。但还是嘱咐隔壁的李裁缝替她看着，仿佛已将他们定性为“狗男女”。所幸杜春晓并不在意，反倒隔三岔五去找那裁缝聊天，蹭报纸看，由此得知黄浦江上浮尸群起已成一道“壮丽”观景，这岂有错过之理？所以几次拉了夏冰去看。

十多天以来，江上漂过的浮尸已达五十七具，均是清晨七八点时由上流一路往下，赤身露体，正面或朝上或朝下，精瘦干瘪的肋骨根根竖起。秋风一打转，法国梧桐树叶便纷纷落地，给霞飞路上的露天咖啡座添麻烦。杜春晓每日将死神牌攥在手心里，夏冰手里捧着热饮，却迟迟忘了下口，只等杜春晓开牌。

“既然这里死尸成灾，不如你也做些私家侦探的生意。你看这张，正位的正义牌，可是要你行侠仗义。那逆位的皇后，可是说你将来与女人打交道打得多些，发红颜财，好得不得了！还有还有，未来牌竟是正位战车，可喜可贺啊，那黄浦江里的浮尸案，就待你这半路杀出的勇士来破了。”

杜春晓这一通信口开河，说得夏冰热血沸腾，当即便要去办理私家侦探的牌照。法租界规矩不多，却都是要用钱来打通的，何况洪帮势力庞大，要拉几个包打听都得看他们脸色，想到这一层，他不禁面露难色。

杜春晓自然清楚他的顾虑，忙笑道：“翻翻你裤袋里，那是什么？”

他一翻裤袋，竟掏出一沓钞票来，正欲追问，她却按住他道：“莫问来路，反正也不太见得光。”

夏冰听了，竟哑然失笑：“但凡你能坦白说来路不正的，必是永世都追查不出源头来的，我自然不问。只是关于那桩浮尸案，我若能破，那就成了上海滩惊天动地第一个奇人。咱们才来的这里，都还是最受排挤的外来人，哪里有本事做这样的……”

话音未落，她已将战车牌结结实实贴在他嘴唇上：“少废话，把证办出来，早些开张。还有那浮尸的事儿，若时机准，少不得落在你我头上，准备准备不会有错。”

夏冰只得吻住那张战车牌，再不说半句质疑的话。

杜春晓亦是满心期待，历代能找私家侦探办事的，多为富家太太查丈夫有无出花腔，抑或姨奶奶担心被弃，红舞女为早日攀上高枝欲摸清金主底细之流，怎能不与女子交道打得多？那可是实打实的摇钱树。至于说他们能破了浮尸案，便完全是她个人臆断了。只是看着那些尸首均是蓬头垢面，没一个修剪过头发，且十多天来，从未有家属来认过尸，唯一解释便是那些死人均是乞丐流浪汉，早断了六亲的。而这些人的生死素来被他人置之度外，巡捕房的人从不会放在心上，反倒是江湖来路的侦探，低调轻便，最宜接手。

“书呆子，我那荒唐书铺，可是要与你的侦探社并开的，要晓得装神弄鬼骗算命钱也是门生意！”

“这里哪有人晓得你会这鬼把戏？”夏冰满脸不屑。

“那大嘴巴的李裁缝晓得不就行了？”

杜春晓的鼻头皱成狮状，双眸明亮如星，一瞬间便成了毫不煞风景的自信“美人儿”。

第一章　颠倒的唐晖

“可牌告诉我，是唐先生一直用关小姐的钱啊。”
杜春晓扬了扬那张“女祭司”，
“你看，女人做主，女人承担未来，
只可惜明月沟渠，白费心思了。”

-1-

燕姐每呷一口茶，夏冰的头皮便一阵发凉，怕她随时会把碗盅子砸到墙上。这茶是杜春晓买来的，最次的茶叶，外加杯子一直被她拿来泡炼乳，洗得也不够干净，所以换了正常情况，他断不会拿出来待客。只这一次，人来得突然，且是侦探社开天辟地头一桩生意，所以一切都是仓促的。

杜春晓一直趴在旁边的长条皮革古董沙发上假装打瞌睡，两条腿高高架在扶手上，但眼睛却是半睁的，因这女客着实吸引住她了。燕姐穿玫红色洋装配同款紧身半裙，一双鲜红高跟鞋上镶满水晶，那水晶与胸前 簇天鹅形状的别针大小雷同；头上戴一顶黑底无檐帽，三根油亮亮的翎毛直冲云霄，浓亮卷发束得牢牢的；半弯刘海儿下一对细纹环绕的眼睛是带毒的，扫射之处无不遁形；因嘴唇边的皱褶已呈散射状，口红顺着纹路往外蔓延，所以喝茶都极不方便。

然而夏冰还是诚惶诚恐，燕姐毕竟让他开了张，且那买卖还做得不小，要他找一位绰号“小胡蝶”的红牌舞女。小胡蝶原名关淑梅，今年刚满十九，身材苗条，说话带苏北口音，但因是欢场老手，上海话也讲得颇灵光，一般人不太听得出来。照片摊在夏冰跟前，果然是红唇黛眉的灵秀女子，妆也不浓，两只酒窝深深凹陷，仿佛要把人摁进里头醉死。

“就是她，找着了，只告诉我们她在哪里便好。先付三百块定金，人找到了再付三百，侬看好哇？”燕姐眉宇间愁浪滚滚，付钱倒是挺爽气的。

“我看看照片。”杜春晓到底忍不住，忽地从沙发上坐起来，三两步走到夏冰的办公桌前，拿起了照片。

燕姐并不介意，径自从手袋里拿出香烟来抽，杜春晓借机要了一根，两个女人由此互望一眼，瞬间因共同喜好而互生好感。

“她是何时不见的？之前可有提过要回老家，或者结婚之类的事？可有情人？”夏冰尽量显得正式些，眼镜架子都配了最新款的，虽然戴上以后相貌也并没有变得好看一点。

“半个月前，突然有一天不来上班了。到她住所去找，也不见人，大衣橱里有些行头不见了，还有几双鞋没有了，像是临时有事出了远门。不过你也晓得，百乐门的姑娘不是说来就来，想走便走的，赚了钱翻脸不认人是不行的。再说了，几个老板点名要她，就算她不来，总要有个交代的咯？”燕姐一提到“交代”二字，吸烟力度亦不由加重。

“失踪前可有什么异常情况？比如为了男人，或者有露过要上岸的口风？”夏冰还是极认真地扶了一下眼镜，手里拿着小本子不停地在记录。

燕姐冷笑，拿眼角瞟他：“你哪里懂什么上岸？以为真是想上就能上的？这小贱人背了一身的债，她想逃，债主也不让她逃的呀。所以赶紧寻到她，告诉我在哪里便成，其他就不要问了。”

正说着，杜春晓已将簇新挺括的一副塔罗牌递到燕姐跟前，笑道：“咱们这里还附赠占卜算卦的业务，您要不要来一卦？免费。”

燕姐一见那牌，笑得更开了：“这东西我从前陪洋人玩过，倒有些准的。”

"要算什么？"

"这还用问？"燕姐复又斜着身子坐下，饶有兴趣地看着杜春晓。

还是二十二个"老朋友"，燕姐驾轻就熟洗过牌，推给杜春晓。杜春晓将牌分成三叠，再合拢起来，顺时针方向摆直、靠边，抽出四张，布菱形阵。

过去牌：逆位的力量。

"嗯，果然都是穷孩子出身，早晚要干见不得人……哦不，抛头露面的营生。"杜春晓刚刚说到这里，燕姐冲着那力量牌喷一口烟，接嘴道："哪里就见不得人啦？姑娘看着挺摩登的，脑筋还这么封建。"

杜春晓也不还嘴，实是话一出口便有些窘了，只得继续翻牌。

现状牌：正位的月亮，正位的恶魔。

杜春晓道："这个牌出现得巧了，说的都是一个'骗'字。月亮主阴，亮得很也虚得很，有些女人使诈的意思。恶魔牌更是凶多吉少啊！说明目前那位小胡蝶姑娘正遇险境，也许……"

"也许什么？"问的人却是夏冰，他已用手掌将面孔挤得如面包一般。

"也许并非自愿出走，而是被人强行带走也未可知。"

杜春晓揭开未来牌：正位的命运之轮。

"这位太太，帮你找这个人，价码得加倍。"

空气一时竟有些凝固，三人都不讲话，夏冰急出一头汗，怕生意就此飞了。杜春晓则是财迷心窍，一门心思打算晚上去对街的西餐馆吃生牛排。反倒是燕姐，看似在做一番决定。半晌后她点了头，打开皮包，又拿出一沓钞票，推到杜春晓手边。

"姑娘拿好，这事儿就拜托你了。"

意思明确，找人的事儿如今已成了杜春晓的任务。

燕姐起身，花露水的味道掺杂着万宝路香烟的辣味一阵阵扫过夏冰鼻尖。包得紧紧的屁股上下弹跳，可依稀辨出当年做"弹性女孩"时的风采。

“没想到你这乱说一气，倒还给咱们加菜儿了！”夏冰拍手大笑，把几卷钱并在一起。两人如今的日子的确艰难，只是谁都不曾拆穿，杜春晓时常每天只吃一顿，剩下的钱用来买烟。

“亏得她头一次委托这样的事儿，到底没经验，说话老露些关键的口风。”她笑嘻嘻地披上一件皱巴巴的风衣，准备和他出去打牙祭。

“是什么口风？”他当场便有些窘，却还是忍不住要问个明白。

她笑道：“你没听见她刚刚讲了‘行头’两个字？说小胡蝶家里也不见人，行头也少了几身。这行头可是夜总会里上班的时候才穿上身的，若是临时不声不响出个门，哪里用得上这么隆重的衣裳？必是选那轻便家常的带去才是。”

他点头附和：“话是没错。可万一这燕姐也是说谎呢？”

“只两种可能，一是说了谎，其实她晓得小胡蝶是自己跑了，只不知人跑去了哪里，只好找我们帮忙，说少了行头的事儿是现编的；二是她讲了真话，那么小胡蝶肯定遇了险，还有人为掩盖事实，将她的住处伪装了一番，却不料露了这样的破绽。”

“那你刚刚又怎么跟燕姐说小胡蝶是遭人绑架了呢？还讲得这么肯定。”

她大大咧咧地一笑，回道：“因为鞋子，她说鞋子少了几双，只有女人才会注意到鞋子，她若不是去鞋架上看过，是想不到的，现编也编得有些过细了。”

他当下无话，只得拉起她直奔西餐馆。

小胡蝶的住处也在弄堂里头，虽说秋高气爽，但头顶的晾衣竿纵横交错，一排排尿布、长衫、马褂、旗袍都湿搭搭展示出来，空气里都能闻到潮气。一进门，便见那些家具都是红木制的，只可惜上头铜锈密布，每个抽屉打开均是一股湿抹布味。那个放置所谓行头的衣橱一打开便霉气扑鼻，里头金红粉黛挤得满满当当。杜春晓往里捞了一圈，稀里哗啦掉下几串假珍珠，再转回去摸一把窗台，也是水淋淋的。夏冰忙把房东叫来，对方是一干瘪老头子，五十上下，佝偻着背，穿枣色短褂并散腿裤，手举一个细如酒杯的茶壶。听那房东讲，这位女房客没回家整有十五日，最后一次见着她时，她喝得醉醺醺，三更半夜把门敲得山响，说是钥匙丢掉了。他无法，只得起床给她开门，还顺带倒了次夜壶。

“是她一个人回来的？”夏冰捡起从衣橱落出来的一对珍珠耳链，若有所思。

“一个人。”房东说得斩钉截铁，“不过她敲门的时候，我有听到汽车开过的声音。你也晓得的，干她们这一行的总会有点那个事儿，也不是头一次了，我没在意。不过给关小姐开门的辰光，看到她是一个人，我还吃了一惊，心想怎么今朝出鬼哪，有生意还不做。结果第二日夜饭模样都没见她出来，往常这个辰光她会出来吃个夜饭的呀。”

杜春晓从窗口把脑袋缩回来，狠狠瞪了房东一眼，怒道：“夏冰，快塞给他几个洋钱，让他讲点真话！”

“哎哎哎！这位小姐怎么讲话的啊？侬哪里晓得我没讲真话？”房东将茶壶往胸前一靠，当即红了脖子。

夏冰忙塞给他五块钱，笑道：“这娘儿们是个痴子，莫理她，您再好好想想，那天究竟听到什么动静啦？”

房东撇了撇嘴，拎起茶壶，把钞票压在壶底，讪讪道：“好像那天……我没看真啊，不过似乎有个男人跟在她后头进去了，没看真，只恍惚看了一眼，没看真，真没看真！”

杜春晓忽地从窗台蹿回来，将一张被秋日晒得油光光的面孔逼近他：“那个男的长什么样儿？穿什么衣裳？”

“看不真，只是头上戴了帽子，他一张脸都埋在阴影里，所以——”

“我说这位爷，下回撒谎的辰光可不要讲听见汽车声，就这么条窄弄堂，纵有车子也是停在老远的街面上，你睡得不管糊不糊涂，都是听不见的。”

说毕，她便推着夏冰出去了，一到外边便抬起头，透过晾衣竿上排得浩浩荡荡的湿布重重喘了几下。

夏冰好奇，问她是怎么了，她皱着眉摊开手心，喃喃道：“你个呆子，这个活儿凶多吉少，接下来你一定要小心！”

手心里，是一枚刚刚落在地上的假珍珠耳坠。

一只灰雀从晾衣竿上蹬起，展翅高飞而去，在空中画出一道淡黑的弧影。

-2-

邢志刚早在两年前就打算把百乐门转给燕姐，他甚至想过一分不要，只是将他的毕生心血交予她，了一桩心愿。可她偏生不要，说邢老板身上贵气逼人，是聚财的，底下那帮姐妹才能安心跟着他混，把舞厅一转，财运也跟着转走，哪里使得。他紧紧搂住她，想把自己整个儿都摁进她身体里去，她却挣脱出来，将右手掌摊开，笑道：“看见没？我掌心薄，许多东西抓不住的。”他当下心里便有些疼了，将她抱得更死。

她就是这样，喜欢在他面前表现得无欲无求。到了这个年纪的女人，唯一能拴住男人的法宝就是“认命”，消极态度往往凸显往昔风华，更容易惹人联想。她的弱，是蕴藏了强的，所以比她小十岁的邢志刚才会这样宠她，顺她。尽管她晓得他和其他几个红牌私下都多少有些瓜葛，然而她也不大会动气，抑或讲假装不动气，因知动气也没有用，叱咤十里洋场的不是美人便是男人，这是定理，她早已到了输不起的阶段了。

关淑梅……

这名字一经脑中跃出，燕姐便心慌得很，那对甜丝丝的丹凤眼，那对深如幽冥的酒窝，都是她的噩梦。邢志刚曾讲过，这样的女人留在百乐门，终究是个祸害，要清便及早清了。可她无论如何都开不了这个口，因还指着她招揽贵客。她像是天生做这一行的，从舞姿到点雪茄的仪态，都顾盼生辉，嗲腔嗲调，于是认了许多“干爹”，这些“干爹”就是百乐门的饭碗，所以她咬牙切齿地保住了她。

“侬就是小女人肚肠，百乐门来来去去多少小姐了？哪个红牌走了这里就坍了？再找好的来嘛！”

邢志刚时常这般嘴硬，她却不理。一来小胡蝶的“干爹”里有洪帮二当家秦亚哲，是惹不起的主儿；再者小胡蝶虽骄纵，倒也不是背地里耍阴谋的主，比几个笑里藏刀的二流货色要实诚得多。只可惜脾气太火爆，三天两头闹出事体来，有一次把时常跟她比风头的红牌小姐米露露腮帮子给抓破了，还死不肯认错。气得邢志刚当场便要请她“滚蛋”，被燕姐硬着头皮拦下。

小胡蝶当时眼睛喷火，恨不能咬断邢老板的喉咙，她颤声道：“叫我滚蛋？亏侬讲得出口！侬就没记着我一点好儿？”

说得邢老板面色发白，原本尖细的面孔愈发拉得长了，怒回：“侬给我什么好处，我心里能不记得？！只是这些好处也是我用本钱砸出来的，侬要敢讲我邢志刚欠你的，今儿把你身上所有行头留下，再斩下一只手一只脚给我，也算净身出门了！”

一席话，讲得小胡蝶没有落场，只得边掩着脸号啕边被人拖出去了。事后燕姐要劝邢志刚，被他止住，道：“我晓得刚刚都是气头上的话，不过小胡蝶这个女人我不喜欢，你一定要想办法把她弄出去，否则百乐门今后都不要有安生日子过了。”

“侬跟我装傻？侬又不是不晓得她跟秦爷的关系！再说她只是脾气差了些，心眼儿还是干净的，没那么多弯子。”

“你懂什么？正因为她跟秦亚哲有那一层，且肚里还没那么多弯子，才会不安生！早走早少个祸害！”邢志刚一针见血，将燕姐打醒。

孰料次日，小胡蝶竟没来上班。燕姐起初当是她昨儿“战斗”负伤，在家养几天也是情有可原，便没追究，还差人送了一篮水果去。水果当天却被退回来了，说是敲不开门。第二晚小胡蝶仍不见踪影，邢志刚铁青着脸把燕姐叫到办公室，她进门便瞅见靠大座钟旁那只保险柜大开着，里头只散落了几张纸币。

“猜猜，谁干的？”邢志刚看到她一脸错愕，竟转怒为笑。

她没有回答，只默默坐到沙发上，点了一支烟，手指不停发抖，半晌才抬头问道：“那个东西……也不见了？”

他点点头，点燃的雪茄摆在硕大的水晶烟灰缸上，因拉着百叶窗，屋里阴云密布，将他的侧脸曲线勾描得异常漂亮。有些男人，天生有阴郁之美，叫女人万劫不复。

她别过头去，努力不看他，怕看得多了，徒生情欲，只好低声道：“我会找到她的！”

砰！

她耳边掠过一丝凛冽寒风，随即听见有什么东西爆裂了，那只造型优雅的烟灰缸在墙上碎花四溅，亮晶晶的落满她的肩膀和膝盖。

“那就辛苦侬了。”

邢志刚笑容温婉得好似从未发过怒，让她恍惚以为那只烟灰缸是自己无故飞来，然后撞成齑粉的。

唐晖已累得直不起腰来，那些“蓬拆小姐”虽然个个玲珑娇俏，联合起来却也是一股“洪流”，把他这样的七尺男儿冲撞得找不着北。自“七七事变”之后，日本人在上海的气势越来越嚣张，学生示威抗议之风亦愈演愈烈，连各租界夜总会的舞女都纷纷打着“爱国”的旗号参与其中，白日振臂高呼，夜晚继续在莺歌燕舞里讨生活。自然的，那些巡警也不是真心要阻拦，便任由队伍前进，只等着大车子过来后随便抓几个回去交差。但在此之前，几个租界都挤满了风尘女和学生，那些破洞丝袜与梦巴黎香水的气味儿直扑脑门，他被缠绕在她们中间，旗袍与羊毛外套的摩擦音嗞嗞作响。

相机在他手里已有些吃重，再怎么努力都举不到眼前，只得半蹲着，让无数乳房大腿从镜头前晃过。他突然感到窒息，见前边一枚浑圆的胸部正在逼近，却不懂让道，竟直挺挺向相机压上去。眩晕的不只是脑袋，还有脚底……所以当他的额头顶住那团软绵绵的东西时，还闻到古怪的烟草味儿。

黄慧如牌香烟？竟还有人抽这个牌子！

他模糊想着，眼睛已睁不开。醒来时，人躺在路边的公寓楼底下，一脸湿漉漉的自来水。阳光温柔地刺扎眼球，他只得又闭上，面颊却挨了重重一记耳光。

“喂！吃完豆腐也要给钱的！”

声音又哑又刺，激得他不由得撑开眼皮，眼前阳光已被抹干净了，只一团黑漆漆的东西，边缘还带一圈亮线，仔细看才认出，是自己的相机被一个面容灰颓的女人捧在手里。他瞬间变得有些窘迫，挣扎起身，翻摸西装口袋里的皮夹子，所幸还在，便从里头抽出一张纸钞递过去，想拿回相机。

“太少。”

她瞄了一眼钞票，竟没有接，只顾埋头摆弄相机，拿镜头四处对焦。唐晖这才发现，她既不美也不妖，与那些舞女不是一个气质的。虽然为了突出“贫寒”，游行舞女们大多素颜上阵，然而骨子里的风尘与甜美还是在的。哪里像眼前这位敲竹杠的，灰头土脸，举止都是硬邦邦的，与洋装领子上的菜汤汁一样叫人难受。只是胸脯出奇挺拔，与她毛里毛糙的短发相映成趣。

“你要多少？”

唐晖当下有些动气，心想本是为“爱国运动”来助威的，倒讹起钱来了，怪道被人看不起！正欲骂上几句，却被那不知好歹的女人摁住。

“教姐姐我白相（吴语词汇，玩耍的意思）这个，就不怪你吃我豆腐了，好伐？”

一口生硬的上海话从她嘴里说出来，倒也不怎么难听。只是唐晖心疼那相机，怕被她搞坏，只得点头道：“把它还我，我就教你怎么白相。”

那姑娘倒也爽气，将相机往他怀里一塞，两人同时站起，唐晖比她高出整一个头。因他原本便高，被无数亲戚姑婆赞过“玉树临风”。只是俊朗外皮对他这个做记者的来讲，是毫无用处的，跑新闻的最好是长相低调、不惹人注目的，才能“拍人于无形”。自己人高马大，最易遭人防备。

谁知姑娘竟笑了，点住那相机道：“你得留个地址给我，我刚刚拍了张照片，改天得到你这里来取，把它冲印出来的。”

“不是说你不会白相？”

“会一点。”姑娘伸手跟他要地址，唐晖只得将《申报》报馆的地址写在采访簿上，撕下那页纸给她。

“这位小姐尊姓大名？”

“免贵姓杜，杜春晓。”

-3-

唐晖对杜春晓的拍摄技术实在不敢恭维，然而却被那张洗出来的照片勾起兴趣。里头的女子面目模糊，穿着一身月牙袖过膝旗袍，裙底印了荷花图案，因做出奔跑的姿势，一条曲线纤长的小腿伸在外头，依稀可辨头发亦是精心修整过的，吹得起伏有致的中短发在风里飞扬。后头一条大横幅，隐约写着“打倒日本侵略者”“反抗就是力量”之类的字眼，想是游行队伍正大举压进。独这名女子走在队伍前头，却像在逃跑。

事实上，唐晖那次因中途晕厥过去，未拍到太有价值的东西，只得拿了几张淡货去交差。所幸他文笔风流，写出的报道倒也细腻深刻，甚至提及了国内反日呼声背后一些极为蹊跷的现象，诸如东洋间谍在其中的作用，呼吁提防混在中国人中间的某些日本军部派来的“细作”，甚至将矛头直指有满族皇室血统的“魔女”川岛芳子，文章果然是笔笔到肉，犀利见骨。

杜春晓便是拿着登有唐晖报道的《申报》来寻他的。当时他正用咖啡吊精神，见到她便放下杯子，把照片递过去了。她拿出牛皮袋里的照片看了一眼，嘴角不由莞尔：“嗯，总算有了些希望。”

“照片里的人是谁？”唐晖到底忍不住要问，亦是职业病。

她刚要启口，却从怀里掉出一张长方形的纸片来。他帮她捡起，上头一个形容枯槁的男子被单脚吊起，头发垂顺及地，周边围一圈残萎的玫瑰藤，是非常诡异的图案。

“哎呀！倒吊男！”她抢过那牌，惊呼，“这位俊哥儿小心了，几天之内必有灾祸上身。若想避灾，明天抽空到石库门弄堂子，找一个姓李的裁缝。他隔壁那个小门厅，进门能看见种了石榴花的，就是我家。到时我替你解解这个劫。”

这个话倘若从别的女人嘴里讲出来，唐晖必定当是自己“花容月貌”又惹来桃花缤纷，然而杜春晓这一说，倒让他无端地有些认真起来。尤其是她临走前还特别交代了一句：“想要命，就早些来。”

因其身上烟熏火燎，气味扑鼻，一闻便知是不重情欲的随性女人，唐晖当即笑回：“若我过来，你能告诉我照片里的女人是谁吗？”

她板下脸，嗔道：“你识不识相啊？救你命呢，还跟老娘讨价还价？！”

“老娘”两字蹦出口，令唐晖愈发有了兴趣，看来石库门是无论如何要走一趟了！

夏冰与唐晖面对面坐着，都很紧张。因唐晖人高马大，一进门便挡住阳光，不似记者，倒像打手闯入；而唐晖见夏冰一派细瘦谦和，当下便有些猜不透他与杜春晓的关系。亲弟？表弟？抑或哪里雇来的包打听？直到杜春晓蓬着头从里屋走出来，光脚趿着布拖鞋，手里夹了半支烟，将一件皱巴巴的湖绸睡衣递给夏冰，唐晖才惊讶于这二人的情侣身份。

“来得够早呀！”杜春晓坐在旧沙发上，将烟头摁灭在茶几腿上。一副塔罗牌，已整整齐齐放在案头，像个精美陷阱，只等猎物上门。

然而她没有给唐晖算命，却是摆了两张照片在他跟前，说道：“她们是同一个女人，百乐门的小胡蝶，自古红颜薄命，所以她现在……不见了。”

唐晖将两张照片放在一起对比，一张像是直接从舞厅门口撕下来的红牌舞女大头像，另一张便是他帮杜春晓洗出来的街头游行照片。里头面目不清的女子还是一副奔跑姿态，细看之下，觉得含糊的五官已扭曲成仓皇的神色。

“唐先生对这个美人儿可有什么印象？”杜春晓慢吞吞地啜了一口冷掉的咖啡。

“没见过，这样的美人，我见过就一定有印象。”唐晖摇摇头，将照片推回去。

杜春晓又喝了一大口咖啡，甜苦气直冲喉管：“怪不得我姆妈讲，上海男人不但小家子气，还特别不老实，原是真的！”

他没有回应，却对夏冰笑了一笑。

“话说，她给你暖被窝也不是一回两回的事儿了，怎么就只当不认得呢？虽说用你那台相机拍的照片糊了，可另一张却是清晰的呀。啧啧啧，怪道人家说长相好的男人薄情。”杜春晓不依不饶，当场拆穿唐晖的“西洋镜”。

唐晖只得抓抓头皮，笑道：“我跟淑梅的事儿是老早以前的，哪里晓得她如今失踪了，想是回老家了吧。”

杜春晓刚要接话，却被夏冰抢下：“真是奇了，你跟百乐门的大班倒也口径一致。”

他当下掩掉了“正是燕姐把你出卖给我们”那一句，只等看唐晖如何应付。

唐晖苦笑一下，从茶几上的一沓塔罗里抽了一张，丢在桌面上——女祭司。

关淑梅那张巴掌大的面孔仿佛正向他逼将过来。

“你莫要动。”

她总是按住他的胸口，骑着他，用唇瓣轻咬他的耳垂，两只桃子一般圆熟的乳房上下摆动，仿佛随时会流出蜜汁。他当初便是因为浸泡在她的蜜汁里，才会变甜变酥，理智被全盘推翻。那时他几乎没有一日不宿在她的住处，每天深夜两点到百乐门门口接她下班，夜再冰凉如水，都浇不熄热情。有一次碰上邢志刚的车子缓缓从身边经过，车窗里那张绷紧的面孔转向他，眼神如蛇芯子舔舐神经，令他无端战栗。

“不要再打她的主意，她不是你要得起的。”

邢志刚一句话，将他牢牢锁住，欲望竟奇迹般地被对方嘴里吐出的每一个字击碎。只是出于男人的尊严，他没有退缩，反而要她要得更勤，直到对方心满意足地讨饶才肯放过。即便如此，他和她心里都清楚得很，这种“露水情缘”到底不会长久，还未等到邢志刚正式找人过来警告，他便主动撤退了。

当然，更重要的是，他在这个辰光认得了上官珏儿——那能轻易要男人性命的上官珏儿。

咚咚！

杜春晓终于不耐烦起来，敲了敲桌面道："那唐先生可记得关小姐交往过其他什么人？你最末一次见她是何时，在何地？"

"半年前我与她分手，之后只一起喝过一次茶，便再也没见过。你也晓得，我一个穷记者，实在养不起这样的女人。"

"可牌告诉我，是唐先生一直用关小姐的钱啊。"杜春晓扬了扬那张"女祭司"，"你看，女人做主，女人承担未来，只可惜明月沟渠，白费心思了。"

唐晖这才面色紧张了起来，似有一把剪刀将他的心尖铰下了一块，那种痛由内而外缓缓蔓延，起初不觉得，下意识地摸一下，才发现满手鲜血。他晓得，这份情，大抵是永远都在的。

杜春晓送唐晖出门，走出石库门的辰光，嘴里的牙签还叼着，短褂领口的纽扣也松着。唐晖觉得她稀奇，便多看了几眼，她笑道："你心里又有人了？"

"是。"他不否认，这份坦诚令他双眸如星，气势逼人，杜春晓不由得有些喜欢上他的多情。有些男子，爱一百次都视作"真心"，不像另一些，永远拿女人当游戏里的棋子。

"我知道为什么那么多女人喜欢你了。"她莞尔。

"我自己也知道。"

他毫不掩饰，孩子气地仰起头，阳光落在他额上，眉毛都镀了一层金，暴露出他迷人的稚气。她这样看他的侧影，极想认真为他占一占牌，拿些真本事出来。可唐晖的未来，如他的过去一般深不可测，她于是对他的秘密有了浓厚兴趣。

"从明朝开始，不惜一切代价跟踪唐晖，没必要再做其他多余的事儿。"

杜春晓对夏冰下了一道死命令，只是所谓"多余的事儿"，已决定由她自己去做。

-4-

米露露吐得死去活来，像吞了一条活章鱼，将五脏六腑都搅烂了。不知为什么，当晚的兑水威士忌竟也压不住了，将她烧得面红耳热，大抵是“小日脚”来了，半瓶便被打倒，亦算破了记录。她少不得想念起小胡蝶来，她酒量差到极限，于是练就了一套超凡的“推酒功”，竟屡战不败。她们两个还要好的时候，小胡蝶亦曾承诺要教她，结果来不及兑现便已拳脚相向，女人的友谊便是这么不牢靠的。

她一面吐，一面觉得胸口有什么东西在刺扎皮肤，以为是内衣上的钢丝圈，便抬手去整，却摸到一个硬硬的长方块，方记起是秦爷走前塞进里头的一沓钞票。她将它掏出来，用力吸了一口新鲜空气。一只手搭上她的左肩，唬得她寒毛竖起，回头去看，竟是燕姐。

“进去坐一歇，等下邢老板有话讲。”

“哦。”她胡乱应了一声便往里走，心里已有了七八分底，铁定是为了那小骚货的事体，要逼问到每个人头上来，尤其她的“仇家”，必定是不肯放过的。

一想到邢志刚，米露露心里便发慌。他对她这样的红牌，面上永远都是柔的，嘴角保持向上的弧度，仿佛那里便已兜着他的心肝了，但她晓得他的骨血仍是冷的。她刚从湖南过来上海的辰光，在百乐门卖雪茄，浑身上下都是土的，只是前凸后翘很惹眼，少不得要被客人捏几把。某日，邢志刚将她叫到办公室，只问她愿不愿做舞小姐，她迫不及待地点头。他笑了，说：“你只一样还未达标，要赶紧补起来。”

她起初还听不懂是哪一样未达标，直至邢志刚把保镖旭仔推到她跟前。旭仔是广东人，在那边一个赌场出老千被抓，原要砍下一只手的，亏得他头脑机灵，连夜躲在粪车里逃出，流落上海。旭仔不难看，只是一条肉疤从左额角蜿蜒至嘴唇右边，异常触目。除此之外，他依旧是个漂亮男子，身材短小精干，头发梳得整齐油滑，领带还用珍珠别针固定着，与其他几个浑身酒臭的大个头不一样。旭仔有些难为情，但似乎已做好准备，她头皮即刻发麻，晓得要承受什么事儿，于是急道："这个我自有打算！"

"什么打算？"邢志刚的巴西木烟斗里吐出的烟有一股浓香，缓和了绷紧的眼角。

"若我找到一个大客人，价钱会卖得更好一些——"

话音刚落，便结结实实吃了旭仔一掌。

"露露，你拎不清是伐？这里是舞厅，客人来跳舞白相的，不是妓院！我哪有闲工夫管你卖出什么价钱？我只要今后无论哪个男人摸你，你都不要皮肉紧绷就好啦！燕姐还要给你添行头，你晓得要花多少钱？赚不赚得回来还是问题，你就挑三拣四起来？你当旭仔没有女人，要做你这样的货色？"

一番话，把米露露的自信全盘击垮，她忍住不让眼泪落下，主动拉住旭仔的手走出去了。走到一个隐秘的包厢处，旭仔挣脱她的手，一脸尴尬地整了整领带，说道："米小姐放心，我不会把你怎样的。"

"你果然看不上我？"她气得浑身发抖，鼻尖憋得通红。

旭仔忙拉过她的手握住，他指尖温温软软，完全不似那些皮糙肉厚的练家子："你误会了，事实上，再怎么好的女人，都跟我旭仔没有缘分，邢先生刚刚是逗你呢。"

但米露露很快便晓得，邢志刚没有逗她，当晚百乐门打烊后，她被两个蒙面男子锁在更衣室内折磨了一夜。次日清晨，她在化妆间内找到一把利剪，要与他拼命，他却对她笑道："你果然跟普通女人没有两样，还跟我计较贞操这回事。"说罢，让燕姐领了她去试行头，里边有两副耳环，上面竟是货真价实的蓝宝石，据说是邢先生赏的，当下便把她的羞愤压下一半来。梳头试妆的辰光，燕姐在她耳边嘀咕了一句："其他几个小姐都是来去自由，邢先生从不过问，他独独点化了你，是认准了你有资本，可以做摇钱树的。”

邢志刚的能耐与城府，从此让米露露铭心刻骨。

可不巧的是，居然有一个女人比她先上位，那便是关淑梅。所以她恨她恨得要死，处处要压过对方，却又每次都略逊一筹。论面孔身段，她都要比关淑梅强一些，可这个小胡蝶笑起来风情万种，两只酒窝嫩嫩的，怎么都讨客人喜欢。

所以晓得小胡蝶不见了，她开心得梦里都笑醒，亦是旭仔提醒她：“不要太过嚣张，否则必定会有人疑到你头上来。”她明知后果，却还是抑制不住喜悦，心里一痛快，酒便喝多了，醉意也跟着来了。

但邢志刚一个眼神便把她从云里雾里拉回来了，那眼神里带了刀刃，仿佛要将她切开。她已意识到众人怎么看她，旭仔今朝的腰身也比平常略粗一些，是带了家伙的。

她只好坐下，从包里掏出一包烟，抽出一支来，旭仔忙上前替她点上。她重重吸了一口，仍觉寒气逼人，鸡皮疙瘩在裸臂上结结实实浮起一层。孰料邢志刚一点儿没有要严刑逼供的意思，只是关照她最好能留住小胡蝶从前的几位大客，她冷笑道：“像秦爷这样气派大的，哪里是我这种小人物留得住的？邢先生还是另寻托付比较好。”

邢志刚皱眉道：“他是不见得会喜欢你，难不成你自己就不能争点气？小胡蝶失踪了那么长时间，再拿她回老家做理由恐是搪塞不过去了，只能讲她不做了，去哪里不知道。只要稳得住秦爷，什么都好讲。”

“稳不住呢？”她搓了搓指甲盖，心鼓其实已敲得嘭嘭响。

“哎呀，你这是为难我们露露哪。”燕姐突然上来打圆场，“邢先生自己也是男人家，还不晓得男人是怎么回事儿？越得不到的越想要，容易得的纵是稀世珍宝也就放一边了。露露先前也不晓得讨好他多少回了，没一次有用的，他是认死了小胡蝶——”

“行。回头给秦爷送张帖，说我请他吃顿饭。”邢志刚长叹一声，像是放弃打米露露的主意，要亲自出马摆平这桩事。这般慎重的场面，倒让米露露心里犯了嘀咕，不过一个小姐跑了，客人何去何从随意便是，哪里还有舞厅老板摆一桌的道理？

不过，这个疑问，竟还是一个新来的“香烟妹”替她解开了。

这“香烟妹”每日来上班都是颓着一张脸，草草抹了些胭脂口红，老远便能闻到一股廉价香气，挨近了更是细看不得，唇膏时常染红了门牙，略咧嘴笑一笑便吓煞一桌客人。米露露跟燕姐投诉过许多次，都被驳回了，只说：“人家春晓也不容易，以后会熟络的。”

“香烟妹”似乎是不晓得自己诸多短处，也不在意几个小姐的白眼儿，只管没心没肺地往那些出手阔绰的客人跟前凑，幸亏长相平平，也摆不出勾引男人的媚态来，构不成威胁不说，反让米露露她们觉得丢了百乐门的颜面。有一回，秦爷玩得勉强还算尽兴，米露露也豁出去，竟上台唱了支《假惺惺》，下来后便看见燕姐被他叫过去，正讲得起劲，心里料定他是要带她出场，于是刻意摆出扭捏的姿态走过去。不想那唤作春晓的“香烟妹”却突然半路杀出，拿出一副古里古怪的纸牌，说是能算人凶吉。米露露当下气得几乎要吐血，欲将她赶开去，秦爷却按住她道：“真的什么都能算？”

“什么都能。”春晓唇上的口红已抹去大半，整张脸也跟着斑驳不堪。

“这里有位‘弹性女孩’，我很喜欢的，你晓得哇？”秦爷其实并非米露露喜欢的类型，身材过分高壮，浓眉大眼，面相颇凶，五官线条虽干净利落，却异常刚毅，且毛发旺盛，连耳孔里都滋生许多曲卷花白的体毛，叫她颇为抗拒。这样的男子，是会在女人堆里惹争议的，有一些看着他会目眩神迷，另一些却退避三舍，米露露不巧正是后一种。因此再怎么卖力演出，那份虚假终究还是逃不过他的眼，而小胡蝶似乎是真心爱他，所以才能赢过她去。

“我不晓得，可是我的牌却晓得呢。秦爷要试试看吗？”春晓脆生生答道。塔罗牌在两只手里翻来翻去，旁边几个舞小姐都僵着脸，只等米露露发作。可惜米露露碍于燕姐，也不好讲，只能硬着头皮坐下，笑道："这个倒蛮有趣的嘛，要么秦爷算算看？"

"没想到春晓还有这一手，今朝正好算一算看。"燕姐出人意料地坐到秦爷身边，轧了这个闹猛（凑热闹）。

"那你且算一算，我喜欢这里哪个小姐？"秦爷一把将米露露拉到膝盖上抱着，洗起牌来。

-5-

秦爷要算的头把牌，杜春晓自然尽在掌握。恰好翻出一张现状牌，是月亮，可解成"旧情人"，只是她偏偏添油加醋，讲小胡蝶是"满场飞"，没个定性，失踪也属正常。秦爷显然面上有些不高兴，她忙摊开未来牌，是逆位的命运之轮，方笑道："秦爷放心，您这位红颜知己的去向，您自己清楚得很，可是藏着掖着逗我们玩呢。"

"你这可是乱讲了，我若晓得小胡蝶在哪里，还天天来找？"秦爷面露错愕的神色，显然对杜春晓的说辞感到意外。

"秦爷现在不知，不出几日便会知了。上海滩有多少人是绕着您秦爷走路的，您都找得到，何况一个小胡蝶？"

秦爷怔怔看了她一歇，然后爆发几声大笑，将杯里的伏特加一饮而尽，道："你叫什么？胆子够大。"

"我？卖烟的。"杜春晓收拾好牌，站起，走路的辰光屁股一扭一扭的，像是知道背后有几双眼睛盯着。

动用秦爷的力量去找小胡蝶，比夏冰雇十个包打听都来得省力，这是她早已算计好的。

这些日子，夏冰其实也并不轻松，因唐晖是个跑新闻的，哪里都去，黄包车钱反正能报销。他却是不行，样样要自己来，每天的饭钱都贴进车资里去了，苦不堪言。尤其是杜春晓近期突发奇想，又花去大半存款，从旧货市场买了几个书架回来，重开荒唐书铺，将他活活愁死。因知这样的书铺必定无人光顾，无非到后来演变成她装神弄鬼的幌子，跟在青云镇那会子一样。

关于荒唐书铺的再次开张，杜春晓也是做足准备的，便是晚上外出游荡，白日里昏睡。李裁缝只得拿了一笼蟹黄小笼包过来拍门，直将她从床上敲起来为止。李裁缝之所以急着找到她，只因前一日过来裁衣的客人着实古怪，是面目清爽、眼角皱纹疏淡的妇人，一看便是在哪个大户人家做贴身佣人的。拿来的衣料色泽鲜丽得很，游龙走凤，有些花哨得过分，他一时拿不准要做什么款式，妇人却说只要一件短短的女褂便可，尺寸做大一些，不必考虑是否合身。妇人走后，李裁缝摸捏那料子，越看越觉眼熟，想起来那分明是做戏服用的，绣线没一处断根，盘花云纹都有股子特殊的精细感，便愈发觉得诡异，索性找杜春晓解解这个惑。

杜春晓睡眼蒙眬，起来望了一眼那料子，便发起脾气来，骂道："我可是你的包打听？三天两头过来寻我问这些有的没的，你若还要开门做生意，有些事体少知为妙！譬如这一个！"

"这一个又怎么不能让我知道了？"

李裁缝掸了掸衣袖上的灰，小指翘得老高，拈那盘子里的瓜子来吃。他四十岁不曾娶妻，只痴迷量体裁衣兼打听八卦，小日子过得舒坦却也望不见未来。不过杜春晓时常会敬佩这些活得随意的人，未按常人的路子由生到死地走，那份痛快与压力，非常人可以谙透。所以李裁缝油亮紧致的皮肤因长期涂抹一种护肤霜而幽香扑鼻，手指鸡爪一般灵巧尖利，超凡的细致令他异于旁人，也是杜春晓欣赏的地方。

"你瞧瞧！"杜春晓翻出一张隐者牌，放在衣料上头，"隐者，就是见不得人的，必是哪家的太太跟戏子有私情，两人也不知发了什么疯，竟拿戏服做定情物。那女人拿回之后丢也舍不得，留又不敢，只得让自小带过来的奶妈拿到你这里来改成女褂，便于收藏。你可明白了？”

“哎呀呀！”李裁缝忍不住拍手喝彩，“到底还是要找你这丫头解一解，否则还当是谁发了痴呢。”

“说得没错儿，是有人发了痴，也不晓得下场如何。戏子无情，婊子无义，何况那太太迷的还是宋玉山。”

“你怎么晓得是宋玉山？”李裁缝一个瓜子嗑在牙缝里，竟忘记吐出来了。

杜春晓捏起衣料道：“一看就是唱武生的行头。按你的讲法，那娘姨模样的女人又是面目极撑头的，必定是在大户人家做事。姨太太要养个小白脸儿，也自然去梨园行最出风头的那几个里边找，宋老板如今可是红人儿，不找他找谁？”

李裁缝“扑哧”一笑，驳道：“那可就不一定了，你显然不懂那些女人啊，吃些新鲜花草也是有可能的。”

“只可惜，新鲜花草穿不起这样的东西。”

正说着，夏冰面色煞白地走进来，杜春晓坐起身来问道：“有蟹黄小笼包，吃不吃？”

“不吃。”他气鼓鼓地坐下，李裁缝见他有脾气，便抽身告辞，不撞这个火性了。

“跟唐晖这个事儿，我做不来了。”

夏冰每次发作之前，总是先下个决定，表示八头牛也拉不回来了。只可惜这一招平素只在自己爹娘身上管用，杜春晓是不理的。杜春晓径直走上前踢了他一脚，喝道：“给出一个理由，便不用做了！”

“行的！”他果然也来了脾气，扶了扶眼镜，正色道，“他整天跑新闻，根本不可能与小胡蝶还有什么来往，跟也是白跟。”

“他这几日跑了哪些新闻？”

“济美大药房的兄弟相残案，还有上官珏儿的新片《香雪海》新闻发布会现场——"

"等等，他不是时事记者吗？怎么还去管电影圈的事儿？"

"这个……"

"这个"到后来，夏冰还是乖乖去尾随唐晖，杜春晓也依旧夜夜混迹百乐门，做毛手毛脚的"香烟妹"。只是替秦爷算过牌之后，声名大震，再无人敢对她翻白眼儿，米露露还时常请她消夜，只求她算一算她的前程。做这一行的女子，多半都盯着前头看，因过去与现在都是水深火热，不想被人点破罢了。

不过，令杜春晓钻进百乐门不想出来的另一个重要原因，是她生意太过兴隆，大大小小的舞女都来找她算命。她也不贪心，算一次收五毛钱，红牌收一块，与当初在青云镇的出价不可同日而语，可到底不再耽误她每天吃巧克力、喝红茶了，这桩秘密夏冰是不晓得的。

找杜春晓算牌的几位"弹性女孩"里，有一位名唤朱圆圆的，唇红齿白，身段曼妙，珠圆玉润，看上去尤其惊艳。可恨略带些结巴，话讲不利索，但有些客人便好她的娇憨，倒也不曾吃到过"阳春面"。

朱圆圆找杜春晓算命，也是付一块的，因同个事体她要算好几遍，像是怀疑，存心要砸她场子，又像是不甘心，仿佛以为今朝与明朝不一样，运道也会跟着变。杜春晓怜她单纯可爱，每次都捡些中听的话讲给她，但心里也隐隐有预感，所谓"傻人有傻福"是撒谎骗人的句子，尤其朱圆圆那几位熟客，看她的眼神里都是奸邪，没一个是真怀怜香惜玉之心的。

"春晓姐，给……给我算一算嘛，算明年我……是不是能嫁人？"

不知为何，杜春晓竟有些羡慕她满心的阳光。不过朱圆圆时常摆出怪异的坐姿，只拿屁股尖儿挨着凳子沿一丁点儿，略碰一碰若龇牙咧嘴的，便知是昨儿被带出场的客人蹂躏得狠了。即便如此，朱圆圆脸上也总乐呵呵的，下了班仍要呼朋引伴去吃个夜点心，像是庆祝当日没有客人打她主意一样。

所以她给朱圆圆算牌，都是语重心长，说些警醒的话。朱圆圆像是不太满意，偶尔会嘟起嘴回道："我……我哪里就……就只能及早收了做舞女的场呀？你看胡……胡蝶姐，就……是等在这……这里，到底……到底找了好男人了。"

"你怎知她找了好男人了？"

朱圆圆一说到小胡蝶，一对眸子都被点亮了，笑道："当……当然知道，她……她就是……找着好男人了，所……所以走了。"

杜春晓即刻抓住那一丝希望，追问道："你又瞎说什么？都讲她是被坏人拐骗跑了，你倒好，还替她安排好'天仙配'了！"

"春晓姐啊，"朱圆圆得意地耸了耸肩，"你……你算这个牌再神，也……也算不出来的。胡蝶姐……不是失踪，她……她就是跟爱她的男人跑……跑了！"

"哦？那你说说，那个男人是谁？"

"是济美大药房的二……二公子施……施常云！"

第二章　施常云的世界

“乔安娜——”他每每唤她的另一个名字，

便仿佛剥去了她精心包裹的层层面纱，

随后欣赏她被曝晒在毒日下的痛苦，

“去找到小胡蝶，完成我们的交易。

否则，还会有别的事情发生，

是你完全对付不来的事。”

-1-

唐晖贴了一个月的薪资，总算见到了施常云。

拘留间比他想象中要干净一些，青砖墙缝里露出一道道灰白色水泥，空气里都是腐烂的咸津津的气味，一只蜘蛛在右墙角的网上懒洋洋地垂下一根吊丝，那丝在施常云头顶晃动，他似乎浑然不觉。

“下次记得给我带一块巧克力，在这里什么都没得吃。”

施常云让唐晖惊讶的地方不是他的镇静，而是从容，脸上每一条肌肉都散发出雍容感，好像不是蹲狱，而是在花寨里打茶围一般。手脚都是闲的，整个身体都在有节奏地抖动，一副刚刚抽完大烟后的松散模样。他也不是特别好看的男人，起码第一眼是无法吸引女人的。人瘦削，肩膀薄窄如刀刃，双颊天然塌陷，黑眼圈里都是深渊的迷雾，嘴唇自然微启，拱成珠状，头发松垂地披在额前。他的脆弱是显而易见的，可正是这样的人，一个月前手持利斧在阳台上对着喝红茶的兄长施常风连砍四十七下，活活将对方砍成肉酱。两只胳膊只吊连了一丁点儿皮肉，脑浆顺着阳台雕花铁栏杆的间隙蜿蜒流淌，滴落在施太太额上，她发出的惨叫几乎将佣人的耳膜震破……

然而即便闹出如此大的动静，施常云还是逃了二十来天才被捕。因其父施逢德怕小儿子若伏法处刑，施家便要断后，于是铤而走险，将大儿子血肉模糊的尸身偷偷送去停尸房，只说是得了急病死的。可惜光顾着买通仵作，偏生忘记了自家厨子当时就在花园后边的绿萝架下听壁脚（偷听），结果不出三日，上海滩每个包打听都晓得了济美大药房的凶案始末，施常云哪里还逃得过。后来老头子几次三番想自己顶罪，无奈现场目击证人太多，根本行不通。

被抓当晚，据说施常云正与一位不知名的交际花在杨子酒店鬼混，揪出来的辰光都是光着屁股的，只披一件睡袍。那女子始终捂着脸，不大看得清真面目，大抵是记者亦不在乎，所以只有少数几张报纸上有她的身影。譬如《申报》社会版刊的头条上，登的照片里施常云是被反绑双手，头发横七竖八地翘起，拿墨镜遮了脸，看不出惊慌失措的神色。右下角一个被巡捕勒住脖子的女人，从对方胳膊上方挤出四分之三张脸孔，长发披面，也是朦胧得很，隐约可看到轮廓变形的口红。

一张场面热腾，又极惹人眼球的照片，让那记者得了一笔丰厚的奖金。那条血淋淋的新闻曝光时，唐晖正在做上官珏儿的获奖电影《董小宛》的推介，整个人已恨不能融化在片场搭设的风月里。上官珏儿敷脂裹粉的面颊上不见一丝瑕疵，与仙女无异，两颗雪亮的眼珠子流转妙曼，嘴唇亦似嗜血一般鲜浓，笑靥如花，还是带毒的，生怕人家看不到她深入骨髓的妩媚……

当真是与小胡蝶完全不一样的美！

唐晖一时间竟想得有些痴了，已忘记了面前坐着的杀人凶犯。

“你又怎知我下次还会再来？”回过神来之后，他连忙问了一句，生怕被对方看出他心不在焉。

施常云笑了，脸瞬间收缩成枣状：“因我自然不会一次把事情全告诉你，杀个人很累的，来龙去脉要讲很久。”

说毕，露出一排白森森的牙，让唐晖背后发凉。

“误会，我不是来问你那件凶案的。”

“哦？”施常云挑了一下眉尖，表示意外。

“我是问你打听一个人的。”

“谁？”

“小胡蝶。”

施常云的表情明显不如先前那样自在，似是随着空气流动而凝固了，竟不再回应。

唐晖自觉事情蹊跷，也不紧逼，只淡笑道：“没事儿，你若不想讲她，也可以谈谈那案子。”

他晓得施常云自入狱以来，便缄默至今，不管谁问均不开口交代作案细节，可能是施老爷子托人过来暗示过他不要乱讲话，所以各大报刊绞尽脑汁想从这位冷血杀手嘴里套出些细节来都是徒劳。唐晖虽不负责跟踪报道这桩血案，职业习惯却令他充满好奇。

“你又怎知我会告诉你这个？”

“因你刚才就好像要告诉我。”

“没错儿。”施常云缓缓将身体前倾，因失眠导致的黑眼圈在他斑驳的皮肤上尤其触目，“对于小胡蝶喜欢的男人，我都会给他开个后门。”

“她在哪里？！”牢狱的空气瞬间绷紧，令唐晖喉管发涩，只能哑了嗓子问道。他不知道施常云怎么会认得他，但有一点已经清楚，那便是这凶手在玩弄他的情绪。

“她在哪里我不晓得，但我晓得她可能已经得到什么下场了。”

唐晖并未应和，自尊心让他下意识地想要摆脱心理游戏的陷阱，但施常云似乎看得穿他。他目光如闪电，一下便刺穿了对方的精神意志。

“因我家是开药房的，所以小胡蝶时常问我一个问题，哪些药可以吃死人，哪一些却怎么都吃不死。可我从来不告诉她，晓得为什么吗？”施常云恢复一脸笑意，皱纹争先恐后地占领他的眼角，“因为她当时也许只是好奇问问，可下一次可能就会用实际行动来验证我的话是不是真的。这就是女人，看似柔顺无害，实则个个都有谋财害命的本事，你信不信？”

“可如今杀人的那一位却是你这大男人啊。”

“哈！”施常云一声尖笑撕破了紧绷的空气，“你年纪轻轻懂什么？有些事情都是表里不一的。比如我哥吧，平常看起来强悍得很，对我指手画脚、呼来喝去的，每次我跟我爹要钱，他都要敲边鼓，让老头子不要给。我砍他的时候，他嘴里竟叫得像个娘儿们似的！那种嗓音我从来没听到过……还有他的血，人家说血都是热的，可是溅在我脸上的时候只是有那么一点温罢了，气味也不好闻。我哥素来标榜自己是热血有为，现在血从皮肤里喷出来的时候，他自己也应该尝到了，一点都不热呀。唉——”

这一声叹，把唐晖从莫名的恐惧里拉了出来，他晓得自己不能输给眼前的死囚，于是清清喉咙，回道：“这么说杀人很有快感？所以你把小胡蝶也杀掉了？”

“您言重。”施常云的下巴愈发尖长起来，“小胡蝶这样的女人，杀了倒也是好事，只可惜，想杀杀不掉啊。”

“什么意思？”

“意思就是，她如今人不见了。我才给她交过一年的房租，在万福楼打了一对莲花坠嵌红宝石耳环哄她高兴，她倒好，一声不响便不见了。想把花出去的血本要回来也断不可能，还得变着法儿哄老爷子高兴，唉——还好进这儿来了，许多事儿都赖过去了。哈！”

“你的意思是，小胡蝶在哪里你也一无所知？”唐晖知他话里有几分掺假，当下也不戳穿，只想看他要戏弄他到什么辰光。

对方果然眼露兴奋，笑道：“也不能这么讲，你跟她有情，难不成她跟我便只是一堆袁大头砌出来的坟牌子吗？自然也是有情的。所以呢——”这个停顿里，竟掺杂着一股凄楚的萧瑟之气，“这丫头还是逃不出男人的手掌心，自古以来，用情太深的女子，终究都不会圆满，她也是一样。”

“你既知道她那么多事，那索性将她从苦海里救出来，我替你办这个事情。”

“没有你替我办，后头自然还会有人来，你不是头一个过来主动请缨的，只不过，相对那个人，我更信你。”唐晖原想问早他一步的人是谁，可转念一想，怕又是施常云故意编出来哄他玩的，便也假装没有兴趣，硬是不问，只一个劲儿追问小胡蝶的下落。

“好，你且替我去江苏路一家叫‘苏美’的钟表行走一趟，找那里的老板高文取一只藤条箱。”

“我要怎么跟他讲？”

“只说要取一个藤箱便可，其他什么都无须讲。取来之后，不要打开，再来这里一趟，告诉我箱子有多重，发出什么声音。到时，我自会告诉你小胡蝶的下落。”话毕，施常云眼里竟闪过一丝绝望的落寞，喃喃自语道，“但愿我还能活到那个时候。”

此时唐晖才注意到，从头至尾施常云身边竟无一个看守监督，他们的言谈完全不受限制，这大抵是施逢德用大笔钞票打点出来的结果。

-2-

在唐晖的印象里，钟表店分为两种，一种是奢靡华贵，处处弥漫贵妇香的；另一种则是阴沉诡秘，陈旧如锦灰堆。但高文的钟表店却超出这两类，只能以“简陋”二字形容，不足五十平方米的店面，门前挂着发黑的铜招牌及一只玻璃罩面昏黄的钟表，里头有三个擦拭干净的柜台，并一面挂了几十个款式各异的挂钟的墙壁，嘀嗒声、发条运转的咯咯声此起彼伏，如老人迟钝的骨骼发出的动静，于是显得愈发陈旧。唐晖惊讶于这样的店居然还能维持经营，钟表从款式到价钱似乎都不足以吸引客人，只是异常整洁的环境令他产生了些许好感。

与唐晖预料的一样，已是下午三点，钟表店里还是没一个客人，阳光透过明净的玻璃窗落满柜台，给每块懒洋洋的钟表都镀上了金边。站了半日，无人迎接，即便店面小，看起来还是空荡荡的。他只得在看似收银验货的柜台边来回踱步，看到樱桃木柜台有一半被拦了出来，上头放一个漆面油光水滑的小箱柜，里边几只小抽屉半开，露出一些精巧的金属零件，像是维修钟表的工作台。

"想买什么？"

一个沙哑如锯木的声音从那工作台后头冒出来，吓得唐晖不由往后退了两步，方看清探出半个身子的人来。半秃的脑袋上围了一圈银白的发，面皮倒是红扑扑、胀鼓鼓的，一只眼上夹着片圆眼镜，用力一睁，便落下来，带着银链子垂在胸前。虽然对方老到毛发变色，却依然能判断出是个中国人，手背与衬衫领口露出的皮肤还是黄的，口音也不古怪，是正宗上海人。

"你们老板呢？"

"老板日日在这里，还要我们这些人做什么？小伙子哪有这样拎不清的？"

老头儿没好气地将台面上的工具逐件收进一个看似沉重的木头匣子里，那匣子扁平修长，几个暗格里还铺了紫色丝绒，一看便是舶来品。

唐晖倒也没有嫌恶那伙计，年纪大的人多半如此，喜欢以过来人的身份藐视一切，仿佛开天辟地以来便是他们懂得最多，最能感悟人生真谛，于是让自己变冷，抑或变得琐碎。

"那能否帮我通传一声？就说我有重要的事体找他，明儿下午这个时候，请他一定要在店里。"

"这几天老板都不会在，你不用来。"老头儿的回应里没有半丝犹疑，终于令唐晖有些气恼了。

"你告诉他，可一定要来，性命攸关的大事啊！"

这一讲，反把老头儿讲笑了出来："小伙子，如果是关系性命的大事，你不好到他家里头去找？”

“那老师傅，侬晓得老板家住在哪里哇？”他不得不忍住气问了一声。

孰料老头儿将脸一沉，回了三个干脆利落的字：“不晓得。”

唐晖愣了一下，只好拿出从前要采访上官珏儿而拼命买通她底下管家的劲头来，笑道：“老师傅啊，您帮帮忙啊，真有急事体的。”边讲边将一张钞票推送过去，“您拿去买包香烟吃吃。”

老头儿斜睨了一眼钞票，冷笑道：“要不要我给你钱，你帮帮忙不要再来烦我？我今天一天还没开张，等下要吃夹头（受处罚）的，你还来添乱！”

言下之意，是要他买东西。唐晖叹口气，只得胡乱选了一块看起来不太贵的银壳怀表。问多少钱，老头儿头也不抬便张口要八十块，唬得他肉跳，少不得求道：“那今朝我钱没带够，你帮我留住，明天我来取，可好？”

“好的呀。”老头儿点头道，“那我也明朝告诉你我们老板在哪里。”话毕，便将工具又从匣子里一件件拿出来，像在刻意炫耀自己有门手艺。

只可惜，次日来的不是唐晖，而是杜春晓。

孟伯一见杜春晓，便摆出更冰冷的脸色来，因从她的邋遢穿着上已估摸出她钱包的分量。杜春晓也不言语，只趴在工作台上看他摆弄一块女式腕表，一个齿轮按进去又弹出来，他反复摁了几次，终于不耐烦起来，抬头瞪了她一眼，吼道：“你不买东西便不要捣乱！”

“嘿嘿……”杜春晓坏笑几声之后，将一张毛孔粗大的脸更挨近了孟伯一些，说道，“原本我是拿着八十块钱过来跟你买老板的消息，不过如今看看用不着了，您还是直接告诉我高文的下落，否则吃亏的是自己。”

“你个女人家嘴巴倒是交关（非常）利索吗？跟昨天那个小伙子讲

过咧，老板这几天都不在，哪里去了不晓得，你们不要来烦！”

“你要再不讲，我叫巡捕过来问你。”

说毕，杜春晓转身欲往外走，孟伯面色苍白地抓住她的手腕，颤声道：“小姑娘，饭可以乱吃，话不好乱讲。我们又没犯法，你叫巡捕来做什么？”

杜春晓的腔调此刻已变得有些邪门儿，笑回：“找老板哪！人命关天的事体，你这个做伙计的倒是一点也不急的，也不怕下个月没工钱拿的吗？一定有可疑！”

“能有什么可疑？你不要找事！”孟伯已额上冒汗，忙拿出一块大丝绸帕子来擦了两下。

“我不找事，是我的牌在找事。”杜春晓不知何时手上已夹了一张魔术师牌，恶声恶气道，“这牌告诉我的事体可不少呢！”

“哦？告诉你啥事体？”

“告诉我你们几个店内的伙计正变着法儿算计你们老板，所以他去了哪里只有你们最清楚！”

“你又瞎讲什么？”孟伯霍地站起身，匣子落地，银晃晃的工具哗啦散落。

此时柜台后的一扇小门开启，跑出来两个穿黑色紧身背心的男子，均是瘦长个子，神情紧张，鬓角一律剃到泛青。

“要么去里面谈谈，这位小姐。”

说话的那位唇边有一颗痣，眼睛转得厉害，像是个能出主意的人。

“不用进去谈了，把你们老板的下落告诉我便可。”

“凭什么要告诉你？”孟伯将台子一拍，掌下发出一记闷响，旁边一只吃空的碗也跟着震颤了几下。

杜春晓夸张地打了个哈欠，烟熏味儿从嘴里喷涌而出。她一屁股坐在柜台上，单手叉腰，喃喃道：“因为你不讲，恐怕女儿性命也难保。”

孟伯当下面色如纸，握紧拳头良久，才松开，一字一句道："好，我告诉你老板怎么了！"

唐晖到死也弄不懂杜春晓使了什么法术让那难缠的老头儿讲了实话，只是杜春晓回来时还不住拍着心口，嘴里只叫嚷着一句话："吓死我了！"

夏冰眼皮也不抬一下，只管将一碗雪菜肉丝面端到她跟前，她停止了叫唤，用面堵住嘴巴。

"你怎晓得是几个店伙计暗算了老板？又怎知那老头儿有个女儿？"

杜春晓把屁股底下压得热烘烘的牌抽出来，丢在茶几板上，塞满面条的嘴里含糊道："都是牌的功劳嘛。"

"你纵问死了她，她也不会讲实话。"夏冰扶了一下眼镜，神情里充满怜爱，像看一只顽皮的宠物。

杜春晓当然不会讲，她一进店便看到堂内收拾得过分干净，门面却是疏于打理的模样，显然没有招揽顾客的意思，里头钟表均是过时的款式。孟伯手脚也明显不利索，却还在假装修整钟表，要维持这样门可罗雀却无人起疑的状态，必定是心里有鬼。何况她来回走过好几次柜台，每道缝隙里都用手掂过，一尘不染，绝非一个眼神不好的老头子能干的漂亮活儿。再者讲，有客人上门要找老板，伙计百般阻挠等于挡财，还刻意拉高商品价格赶自己生意，行为明显有蹊跷。最重要的是，孟伯那条擦汗的湖蓝色丝帕子有些女气，而柜台上那只空碗涂了"同丰面馆"的字样，说明吃馆子的男人大抵无妻，加上帕子那么新，老头儿那么老，只能搏一记，赌他有个已出嫁的女儿，于是脱口而出，竟也歪打正着。但事后一想，倘若他是有个年纪轻轻的风骚相好也未可知，不过专注于精密器械的男子，往往已将情欲转移到那上头去发泄了，多数也未必好那一口。她这么往细了一思量，背上瞬间浮起一层冷汗。

而这些秘密，杜春晓是打死都不肯告诉别人的，否则手里的塔罗牌便没饭吃了。

-3-

高文与那只藤箱已抱在一起两天三夜了，地下室浓重的煤炭味儿熏麻了他的鼻腔，所幸一扇老虎窗依旧开着，每日尚能照到两个小时的阳光，背心贴身口袋里突出的怀表多少给了他一点安全感，只要时间在流逝，就能冲淡焦虑与危机。

真的能冲淡吗？高文内心的忐忑已提升到顶点，他忍不住伸展了一下双腿，碰到装淡水的铜壶，那壶发出“嗵”的一声，把好不容易积攒下来的宁静又击碎了。高文想起在苏格兰老家的少年时代，家里后院有棵粗壮的苹果树，每到秋天，他都会待在上面采摘最小的果实去砸那些飞鸟。有一次不巧砸到正在除草的父亲，他用平静的口吻“请”他下来，要他进厨房拿一把斧头，然后当着他的面把这棵树砍掉了。当晚，他只能拿着半块硬面包睡在衣柜里，也是这样幽黑，恐惧无时无刻不在包围他，鬼魂从角落里钻出来撕咬他的皮肤，令他浑身发痛。

所以高文此后无论躲在何处，都要求给予一个形状具体的可供透气的地方，比如一扇窗，一个能望见天空的孔洞。夜晚总是最难熬的，他仿佛飘浮在宇宙尽头，形状不明的野兽正张开嘴等着将他吞噬。

他裹着毯子，拼命把头仰高，月光从老虎窗上撒下薄薄的一层，这才是最好的抚慰。可是……月光突然被黑影取代，他瞬间陷入伸手不见五指的境地，然后头顶响起的咯咯声愈发刺耳。

这是什么？有怪物在咬窗格？

高文在胸口画了五六遍“十”字之后，终于听到“壳秃”一声，一股冷风灌入，月光照在一颗乱发痴张的头颅上，一记嘶哑的女声随即飘入。

“高文先生，我们来了……”

那“女鬼”从老虎窗上伸下一双黑漆漆的长臂来。

一瞬间，高文只觉头皮已炸裂，内心已尖叫一万次，喉咙却被卡住，只能撑大眼眶看着厄运降临。“女鬼”的双腿也跟着垂下，在空气里划动几次，如畅游夜海一般自在，随即“嗖”的一声跃下，膝盖与脚尖几乎同时着地，又很快站起身，笑嘻嘻盯住他看；紧接着又跃下一个人来，精瘦，穿灰毛衣黑长裤，下来时还“哎哟”一声，有什么东西跟着掉落，于是他伏地摸索了好一歇才拿起来，放在毛衣收身下摆上擦一擦，架到了鼻梁上；第三个人的影子尤其高大，因为身材的关系，略有些笨手笨脚，所以下得极慢，还需第二只“鬼”帮忙托一把。

“这里有照亮的家什没？”那“女鬼”龇着牙，蓬头垢面，看不清五官。高文勉强站起，摸到先前用背部死死压住的开关，拉亮电灯。

地下室刹那有了暖意，月光已不如先前那般耀目了。只见“女鬼”俨然是活生生的凡胎，穿着明显短了半截的女式对襟西服，内配紫罗兰色衬衫，已被橙黄灯光渲染成不尴不尬的古怪颜色。胸前扣子绷得紧紧的，腰部又异常松垮，是能让男人浮想联翩的躯体，却没有刻意突显出来。牙上的烟斑触目惊心，竟还咧着嘴在笑。她身后那两个年轻人，亦是完全不同的两个典型，一位高大俊朗，气宇轩昂；另一位则斯文腼腆，骨瘦如柴，但眼睛却是活得很，短短一分钟内已将地下室打量了好几遍。

高文老板的忧虑就挂在脸上，所以杜春晓只略微戳了一下，他的部分秘密便抖搂出来了。

“我不认为这事有什么好说的，五个月前，有两个俄罗斯人到我店里来，说要卖一批珠宝，我看了一下，那些玩意儿成色并不太好，所以没有收，但还是借了他们一笔钱。过了三个月，我要求他们归还借款，他们答应我要还的，却迟迟没有兑现。我知道事情不对头，便找了一个朋友帮忙，你知道，是那种跟黑道有些关系的朋友，希望能帮我把钱要回来。后来……”

高文握紧手中的杯子，舔了一下嘴唇。他的住处并不隐蔽，就在钟表店对面的一幢二层楼房里，外墙砌了灰秃秃的水泥，显得很不起眼，家具也不太奢华，都是价格适中的胡桃木打造的，地毯也是非常结实的混纺料，一看便是典型的守财奴式的装潢。在这样的地方喝茶，老能闻见一股子抹布没洗干净的油味儿。

“后来他们果然把钱还回来了，毫无疑问是我那朋友帮的忙。”他艰难地咽了一口茶，一对灰眼珠暗淡无光，“但是……在拿回钱的当晚，我在打烊回家的路上被人袭击了。有两个人在弄堂里堵住我，还亮出了家伙，我起初以为只是普通的抢劫，你知道上海的小瘪三很多的。但我很快就发现他们虽然不说话，只发出嗯嗯的声音，身材却都异常高大，很像先前欠债的俄罗斯人。我知道他们不会罢手的，所以委托我的朋友帮忙把他们找到之后再警告一下。朋友建议我先躲两天，把生意交给手下的人打理，我不放心，所以把店关了，只委托孟伯每天给我送饭，清理地下室——”

“可是真奇怪啊，孟伯还是开着店，直到今天。”唐晖忍不住插嘴，高文缩了缩肩膀，不再说话。

杜春晓笑道：“那是因为不能关。”

“为什么？”唐晖与夏冰同时问道，唯有这个时候，两个人才露出一样的表情。

“因为孟伯背着他的老板在做别的营生。”她拿出一支烟，点上，极自然地架起大腿，摆了个看起来极风骚的姿势。

“早告诉你不要再去百乐门了！”夏冰突然吼了一句，杜春晓忙将架起的大腿放下。

“进店之前我在对门面馆坐了半个钟头，因是吃饭时间，见店伙计端了七八碗面过去了，这么一家小店，哪里来如此多的店员？于是过去瞧了一下，柜台上的空碗竟只有一个，算上后来要跑出来动粗的那两个家伙，也不过三个人，其他的面都送去哪里了？”

“送去哪里了？”

“那就只有高文老板跟咱们说说这个理儿了。”

“哼！”高文狠狠往桌上捶了一拳，怒道，“必定是店后头那家赌花会的！”

高文讲的赌档，设在苏美钟表店后面一个隐秘的偏宅里头，属洪帮地盘，因当初洪帮的小头目过来找高文商量，欲让赌客从他的店门出入，以避人耳目，作为条件，每月的保护费全免。孰料高文一口回绝，宁交保护费，亦不愿与赌档有掺和，洪帮当下也不为难，竟收了钱去了。如今看来，他们必是从孟伯那里开通了新门路，趁他如今躲难的时候，帮着赌档望风。

“如此说来，你的伙计这么算计你，你是一点都不知情？”夏冰疑心病比较重，便追问道。

高文面色铁青地摇摇头。

“这可奇了，你纵不晓得这个事，那先前帮你要债的那个黑道上的朋友又是谁？”杜春晓倒是一针见血。

“对不起，无可奉告。”

“别以为你不说我就不晓得了，我可是会……”她情急之下又要掏塔罗牌出来撑场面，却被唐晖打断。

“好了！我们谈正事！高文先生，我们这次来，是向您取一只藤条箱的。”

“谁要你们来的？”高文即刻脸色煞白，比先前还紧张一些。

“施常云。”

高文沉默半晌后，站起身，打开酒柜，从里边拿出一瓶伏特加，对瓶便喝了一大口，面皮瞬间呈现不自然的粉红，呛鼻的酒气从他身上每个毛孔里透出。

“好，我现在便去拿。”

“我跟你一起去。”夏冰站起来。

走进地下室花了不到一分钟时间，但夏冰在后头盯住高文的背影却似有一个世纪之久，因他觉得这个洋人有些古怪，却又讲不出哪里不对。但有一点可以肯定，那便是只要杜春晓主动向一个人要求算牌的时候，那是看准了对方心里有鬼。

地下室因刚刚出来时忘记关灯，尚有一片油腻腻的光摊在地砖上。高文的皮鞋踩出“咯吱咯吱”的声音，像是鞋底被挖空了一块之后踩出的音效。夏冰隐约觉出动静有些异样，只得死死盯住他。

“你们要的是这个吧？”高文从角落里踢出一个扁平的东西来，用右脚直接往外头扫，仿佛不敢用手碰。

夏冰走过去意欲提起，却被高文压住手，低声道：“我劝你不要拿，真的。”

“替朋友办事罢了。”夏冰推开高文的手，弯下腰来，刚将藤箱提起，已知道不对，想要回过身来，早来不及了。右耳猛地灌入一股劲风，后脑壳随即发热发麻，思维瞬间被抽得精光，最后的知觉来自于左面颊擦地引起的撞击，他的颧骨和眼镜与地砖重重相撞，遂陷入黑暗之中……

事后，杜春晓只说了一句话：“得跟百乐门多要些经费。”

-4-

高文逃脱的地方正是那扇老虎窗，窗口搭了个长梯便爬出去了，藤箱自然也不翼而飞。

“他真的是用脚把箱子扫出来的？”杜春晓反复问他这个问题。

夏冰用冷毛巾捂着脑后的肿块，没好气地点点头：“都说了七八遍了，难不成我会看错？”

杜春晓忙上来拍拍他的肩膀，道："也不是讲你会看错，只是这箱子他既然这么宝贝，死活不肯交给我们，又为什么连用手碰都不愿意？要晓得，人通常只对自己厌恶或者觉得脏的东西，才会用脚来挪移。可是，这东西他又不想给我们看，所以要把你打晕，将东西拿走。可见，箱子里必定是一件他很怕、很厌恶，却又不能让我们知道的物件。对了，唐晖，你之前讲，施常云跟你要那藤箱干什么来着？"

"说只要告诉他箱子有多重，里边发出什么声音就可以了，他不要看到这个箱子。"唐晖清了清嗓子，满面愁容地盯着早上刚买到的《申报》。里面登的竟是上官珏儿已做了某大老板的情妇，二人时常在各大夜总会出双入对，极其亲密的消息。这篇报道是他的一个同事写的，用词并不刻薄，甚至有些冷淡，仿佛对娱乐圈的风月已司空见惯，却是字字都在戳他的心尖儿。

杜春晓一把抽过他手里的报纸，抽出一张擦了擦刚吃过烧饼的油嘴，用的正是那张，擦完后还揉成一团丢到地上。不晓得为什么，唐晖没有动气，竟还觉得有些痛快。

"如此说来，这东西是人见人厌，却又充满诱惑力——"

她半张着嘴，表情突然定格在空气里，姿势都是硬的，仿佛被点了穴，只能僵着。夏冰也不管她，只顾缩在藤椅上喝豆浆。唐晖也陷入自己的伤心事里，完全顾不得她的异常。

"哈！"杜春晓突然一拍大腿，用尖笑把两个男人的游离状态彻底割碎。

"箱子里一定是碎尸！"

夏冰嘴里的咸豆浆"噗"的一声喷在了胸口。

这一惊人的推断，杜春晓不但告知了夏冰与唐晖，还特意到监管房知会了施常云。

施常云听后，那尖刀一般的面孔又缩成一团，喃喃道："莫名其妙——"

"这个'莫名其妙'可是因箱子里的东西与你想的不一样？"唐晖虽满腹心事，却还是问得很急。

"完全不一样——"施常云剥开巧克力吃了一颗，"我也在琢磨这个事儿。"

"怎么个一样法？又怎么个不一样法？"

"既然高文能用脚把箱子扫出来，说明箱子不太重，一具尸体绝对藏不起来，也可能只是部分。如果是部分的话，那么另一部分呢？"施常云说毕，将巧克力吞下。

杜春晓瞬间有些喜欢这个人，于是笑回："说得极对。不过今朝我们过来，可不是关心那只吓人的箱子，也许里头只是装了些讨人厌的文件账本也不一定——"

"哈哈！"施常云大笑，"什么讨人厌的文件账本会装在藤箱子里？"

"因为你把箱子寄放到他那儿的时候没想过他会偷偷打开。"杜春晓此刻烟瘾发作，却又不想给施常云留下坏印象。她在英国念书的时候便晓得，那些爵士时代女郎手夹一根香烟展示奢颓的小把戏其实并没有讨男人欢心，反而令他们心生畏惧。

"怎么会？人的好奇心是无止境的，即便像高文那么胆小怕事之辈。"施常云把巧克力包装盒推到一边，叹道，"所以那东西一到他手里，我还以为会很安全，谁知道……"

唐晖还是一头雾水地看着两个人互打哑谜。

"施少，咱们就不绕这个弯子了，你委托的任务我们已经完成，也该把小胡蝶的行踪告诉我们了吧？"杜春晓突然转了话题，事实上亦是正题。

唐晖这才惊觉，自己早已把小胡蝶的事忘得一干二净，他这是怎么了？难道真是对她已完全没有情了？连他自己都觉得男人果然心肠要硬一些，贪婪程度也大一些。

“我不知道。”施常云突然神情严肃道，“更何况你们根本就没有完成我交代的事。”

这一句让所有人陷入沉默，唐晖因对方失信而气恼，一时讲不出话来。杜春晓却抬头看着天花板，额上的抬头纹一道深过一道，像瞬间老了十岁。

唐晖到底忍不住，高声道：“施先生，我们当初说好的，做人要讲诚信！”

“这位小兄弟，你是不是有点太天真了？”施常云当即沉下脸来，“若要说诚信，我爹当初答应给我的五千大洋怎么后来没给？只不过凭我哥一句话，他老人家倒是说收回就收回。还说什么对我们兄弟俩一视同仁？哼！一视同仁的话，怎么买块表都买得不一样呢？凭什么我的表壳儿就没镶红宝石呢？你说为了这个，我是不是该在我哥脑袋上多劈两下？我早就知道诚信如今已经不重要了，到最后都是各人自扫门前雪。老爷子也不过是为了延续香火，才肯砸那么多银子下去救我，你以为……”

施常云已完全失控，嘴巴不停地开合，唐晖已听不清他讲些什么，只得尴尬地看着杜春晓。她却依旧盯着天花板，半日才回过神来。她站起身，径直往外面过道里走，唐晖忙跟着出去。

秋凉如水，唐晖看到杜春晓抽丝的袖口已用发夹卡紧以防风，她似乎并没有添新衣裳的打算，鞋子还是尖头磨秃的那一双，头发蓬松地堆在后脑壳上。

“还没问到呢，怎么就走了？”他余怒未消，追上来问。

“我要再去一次钟表店。”

“不是要打探小胡蝶的事吗？问不到她的行踪，何必还要去插手高文的事儿？”唐晖话一出口，自己都有些脸红，这实在有损一个记者的职业素养。

所幸杜春晓并不在意，反而回过头来，咧嘴笑道：“可能施二少之前以为知道，但听说了藤箱的事体后，他推翻了从前的想法，于是反而变得不知道了。如今咱们恐怕只有把藤箱的下落查明白了，才能找到小胡蝶。”

蹊跷的是，那一日苏美钟表店的门却是关着的，还挂了大锁，贴了封条，隔壁几家店内的伙计并几个路人站在那里指指点点，亦不离开。杜春晓忙给面店的伙计手里塞了一块钱，打听情况。据那伙计讲，是今早十点多孟伯来开铺，一进店门便跑出来，拖着他呼救，说是老板不行了。他搁下要送的面碗赶过去看，只见高文倒在地上，双腿缩紧，两只手张牙舞爪地僵在半空，眼睛瞪得老圆，像要从眼眶里跳出来，头发均被血浸湿了。

“听上去像是被人活活打死的。”杜春晓点头道。

“可不是嘛！”伙计吞了下口水，颤声道，“估计我后边几天不要想睡着觉了。我其实记不得老板当时什么样儿了，只知道两只手那个姿势，还有那双眼，好像直着住我看，又像是盯着什么妖魔鬼怪，吓死我了！”

“这听起来又像是被刀子捅过了。”

“你可甭吓我啊，他怎么死的我不清楚，只是满地全是血，我还弄了一脚呢！”伙计抬起左脚面，鞋底上和鞋帮上果然有黑乎乎的印子，“你瞧，这鞋我得去换了。”

说毕，便急匆匆走了。

唐晖只得抓抓头皮，道：“我去向同事打听一下这个事体。”

“向同事打听，还不如向那伙计打听来得痛快。”

“为什么？”

“因他不但发现了尸体，很可能还目睹了凶杀的全过程。”杜春晓有些洋洋得意地晃了一下脑袋。

“你怎么看出来的？”

“脚上沾的血迹都干了，肯定不是两个小时之前染上的，何况你看钟表店到这门口，一路上都没见什么脚印留在水泥地上，倘若留下了，恐怕他早被巡捕房的人带走了。这说明——”

“说明他报警之前清理过现场！”唐晖恍然大悟。

“还说明，接下来得让夏冰带伤上阵，盯一盯那伙计。”

-5-

好几天之前，邢志刚便已有些沉不住气，他无法直视米露露那张鲁钝美艳的面孔，更不能多听一次燕姐的声音，这两个女人本是他的财富，可不晓得为什么，他如今有种欲将她们捏在手心揉碎的冲动。

“反正事情讲得很清楚了，小胡蝶应该能找着，但是死是活难讲。你也不用为难我和露露，我们都很苦的，只有让男人欺负的份儿，不过到头来大家都难过，又何苦来？”

这番话，燕姐已是出口了七八遍，话中有话，搅得他心烦意乱。他不是不敢动燕姐，只是隐约有些不忍。小胡蝶那张细眉细眼的粉脸已在他梦中出现过无数次，均是嘴角挂血，还笑嘻嘻的，伸出一只白惨惨的手来抚摸他的头顶，嗲兮兮道：“你能放过我吗？”

放过她？

邢志刚冷笑，哪里有这么便宜的事儿？秦爷与他喝酒的辰光曾经讲过一句话：“那些把得寸进尺看作理所当然的人，一定要赶尽杀绝。”他不想对谁赶尽杀绝，却可以在必要时刻用“赶尽杀绝”来保命。

“小胡蝶……”他低声喃喃道，手上的雪茄正发出浓烈的香气，令他在迷思里愈陷愈深，正在这时却听闻两下轻巧的敲门声。

“进来。”

旭仔打开一条宽一些的门缝，踏进一只脚来，低声通报：“秦爷来了。”

他头皮瞬间发麻，却只得挣扎着坐起身子。秦爷已大步流星走进来，一双铜铃般的大眼先行在房内扫了一圈，笑道："怎么这么暗？"

邢志刚方嗅到自己衬衫上那股子酒味儿，他尴尬地拿起桌上的酒瓶，想找个干净的杯子斟上，对方却做了一个制止的手势。

"什么都不用讲了，人，我也在找，找得到，大家都好，找不到，你晓得什么后果。"沙发在秦爷屁股底下发出尖叫。

"找不到也没办法的，顶多拿我的命去抵了咯。"燕姐不知何时已走到门口，声音从门缝里钻进来，竟是斩钉截铁的气势。

秦爷站起来，径自将门打开。燕姐穿了一身纯黑洋装，扣了金百合胸针，高跟鞋跟像要在地面上戳出洞来。不知为什么，邢志刚居然偷偷松了口气，惊觉自己确是离不开她的。

"你当你的命值这个价？"秦爷果然语气缓和不少。她便是有这个本事，无论韶华去留，都有办法让男人安定。

"我知道自己不值，但事情已经出了，拿谁出气都不是办法，只能用别的法子来弥补。"

"还有什么法子？"秦爷追问的口吻不抱一丝希望，邢志刚亦黑着脸，不出一声。

燕姐整了整羊绒紧身裙微微凸起的小腹部分，走到邢志刚跟前，自皮包里取出一管口红，在桌上写下三个字，遂转身离去。

秦爷探身一看，笑了。

倘若上海滩还有人能不经施常云本人同意，自由出入看守所强行"探望"他，那便只有秦亚哲了。除上庭之外，施常云平时都很闲，他也晓得，案子会一拖再拖，直拖到众人将他完全遗忘，终有一日，《申报》记者和那古怪的女人都会弃他而去……

怎样才能不被他们抛弃呢？

施常云一连几天都在考虑这个问题，所以面对洪帮的二当家竟有些心不在焉。

“你若把那东西给我，我想办法把你弄出去，你放心，必定比你爹砸钱的法子有用。”秦爷谈条件素来是开门见山，于他来讲，那不是与对方商量，而是决定抑或命令。可他忽略了，如今自己面对的是一个极可能判死刑的重犯，对于没有未来的人来讲，跟他谈条件往往是徒劳。

“秦爷跟一个死人要东西可是说笑了，反正我是没什么能给您的。”

“施少，我晓得你现在是身无旁挂，但人再无旁挂，也有弱点，所以把东西交给我，你身上罪孽还轻一些。”秦爷破天荒地讲话绕了些弯子。

施常云抬头看了一下墙角结网的蜘蛛，喃喃道：“这么说你也不知道小胡蝶的下落……”

“是。”秦爷点头道，“我们都找不到小胡蝶。”

“那就继续去找，不要想从我这里拿到一丁点儿好处。”施常云冷笑，“秦亚哲，别人当你是二当家，我还不晓得你什么货色？事体已经是这样了，何不让大家都安生一点？”

秦爷的脸已灰重如灌了铅，只是身板纹丝不动。

“怎么？想杀我？杀呀！我的命早该没了。或者……让我尝点苦头？那也成啊！我施二少没吃过什么苦头，死前受点磨难也是应该，对不对？”

“不要嘴硬！”秦爷站起身来，他觉得施二少已经疯了，心里有些埋怨燕姐的主意，尤其背后还响起一连串错乱的胡话：“来杀我呀！快来呀！再不杀可就来不及了，因为我快被拉出去毙了！啊哈哈哈……”

唐晖坐在休息室里，看眼前的美人儿对镜化妆。

美人儿手持眉笔，已描画了有半个钟头，画了擦，擦了画，光秃的眉宇上有些红了，她再用指尖揉一下，将皮肤下的血液化开一块，然后再画。因辰光太长，她偶尔从镜子里对他微笑一下，似歉意，又似蜜意。她头发已梳得油亮，做头师傅用挑子在脑后拉出蓬松的卷花儿来，恰巧碰着一丁点儿旗袍硬领，两只吊坠耳环是不起眼的珍珠，戴在她耳垂上却光彩照人。你看不出她的年纪来，只觉两只颧骨是三十岁的，唇又是十七八的，趿着绣花布拖鞋的两只脚透露着二十出头的风情，脖颈因被硬领围住，无法作证，然而她时时转一下面颊，检查粉施得是否匀称，那一回首，一勾头，竟又有些四十岁的沧桑。

倘若换了杜春晓在场，必然能识破她到底几岁吧！

他一动不动，脑子里却已转到“云深不知处”了，她千万不能对他笑，一笑便似凶器，将他的心脏戳到阵阵刺痛。从前不曾有这样的女子，会让他无故痛楚，总觉得能看着她，已是损了她，倘若碰了，不定会有怎样的毁灭！

“你要吃茶，还是咖啡？昨儿有人送了一点过来，巴西咖啡豆。”上官珏儿对他翻江倒海的内里浑然不觉，抑或是习惯了，于是视而不见，只温温笑着。

他摇摇头，喉咙其实是干的，但又怕饮茶饮到失态，还是作罢。

“小顾，去把红茶拿过来，我们要喝一点。”

她不理他的反应，放下眉笔，拢了拢头发；他这才发现她已上妆完毕，两道眉又弯又细，对称得恍若天生。小报上传上官珏儿化妆要费四五个小时，大半便费在那眉眼上了。

于是二人吃了一点茶，唐晖把杯子里的柠檬片嚼在嘴里，她看到，皱眉道：“你还真不怕酸。”

他忙不迭咽下，神情即刻窘迫起来：“已经养成习惯了。”

“这么说，你家里必是有钱的吧？”她讪讪笑道。

他不答，只喝了一口茶，清香的茶水在嘴里荡漾，孤儿身份终令他难以启齿。

“怎么？有心事？”

总是她在问，他却句句无法给出答案，这大抵便是面对心爱的女人时无法从容的表现。他瞬间有些恨自己不够坦荡，只得垂下头，勉强道："没……只是最近有个朋友失踪了，到处找不到。"

她往腕上喷了一些香水，端详镜中已变得有些虚幻的容颜："也不要太担心了，若烦出病来，谁给我写《香雪海》的报道呢？"

"上官小姐过奖了，那么多人写，自然不在乎少我一个。"

"不，你写得好，我放心。"

这一句讲出口，他情绪反而有些失落，因知道她已觉察了他的情意，于是便加以利用。可他又无从指责这行为，她本身便是个戏子，要靠利用别人及被人利用来讨生活的。

"再说——"她往脸上扫了最后一层脂粉，淡淡道，"若失踪的是你的女人，就等在原地好了，她若觉得还是你好，自会回来。"

他似被闪电击中，一时间竟失了神。

-6-

张炽抬着五碗面走过半条街，去给麻将馆送餐，步子软塌塌的，好似几天没有睡觉。事实上，他确是夜里没有睡好过，总觉得那外国人一对灰眼珠正在暗处时刻监视。

"不要声张！要不然侬要吃夹头的！"

孟伯在他耳根子上钉下的那句话至今想起还会略感刺痛，连带他身上难闻的老人味儿一道从记忆深处飘来，将张炽逼得几近窒息。尽管他至今不晓得要吃什么"夹头"，但从孟伯充血的眼球里，他看出了一点有性命干系的端倪，于是几乎是软着腿摔出门去的。

麻将馆一如既往地闹猛，香烟味儿让张炽不由得憋了一口气，涨红了脸挨个儿数桌子，找到后就摆面收钱，却被递茶水的伙计一把拎住，骂道："做啥一天到晚来这里送面？赶我们的生意是哇？"

同丰面馆的老板确实是有一套的，让伙计一到饭点便去各个赌场转一圈，看看有没有要吃面又懒得起身的。原本这买卖该是便宜了赌场自家的，无奈生意太好，早顾不过来，于是里头一般只备些干点心，吃不出味道来的。尤其钟表店后头赌花会那一家，更是没得时间，便也没有拦着。但麻将馆是个女人开的，难免小气，便让自家伙计偶尔上来为难。所幸张炽也见惯了这阵势，反而嬉皮笑脸回道：“你们还看得上这点小钱？真是笑话。”

“今朝不是跟你讲笑话，在这里坏我们生意，老早要受罚了！”

“要罚去罚我们老板，你们老板娘又不敢过去理论，活该被欺负。”张炽只得硬着头皮回道，心里正急于回去交账。

孰料对方竟一把抓住他的领口，丝毫没有姑且的意思。

“兄弟，这可不好玩了，要做啥？”他隐隐有些生气，正欲提醒那家伙还欠着他几块大烟钱，还来不及出口，便被拖进麻将馆后头的弄堂里去了。

弄堂里有一个人正等着他，瘦高、温和，眼镜片后的一双眼却是极贼，再回头看，麻将馆的伙计已不知去向。

“小哥儿莫要慌张，只是跟你打听个事儿。”

“我不知道！我什么都不知道！”张炽看到来人便已猜到七分，所以对方话一出口，他便急着要逃。

夏冰忙摁住他的肩膀，往他衣袋里塞了两块大洋，笑嘻嘻道：“你既已知道我要问什么，不如早些告诉我，大家都别难做——”

话未说毕，张炽已将衣袋里的大洋掏出来丢在地上，哭丧着脸回道：“这位大哥，您就甭为难我了，我不过一个店伙计，能知道什么？我得回去交账了，要不然老板该给脸色看了，不好。”

“也行。”夏冰松了手，抱臂靠墙，“我这就跟麻将馆的老板娘聊聊你的事体。”

“我什么事体呀？”张炽只得停住脚步，冒出一头冷汗。

"还有什么？你跟这里的伙计串通一气偷客人钱的事体咯。"

张炽恍悟缘何那伙计会把他卖了。

同丰面馆后边的厨房有一个杂物间，老板当初雇用张炽的辰光承诺是"包吃包住"，孰料进去了才知是住那样的破地儿。所幸张炽也无牵无挂，住便住了，变着法儿与周遭几个店主混熟了关系，将来好方便高就。老板倒也拎得清，知他机灵，每个月多多少少都额外赏些给他，硬是将他留下来了。不过张炽胃口大，小钱儿哪里满足得了，于是说服钟表匠孟伯疏通路子，让他暗中在赌花会的地方轧了一脚。

但是那天三更半夜被孟伯从杂物间里叫出来，还是头一遭，张炽也不计较，只当是有好事上门，于是乐呵呵地出来见人。但一看孟伯在路灯下一脸仓皇便知不对，于是隐隐有些懊恼起来。

"我们老板死了。"孟伯颤声道。

"死就死了，与我何干？您老人家也赶紧退隐在家享清福吧。"张炽刻意摆出满不在乎的态度，想缓和一下孟伯的紧张。

"死得太吓人，这次你要帮忙。"

张炽自然知道这个时辰叫他出来，必定是那洋鬼子死得不正常，只得叹了口气，问道："他人呢？"

"店里。"

高文狰狞的死状确是将张炽吓了一跳，要退出来已来不及，因孟伯打着手电，恰照在水泥地上那几个触目惊心的血印子上。

"这事儿得叫巡捕房来办呀，叫我有什么用？"张炽强作镇定，腿却早已软了。

"不成！"孟伯的神色即刻阴戾起来，尤其在手电光的照射下，愈发可怖，"是老板在门上留了字条，叫我到店里一趟，我到了这里就看见他死了，巡捕查起来，必然会疑到我头上来！"

"那你要怎样？"

“把这里清理一下，冲掉咱们的脚印，再报警。”

于是张炽拿了提桶与刷子过来，他一句话都不敢多问，因心里隐约觉得孟伯就是凶手，所以这层窗户纸一戳破，怕自己小命难保。不如老老实实将现场清理过，逃出自己一条命来再说……

正与夏冰交代事体的辰光，二人都不晓得，孟伯已悬空垂吊在高文借以逃脱的老虎窗上，舌头伸得老长，全身僵硬如岩石。

施逢德最近很喜欢系长领带，自十年前妻子过世之后，他便不太系领带，佣人手脚粗笨，且他总不愿意让身份卑微的妇人亲近身体，上官珏儿除外。

他从不认可她的高贵，在心底里只排到“戏子”的程度，既珍稀又平庸，而上官珏儿的平庸，必是他这样历经沧海的男人才体味得出来，年轻气盛的热血男儿与好色体衰的老头子是分辨不清其成色的。但她就是有那份魅力，贴近任何人都自然至极，他们愿意让她触摸，受她奚落或调笑，以为那便是福气。

如今两个儿子均离他而去，施逢德竭力压抑内心的失落，他虽每天签支票出去，以确保常云能在狱中一切安好，然而内心早已放弃他了。他晓得这样的日子不会长久，尤其大儿媳近日里已有些不正常，每日在阳台上一站几个钟头，不梳洗换装，只捧着常风的遗像远远对着天边一缕呆滞的云。他隐约预知这个家已碎了，他辛苦多年建下的基业也正逐渐土崩瓦解。

“逢德，我想替你生个儿子。”

上官珏儿在他耳边讲了这样一句，似是伸出一只手将他从深渊里拉出来了，唯独害怕外头仍是漆黑夜空，雾茫茫找不到方向。感动之余，他也倒吸了一口冷气，这个女人的刁滑让人无处可藏，只能乖乖钻入那些设计好的陷阱，且是对她满怀感激的。

于是施逢德在花园路给上官珏儿买了一幢宅子，浅灰色的墙面，花园亦是小的，只够摆一缸鱼，种一墙绿萝。二楼的彩色琉璃门灰扑扑的，一看便是先前有人住过，金棕色芙蓉花纹的墙纸东掉一块西掉一块，唯大晴天时，阳光烘暖了窗棂上的回旋形木纹。二层的睡房里只一面落地穿衣镜并一只大衣橱，法式四脚床还是上官珏儿从原来的住处搬过来的，一楼腾出两个房间，给她姆妈住，这个名义上的姆妈实际承担了娘姨的职责。

“蛮好的，谢谢侬啊，施先生。”

她还是操一口香糯的吴侬软语道谢，只是将“逢德”改口“施先生”，已表达了所有不满。所以这个“施先生”听得他心惊肉跳，却也是无可奈何，养了她，又仿佛还欠着她，这是美人儿的特权。施逢德竟真觉得有愧，忙买了一件水貂皮大衣给她，她也是温温笑着收下，连试都不试，只说：“你送的，必定合穿。”他知她是有些鄙夷，但常云的事比什么都要紧，到底要再砸多少钱下去也没有数，所以手不知不觉地紧了。

施逢德断想不到，此后还有一个人送了一份“厚礼”给上官珏儿。

施家大儿媳朱芳华一踏进公公的温柔窝里，便恢复了一些气色，她特意用刨花水抿了头皮，摘去黑纱，只着一件素色旗袍。碰见一位五十上下的妇人，穿质地颇好的短夹袄，正坐在门前剥豆夹。

“小姐，找谁？”

那妇人一头花白的发在枯淡的光线下了无生气，脸上还维持着一种仅接待不速之客用的客气。

“上官小姐在家吗？”朱芳华哑着嗓子问道。

“她出去工作了，很晚才回来，有什么要交代的事儿，我替您转达？”妇人仍是好脾气地应对。

朱芳华在心里悄悄叹了一口气，将东西递给妇人：“这个东西，有人托我来交给她的。”

“是什么呀？”妇人接过，提了一下，满脸的好奇，“还锁上了，钥匙呢？”

“东西就放在她那里，打不打得开都不重要。”

朱芳华看着妇人已拿在手里的藤箱，突然露出如释重负的表情。

-7-

唐晖坐在施常云对面，一脸的受宠若惊。

他怎么都想不到施常云会托人送函将自己请到这里，像是有满腹的秘密要抖搂出来，而且他很聪明地带了一盒巧克力过来，让对方眉开眼笑。

“唐先生，你知道什么叫‘坏’吗？”

“什么？”

施常云伸了个懒腰，突然变得眼泪汪汪起来：“把自己的利益建立在别人的痛苦之上，那就是坏。不过……也有一些好人，同样会这么做，以为是行了善事。”

“施少有话不妨直说。”唐晖突然有些后悔了，这疯子叫他来，必是有极度不妥的事情相求，可要不要答应却是他的自由。

“听说我嫂子已经疯了，可有这事？”

“嗯。”唐晖勉强点了点头，他并不晓得施家大奶奶的近况，只是假装知道，来套他的下文。

“哈哈！果然啊——不过你别以为女人就比男人脆弱。”施常云突然压低嗓门，“其实她们一个个厉害着哪！”

唐晖只是看着他，没有回答。

施常云觉得有些无趣，便道：“我被巡捕房带走的那天，身边还有个女人，你知道的吧？”

“知道。”

“她就是小胡蝶，你也知道的吧？”

唐晖语塞，因他确实不知。

“这件事，麻烦你写出来，登在报上。”

“为什么？”

“为什么？因为你是记者啊！记者不就是要对我们这些小市民公开真相的吗？何况这小贱人现在失踪了，也许你这一登报，会收到她的一些消息也不一定。何乐不为？”

何乐不为？

杜春晓亦是这么鼓励唐晖的。只有夏冰晓得，她只不过想看看捅了马蜂窝之后的效果。

“写得香艳一些，悬疑一些，把故事都往狠里说，瞧瞧会有什么反应。反正这事儿亦不会登在头版，但一定会有关注。我只是奇怪——”她屈起手指奋力梳了梳杂乱的短发，“孟伯被吊死在那儿之前，究竟有没有杀自己的老板。”

“这事儿与施二少托我做的事有联系？”

“必然是有的。那只藤箱说明高文与施少有联系，而施少说被捕之前正和小胡蝶一道，随后小胡蝶也不见了。要知道，皇帝牌一旦倒转，正位的皇后牌未曾出现，那么就要在女祭司与男祭司之间找找出路……”杜春晓眼神发亮，将塔罗牌里的皇后、恶魔、男祭司与女祭司列出，再把皇后牌压在男祭司之上，“假设说小胡蝶的失踪与施少有关，而高文的死肯定也和小胡蝶有关系，这三个人，像是招惹了同一件事，至于是什么事——可能还是那箱子的问题。”

她将女祭司与皇后牌叠在一起，皱眉道：“那只箱子哪儿去了呢？高文死了，孟伯也死了，巡捕大抵也将屋子翻了个底朝天吧？”

“听说没有那只藤箱子，店里也找过。”夏冰忙接了话。

“所以箱子在哪里呢？找到箱子是否就能找到小胡蝶？或者——”她盯着唐晖看了好一会儿，“施二少用如此残忍的手法杀死兄长的真正原因？”

她将恶魔牌握在手心里反复把玩，似是要摩挲出一些真相来。

“唉——”唐晖突然长叹一声，“若不是被小胡蝶的事儿耽搁住了，我倒是心里记挂着另一宗呢！”

“可是黄浦江上每日漂来的浮尸？”杜春晓眉开眼笑，似是突然提了什么高兴的事儿。

唐晖点头道：“可不是嘛，起初还沦为一桩奇谈，众说纷纭，如今再无人关心，然而死人却不见少。”

“死人是不见少，街上的流浪汉怕是消失了许多吧。”

“也罢，反正这条新闻是跟不了了，我回去把东西写了，等着明儿见报！”他边讲边快步往外冲去，可见已心急如焚。

月竹风已头痛欲裂，半个身子倒在沙发上，杯里浅浅一层威士忌发出古怪的药味。在英国居住了七年都没让他喝惯洋酒，大抵讲出来也无人信，于是只得硬着头皮把办公桌边酒柜里的那几瓶酒都收拾掉，随后就可以在里头放书了。他的天真与小气，时常让手下人又爱又恨，他们背地里笑他，又敬他，这些情绪他自己也是知道的，只当作听不见。老板就要做得“永远糊涂”，方得长久。

然而今朝，他已将唐晖那篇《惊爆内幕！济美大药房血案竟与失踪舞女有关！》的文章来回看了七八遍，直起身来的时候已觉尾骨疼痛，只得歪在那儿，直到电话铃将他催醒，是妻子打来的。

“小敏在等你哪，今朝不要加班了，好哇？”

他自然晓得今朝是女儿十岁生日，公文包里那副包装漂亮的水晶雕国际象棋聚满他对女儿的期望。

走出办公室的时候，恰与没头苍蝇一般乱蹿的唐晖撞上。

“风风火火的做什么？跑到好东西啦？”即便要回家，他还是忍不住被记者的忙碌身姿吸引过去。他从前便是这么样过来的，所以对这样的情形倍感亲切。

跨上汽车的时候，月竹风心里还有些空落落的，尤其想到小妾桂芝皮笑肉不笑的神色，及正妻刻意隐瞒的哀怨，情绪竟不自觉地阴沉起来。

管家老何开门的辰光，脸色已不太自然，一是不习惯妻妾同桌吃饭的古怪气氛，尤其桂芝挺起的大肚皮令她有些耀武扬威的意思，更叫老何替大太太抱不平。

“老何，从今往后二太太就是自家人了，怎么你还老绷着一张脸？我欠了你薪水了？”月竹风自小是让老何带大的，所以讲话难免会直一些，这恰是真诚相待的表现。

“老爷说哪里话？我服侍周到还来不及呢。”老何接过月竹风的大衣，刚要退下，腰间撞到一把手枪，回头看去，却是小敏拿着玩具枪顶在那里，嘴上发出“嘣嘣”的声音。虽是女娃，却偏偏爱玩男孩子的游戏，这多少让月竹风觉得有些欣慰。

“小敏！不要玩了，爸爸回来了，去吃蛋糕呀！”雪梅从房里快步走出来，她确是细心装扮了一番，软羊皮的米色高跟鞋强行拉直了她的背，走路都多了些气势。

他一把抱起小敏，径直走进饭厅，见桂芝已坐在那里，正吃碟子里的什么东西。桌上一只雪白的大蛋糕插了金色蜡烛，走近一些才发现，靠近右侧缺了一块，露出黄色的杧果芯子。

小敏遂大哭起来，嘴里叫着：“蛋糕破了！破了！”

桂芝笑道：“不好意思呀，老爷，我饿得受不了，所以先吃了一块。你也晓得，我肚里孩子不能忍的呀。”

雪梅气得怔怔的，于是绷住脸将小敏抱在肩上哄起来，月竹风瞪了桂芝一眼，却不讲话。他在报社里成日不停说话或者听话，回家早已不想多吐半个字，只求能用他的严肃尽快平息事态。

“好啦好啦。”桂芝捧着大肚皮，吃力地站起身来，冲雪梅肩上的小敏笑道，“是阿姨不好嘛，不过阿姨给你准备好东西了。喏，等下拆开来看看呀？”

“她现在哭成这样子，什么都玩不了，我先把她抱进去哄一哄，你们吃。”雪梅怕失态，意欲离开这里，却不想身后重重响起一记拍桌声，她以为是月竹风要发作，回头看去竟是那小妾。

“怎么？不过吃了一块蛋糕，哪里就恨成这样？你当我愿意到这里来啊？还不是月老板你求我来给你再生个儿子嘛！”

“你给他生什么不关我的事，我惹不起你们。”雪梅自牙缝里挤出一句来，她是大家闺秀，平素最吵不得架。

“这个‘你们’是什么意思？老爷，你听听——”

“滚！给我滚！”月竹风终于发出一声怒吼，整个饭厅都似在不断震荡。

“叫谁滚？我还是她？”桂芝再次挺了挺大肚皮，逼问道。

月竹风没有吭声，却操起一只瓷盘往桂芝头上飞去，瓷盘迅速划破空气撞在餐桌对面墙壁挂的油画上，绽开一朵碎花。

“好！月竹风，算你狠！”

桂芝裹紧了血红的羊毛披肩，疾步往楼上走去，她晓得照这样的情形发展，自己必定会下不来台，不如先假装收拾行李要搬出去。反正怀着月竹风的骨肉，也不怕他不追她回来！

所以回到房内，桂芝也不忙整理衣裳，反而侧身躺在床铺上，欲酝酿一下情绪之后挤几颗眼泪出来，以博同情。

孰料还未哭泣，便听得下边几记诡异的“噗噗”巨响，紧接着又是小敏歇斯底里的号啕，快将她的耳膜震破。她的心脏一下紧缩起来，却忍着不下楼，只将耳朵贴在房门上聆听。号啕声戛然而止，剩下杂乱的足音在餐厅内回荡。

不能下去！

她已嗅到一丝血腥的气息，本能的反应令她迅速躺在床底下，用厚厚的硬绸床罩将身体盖住。

黑暗中，她隐约听见月竹风临死前的一记呜咽。

-8-

月竹风的葬礼盛大是一定的。因头颅被轰得只剩下半颗，妻女胸口与腹部各中一枪也当场丧命，似乎女儿临死之前还被折断了脖颈，想是当时要止住她的哭声而为。无论怎么修复，这三位死者都无法让人瞻仰遗容，老何只得命人将三个封盖的棺木放在灵堂上。桂芝一动不动，跪在那里，肚皮安稳地搁在腿间，面上凝结着罕见的坚毅与隐忍。

唐晖站在月老板的棺木前，已举不动相机，心痛得要死过去，同时恨不能将施常云从牢里拖出来碎尸万段。尤其桂芝垂头向他致谢的辰光，愈发心如刀绞，怎么都无法面对那三张遗像。

“秦——爷——到！”老何在门口发出撕心裂肺的吼声，惊醒了一直沉在冰水里的桂芝，她抬了一下头，眼球里布满血丝。

秦亚哲踏进灵堂时孤身一人，手下均在门前候着，亦算是尽了礼数。此时周边一片沉默，报馆的人正努力压抑住内心的惊讶，因都不晓得月竹风是何时与洪帮的人打过交道。

“凶手！杀人凶手！”桂芝突然站起，一手捧住肚皮，一手指着秦亚哲的面孔，那身雪白孝服随风扬起，将她装饰得如鬼魅一般，臃肿身形早已被震怒掩盖，竟显得楚楚可怜起来。

秦爷面无表情地下跪磕头。桂芝被两个人搀着，已哭倒在那里，眼泪鼻涕由五官自素服领口拉出几道晶亮的长丝，虽已精疲力竭，嘴里却是不停地道：“凶手！杀人凶手！凶手！还命来！还命……”

正当众人一头雾水之时，老何赶忙上前向秦爷行了个礼，道：“二太太伤心过度，又怀了身孕，脑筋有点不清楚，还望秦爷海涵。”

“不妨事。”秦亚哲整了整衣袖，站起，口吻相当客气，让老何悬着的一颗心随即放下。

然而老何的这种“放心”，半个钟头之后便消失干净了，他眼睁睁看着留有月家唯一血脉的二太太从二楼沙袋一般坠下，还来不及叫一声便摔得肚皮崩裂，一块晶莹的深褐色胎肉垂在两腿之间，眼睛几乎要从眼眶里跳脱出来，飞向阴沉的天空……

“不妨事。”

他这才掂出那三个字的分量。

兰心大戏院今朝又是满座，坐在二层贵宾席的毕小青只得叹口气，手心里的红茶已半凉，戏却还未开场。这地方不似大茶馆，可以随便吆喝、吃零嘴或撒金戒指的，得正襟危坐，仪表端庄，她便是怎么也习惯不了。尤其今朝演的是《反西凉》，考验长靠武生的功力，宋玉山一出场，必是要喝彩的，她坐那么远，周遭那么富丽堂皇，与参加洋人办的酒会无异，叫她怎么喊得出口？于是负了气，把红茶喝干，杯子放进天巧手里的辰光也是重重的。

宋玉山亮相，毕小青忍不住掩住嘴巴，底下的老外一个都不懂行，只坐着鼓掌，哪里该喝彩，哪里要沉住气，他们一丁点儿也没领会，令她气结。

罢了，忍一忍吧！

她拿出帕子擦了擦额角，拿一双眼盯牢他的身影，在台上来来去去走的那几步，她已熟得能背出来，状态在不在，情绪好不好，都能从步子里瞧出来。所以愈看心愈往下沉，她自认是最懂他的女人，较他的妻子更懂，所以眼泪不自觉落下，也顾不上擦，只嘴里嚷嚷着：“玉山……玉山呀！”

台上那人，仿佛是听见了的，用艳粉勾画出的脸竟愈发悲怆起来，她晓得他不上妆时更俊俏，所以有些不忍心看，撑大的眼珠子里只容得下自己的爱意。

曾几何时，她暂且放下激情去赏戏时，宋玉山已与几个龙套纠缠到了一处，正难舍难分。她屏住呼吸，只看他如何化解，那身姿轻盈灵动，却又有些蹊跷的沉重，他有心事？抑或病了？于是她又心焦起来，手里的帕子抓得稀湿……

待宋玉山倒地的一刻，台下掌声雷动，洋人以为那是戏的一部分，唯独少数几个“黄皮肤”在慌乱中起身来一探究竟，演砸了，还是体力不支？毕小青更是将帕子咬在嘴里，捂住那一记尖叫。她那微小如尘埃的伤感，在不知就里的掌声里越缩越小，直至宋玉山身上流出一摊浓浓的血浆……毕小青紧张得心脏快要裂开！

宋玉山的死，自然不如月竹风那般叫唐晖揪心，他要去找施常云，杜春晓却怎么也不肯，竟拿出桂枝的事情威胁：“如今你老板一家子都死在这事情上头了，你应躲着才是，小心下一个被秦亚哲丢下楼的人轮到你！”

这才将唐晖的一腔仇恨吓回去了。

“施二少这回玩笑开大了，弄死了不该死的人，还是一家子呢。”

因是第二次去，杜春晓已习惯了那股莫名其妙的异味，甚至偷偷喜欢上施常云脸上的菊状纹路。他的气定神闲与胸有成竹让她无比敬佩，显然这是一位正在运筹帷幄中的死刑犯，只坐在一间封闭的房间内，就能掀起外界一片腥风血雨。这份“功力”与智慧，让杜春晓对他有了诡异的迷恋。

如今他正坐于杜春晓对面，指尖还染有浅棕色的巧克力浆：“哎呀，杜小姐，我也没想到秦亚哲会这么狠呀——”

“因为你原本想杀的人是唐晖，对不对？”

他顿了一下，遂舔舔指间的巧克力浆，笑了：“反正月老板都死了，唐晖死不死，已经不重要了。”

“秦亚哲当然知道你借刀杀人的诡计，不过他是个讨厌受人摆布，且把尊严看得比什么都重要的人，所以他宁杀月竹风全家，也不去动唐晖，这大抵也是给你的一个警告。”杜春晓越说越兴奋，刻意隐去了她猜不透的那一块。

“杜小姐，给我算个牌吧。”

“要算什么？”

“算我能不能活着离开这里。”

杜春晓将塔罗拿出来，放在极窄小的脏兮兮的台面上，施常云探出头来，问道：“要不要我来洗牌？”

杜春晓看着他艰难地将手指从栏杆缝里挤出来，摇头道：“施少明知不用的。”

大阿尔克那阵摆开，过去牌：正位的恋人。意指一帆风顺，情路光明。现状牌：正位的力量与逆位的愚者。这局面令她倍感讶异，身陷囹圄的人居然境况是正面的！未来牌：正位的死神。

“如何？”施常云挑了挑眉。

“逃不出，死路一条。”她讲得斩钉截铁，引来他好一阵爆笑。

“那麻烦杜小姐今后还在施某人坟上烧炷香。”

尽管施常云表情坦然，但她瞧得出他颤动的指节里隐藏的紧张。他们都是不喜欢受他人控制的人，却享受控制别人心智的那一刻。

“高文和孟伯都死了，唐晖却不死，小胡蝶还是找不到，秦爷早晚要让你难过，而施少你却还在负隅顽抗，何苦来呢？不如把真相讲出来，我也好替你了几桩心愿。”

“你知道我有什么心愿？”

“不知道，但肯定不会是什么好的。”

“那你还愿意帮忙？”

“愿意，只要你告诉我一件事。”杜春晓将死神牌塞进栏杆，施常云将牌捏住，两人都不肯松手。

“什么事？”

“告诉我替高文摆平俄罗斯黑帮的那个人是谁。”

施常云露出豺狼般的表情，令杜春晓爱慕不已。这副叫人心惊肉跳的面孔，十年前她曾在阴暗的切尔西区后街看到过，前边是贵妇们身姿摇曳地步上马车，后头却总有个孩子被压在满是灰土的墙上，裤子褪到脚踝处，冻得像发抖的雏鸟。而不远处，总会有一个男人站在那里，等着收钱，他观察“主顾”的眼神和施常云如出一辙。现在，杜春晓便是那心态扭曲的客人，正与魔鬼谈一笔买卖。

“你是个不讲诚信的女人，对吧？”

告知她答案后的施常云，突然问了一句。

“没错。”

杜春晓回头看了一眼施少，飘然离去。

走到门口，她才重重吐了一口气，因知道与魔鬼交易是容不得反悔的，他会在她还来不及退缩的时候就把她手中的筹码拿得干干净净。

-9-

上官珏儿坐在昏沉的阳光里，藤椅在她屁股底下发出“吱吱呀呀”的枯响，宝宝举着沉重的大尾巴扫过她的手背，痒意令她多少有些安了心。这只波斯猫眼睛一只碧蓝、一只棕褐，脸蛋子圆鼓鼓的，雪球一般在宅子里滚来滚去，轻声慢语地呻吟几下，像撒娇又似抚慰。但最近宝宝却时常不知去向，只在某个角落里偶尔传出些零碎的“喵”声，也不知抓过哪里，经常踏一地的木屑回来。上官姆妈边扫边埋怨，她的腰痛一直未见好转，但女儿似乎并不太关心，宝宝比她要矜贵。

“姆妈，宝宝几天没剪过指甲啦？”她抱了它一歇，放下的辰光才发现毛衣已被勾出好几条线来，于是皱了眉看它的爪子，竟都是尖的。

“前日刚刚剪过呀，不晓得又去哪里抓过了，这样吃不消的，成日服侍它还来不及。”上官姆妈借机冲女儿发了火，她明知自己没资格这样讲，女儿替她还了忒多的债，甚至贴了初夜进去，所以气难免要短些。可如今女儿每每回家，竟似贵宾，连吃饭碗筷都要分开，她那一副断不肯让别人来用，否则便摔了重买，于是盛粥的器具都是镀金荷叶边的，与姆妈用的白瓷描蓝花碗有区别。

每每想到这一层，姆妈便胸口憋闷得很。

上官珏儿也懒得争辩，径自走到橱柜旁，拉开抽屉找出把剪子来，意欲抱起宝宝来剪爪子。孰料那畜生像是晓得她的动机，竟“喵”了两下逃出去了，她只得在后面追赶，嘴里叫着“宝宝”。宝宝哪里肯听，腰身柔软地扭动着下了楼梯，出了门，往隔壁堆杂物的耳房去了。

“宝宝？乖，宝宝？”她手持剪子跟入杂物房，听见里边“哧啦”作响，宝宝正蹲在一只藤箱上又抓又挠，仿佛非要挖出一个真相来不可。她上前将宝宝抱起，它拼命挣脱了，由她臂弯里滑落，继续与藤箱“搏斗”。她这才想起箱子还是施家大儿媳特意拿到这里来委托她保管的，当时只当是那女人疯了，便把箱子随意一放了事，却不想被这猫缠上了。于是反勾起了她的好奇心，想打开看一看，尤其箱身上已被抓得斑驳不堪，到时若对方要起来，少不得还要赔个新的，反正是猫惹的祸，怪不了谁，就用这借口开箱检查一下物品也未有不妥。

她这样想着，剪子已不知不觉在挑挖箱面上的锁，不消一刻钟便挖开了。因用力太猛的缘故，箱盖弹起的瞬间，一个黑圆的球状物亦跟着滚出来，撞过她的膝盖一路往杂物房外溜去。她来不及去看，已被箱子里其余的东西吓住，那几根黑炭条般的“粗棍子”上，赫然嵌着一只红澄澄的宝戒……

空气瞬间在她的喉咙口凝住，她一动不动，似血液在脉管里堵住，不再流通。

随后，上官姆妈在厨房里听见一声断肠的惊叫，震落了她手里的一碗水炖蛋。

朱芳华已在巡捕房的审讯室内坐了一天一夜，按体力来讲，她应该早已扛不住了，然而意志力却是惊人的，只睡一个钟头居然能让她保持住端正的坐姿。几个警察连番审问，从她嘴里讲出的答案都是一模一样的。

“箱子里的尸体是谁的？”

“不知道。”

“那箱子里的人是你杀的吗？”

“不是。”

“箱子为什么会到你手里？”

“这箱子不是我的，我交给上官小姐的箱子里放的是常风的遗物。”

“胡扯！你丈夫的遗物为什么要交给公公的女人去保管？！”

“这是我的事，你管不着。”

每次盘问都到这里结束，巡捕将她在施家的房间、后花园搜了个遍，均一无所获。而上官珏儿发现的那个碎尸，亦只有经火焚烧过的头颅与四肢，躯干部分却不知去向。至于死者的身份，更是无从辨别，经由法医鉴定，勉强认出是具男性尸体。朱芳华的父亲从江西老家赶上来，欲将女儿带回乡下暂住，把病养好，孰料她却死活不肯，只说：“我如今还是施家少奶奶的身份，哪里能回去那种地方再住？你们且不要管我，他的混账弟弟一天没送上刑场，我便不回去！”兴许是施逢德自认教子无方，内心有愧，竟也不反对，还让下人服侍这位大少奶奶。

只是那“箱尸案”却又让济美药房与上官珏儿双双出了回名，最麻烦的是，亦曝光了施逢德与这位电影明星的关系。一时间各大报纸周刊均拿这件掺了血腥味儿的桃色新闻登头条，风头竟远远盖过月竹风家的灭门惨案，上官珏儿的《香雪海》片场的“大战”便是证明。

那日上官珏儿一到片场，便被记者与影迷包围，一批女二号琪芸的拥护者在旁发出阴险的嘘声。记者每每问及“上官小姐与济美大药房施老板可是情人关系，几时能吃到你们的喜糖”时，“琪芸迷”们便冷笑，于是两派影迷起了冲突，乃至大打出手，将整个片场搞得一片狼藉，最后不得不动用警察来制止。唐晖当时亦在现场，只听得此起彼伏的尖叫里只两个字是清楚的——淫妇。

于是顶着“淫妇”称号的上官珏儿被保镖护送上车，唐晖一直紧紧跟随，只是有些害怕看到她的脸。她还会不会似从前那样波澜不惊，把苦都闷在心里？正想着，右手腕却被她抓住，她似乎有些发抖，手心冰凉，他不得不抬头看她，一张浓妆的脸，鲜红唇色都是画出来的，一对柳眉虚若浮雕。

“你费心了。”她只说了这一句，便猫下腰钻入车篷。他怔怔望着，反复回味腕上一抹她留下的余温，像抓住了一根救命绳索。只可惜，那只是空浮的关怀，完全使不到点上。尽管唐晖将上官珏儿写成是抵挡住压力与诽谤勇往直前的“女英雄”，然而普通人总爱观赏名人的阴暗面，那叫“取乐”。所以她的勉强，她的疲惫，都映在无数个表演式的笑容里了，真当是职业式的悲哀。

藤箱的秘密大白天下之后，杜春晓却陷入了恐慌，因答案与她猜测中的不一样，可能和施常云预料的亦有些偏差，于是她不得不拿了一份《申报》再次回到看守所内，与那凶残的死囚交流。

“这箱子会在嫂子手里头，真有趣……”到底长期待在封闭空间里，疏于照顾，施常云的头发和胡子已长得不成形状，令他仿佛瞬间苍老了十岁。

“而且那具尸体还是男性。”

“所以杜小姐又有何高见？”

杜春晓没有搭腔，却笑道：“施少也杀过人的，您倒是说说，杀人是什么感觉？”

“哈！哈！”施常云喉咙里挤出两声尖笑，正色道，“杀人是什么感觉，杜小姐不是再清楚不过了吗？”

“什么意思？”她突然有些莫名的心慌，眼前的凶残罪犯，双目如刃，似是已刺穿她的过去。

他勉强从栏杆里伸出三根手指，抚了一下她冷冰的手背，突然叫出她另一个名字：“乔安娜，你怎么还不去找斯蒂芬呢？”

她脑中像过了闪电一般惊愕，只不敢表露：“我会去找他的，你放心。”

“女人太骄傲不是好事。”施常云缩回手指，“你以为把过去埋得很深，它就真的消失了？乔安娜，你用那破牌把多少人骗得团团转，没想到你也有天真的时候呀。”

杜春晓的记忆已被暗处伸来的一只手抓住，往那深不见底的地狱拖去……她挣扎着站起身来，跌跌撞撞地往出口走去。

施常云施咒一般的声音在身后响起：“去找斯蒂芬，去找他！你晓得只有他能给你答案，也让你不再逃避自己的罪。我们是一样的人，一样的！”

“一样的”三个字，让杜春晓开了窍，伦敦的阴霾巷道再次向她逼压过来，刹那间她双手血红，指尖滴落黑色的汁液……她惊觉，十二年前的往事并未随她漂洋过海回到青云镇而改变，反而在岁月的磨砺下愈发鲜明起来。

他是谁？！

施常云的恶煞面孔在她脑中狞笑、皱眉……

他是谁？为什么会知道我留洋时的英文名字？

她紧张得几乎要呕吐。

-10-

斯蒂芬的优雅无人能及，他习惯在清晨六点起床，将被子叠出四个角，然后磨好咖啡豆，在煮咖啡的容器内灌上热水，将咖啡粉放入，顺时针方向搅动三次，待水缓缓流入壶底的时候，便留下堆成山坡状的褐渣，光滑粉亮。

事实上，今天的咖啡煮得不太好，喝起来有些微酸，但很快斯蒂芬便打起精神，往脸上抹了些乳霜，小心地把月光石袖扣整理了一下，这才走出来营业。他知道有些客人喜欢从早上一直坐到次日凌晨，把这儿当成家居旅馆。但斯蒂芬并不介意，他喜欢自己的地盘上长期有人，多年前，在伦敦的红石榴餐厅里，他可以靠一杯啤酒在那儿消磨十七个小时。尤其在那个爱下雨的城市，十天里有九天你的鞋底都是湿淋淋的，小餐馆是最好的慰藉。

斯蒂芬喜欢中国，更喜欢上海，一想到他终要离开这片土地，心情便异常烦闷，且当预料中的结果愈靠愈近时，他的兴奋与失落便在胸口胀成一只气球。但走之前，他一定要见到那个女人，否则有些事，恐怕一世都放不下。

那女人，如今便站在他的店门外，显然是精心打扮过的，头发用发油之类的东西尽量将外翘的末梢固定在最小的幅度之内，脸上敷了一层薄薄的蜜粉，掩盖了皮肤上的坑斑，口红是鲜浓却极易掉色的，现在已褪了一半，泛出微微的黄，白色丝绸衬衫的荷叶翻领上有几道显眼的皱褶，米色长裙下一双沾上浮灰的尖头牛皮鞋已磨秃了跟。

她走进来的时候带入一股清湿的风，他才惊觉原来今朝也落雨了，街面的颜色很深。

“要点什么？”他上前，轻笑。

无论到何种年纪，斯蒂芬都是个英俊的男人。

这是杜春晓一直以来对他不变的评断，哪怕他现在已是货真价实的中年男子，法令纹与颧骨都鲜明得过分，然而还是极漂亮的，散发淡淡光泽的茶色头发柔软如昔，递上餐单的那只手背上，那几根浅金色体毛也还是熟悉的。

“你就这么想我呀？”她点了一杯红茶，一块蛋糕，浅浅笑着。

他望着眼前这位不漂亮，却很有自信的女人，掂量出她笑容里的锐利。

“个倒稀奇来，明明是侬想我，才会来呀。”他用标准的上海话应答，搞得她有些哭笑不得。

她用餐叉将蛋糕切下一小块，放进嘴里，回道：“我没钱付账的，你请。”

他笑了。

两人瞬间回到英伦的校园时光里，那时他们都手头拮据，却偏偏要尝试昂贵的东西，于是他去偷盗，她负责放风，把一家点心铺偷到几乎“破产”。

那个辰光，他们还是纯的，好的。至于何时开始不好，他们都在刻意回避，却又无论如何都不能不想。

于是他只得先开了口：“怎么知道我在这里的？”

“施二少告诉我的，他知道很多关于我的事，包括很不好的事，那些事，原先只有你知我知，我以为以后也会是这样，但显然我是估错了。”她一点没有放过他的意思。

他尴尬地摸摸鼻子，干脆坐下，窗外被细雨洗到碧绿的梧桐叶散发的清香，仿佛正透过玻璃传来。街对面，拿他的店当“家居旅馆”的法国老头儿正匆匆往这里走来，腋下夹着一沓报纸。

“好了，长话短说，我只想知道先前骚扰过高文的那几个俄罗斯人的下落，希望你可以告知。”

“为什么要知道这个？”

她咽了一下口水，一时竟难以启齿。要怎么讲？难道说自己在帮未婚夫做私家侦探？这样的话，她说不出口，只得讪讪道：“有朋友托我帮忙调查这案子。”

“这么危险的事情，交给警察不是更好？”

“在警察面前你会坦白吗？”她忍不住反将他一军。

他笑了：“只要我知道的，必定会讲，但是你讲的俄罗斯人，我确实不知道下落，所以——”

她不由得皱起眉来，几乎当即便要放弃，因他不肯讲的事情，谁都撬不开嘴，这个道理唯她最懂，可她又有些不甘，便逼将道：“怕是这两桩命案与你也脱不了干系，所以你才不肯讲吧。”

“激将法对我没用，乔安娜。”他耸了耸肩。

她站起身来，掏出钱包打开，他忙起来摁住，道：“我请客。”

“谁说我要付钱？”她推开他的手，从钱包内取出一张牌，放在桌上，“这是给你的第一次警告，下次我再来的时候，希望你能讲些实话。”

他看到那张放在瓷碟边的战车牌，只得苦笑，晓得这个事情还远远没完，这既是她的作风，更是她的脾气。

夏冰找来的包打听叫小四，是安徽逃荒来的，在法租界混了几年赌场之后付出了一只左手的代价，随后便开始依靠收罗情报维生。这类角色本无甚稀奇，可他在秦亚哲的赌台上出千还能逃出命来，确是不简单的。更夸张的是，夏冰找到他的辰光，他正拿另一只手当赌注，跟人家玩摇摊，在赢了十个大洋之后方兴致勃勃地别过头来搭理夏冰。

原本夏冰想换个人，孰料把他带回去给杜春晓看了，她却喜欢得不得了，当即拍板，给他许诺了诸多好处，临走前还急着付了定钱。

“这个人看起来太闲散，恐怕有些靠不住吧？”夏冰推了推眼镜架子，显得忧心忡忡。

“不会。”杜春晓摇头道，“身带残疾的人会比平常人更要强一些，他将来对我们一定很有用。”

果不其然，三天之后，小四便浑身酒气地闯进石库门弄堂，对夏冰丢下一段话：“听那边讲，那洋人的尸首旁边当时还有半张俄文报纸和一件女褂，施老板家的大儿子被砍，二儿子被抓之后，施家大儿媳朱芳华曾与一个男人在逸园跑狗场私会。”

“知道那男人是谁吗？”

小四也不搭腔，只伸出手来，夏冰忙又付了他五块钱，他这才懒懒答道：“听那边讲，也看不太清楚，对方穿着打扮倒也蛮摩登的，年纪很轻，有点矮有点瘦，就这些了。”

说毕，转身要走。

夏冰追问道：“你这些都是听哪边讲的呀？”

“嘿嘿。”他转头笑了一笑，“哪边？就那边嘛！”

话音未落，他人已经走出门了，与急匆匆跑进来的李裁缝撞了个满怀，他也不搭理，反将帽檐压低了些，径直往弄堂口奔去。

“小瘪三作死啊？”李裁缝拍着心口不断回头看小四的背影，好一歇才回转来对夏冰笑道，“小夏，杜小姐在哇？”

“伊一大早出去咧，李先生有何贵干？”夏冰正琢磨着是不是顺着那报纸的线索找下去，抑或从朱芳华那里突破，所以见到邻居上门难免有些不耐烦。

“那她几时回来？我找她说说怪事体呀。”

“什么怪事体？先讲给我听听，我来转告。”他一听李裁缝嘴里说出“怪事体”三个字，便有了兴趣，因根据以往经验，这嘴碎的男人讲的奇事，确是每次都离奇无比。

“不要，我等歇再过来，她回来吃夜饭哇？你但凡有耐性，听我老李一句话，留下来等她，三个人一道吃，我今天炖了只猪脚爪，过来搭伙好哇？”

夏冰于是索性把心一横，坐下与李裁缝一道等起杜春晓来。

傍晚时分，杜春晓果然神色凝重地回来了，对饭桌上摆的香酥蹄髈也不看半眼，只将皮包往沙发上一丢，便坐下了。

李裁缝似乎是没觉出她的失落，竟欣喜上前，一把拉住她的胳膊，笑道："春晓，侬晓得哇？上次侬讲过来做衣裳的那块料子是戏服，客人必定是与宋玉山有一腿的富家太太，侬真是料事如神，猜着啦！不过侬晓得那位太太是啥人哇？"

"啥人？"她懒洋洋地抬了一下眼皮。

"就是洪帮二当家秦亚哲的五姨太毕小青呀！"

杜春晓这才仿佛火烧屁股一般从沙发上弹起。

-11-

屠金凤已十天没有睡好觉，后花园里那一丛啼血般的木芙蓉总令她无从释怀，仿佛灵魂深处还有一摊更浓的血在不断蔓延，快要滴出她的身体，将她染透。

不……染透的不是她，却是那只要命鬼！回想起半个月前那"鬼"头一次出现的情景，她极度奢望那只是因醉产生的幻觉，当时喝得确有些高了。秦爷的五粮春度数高，三杯落肚，酒气便从每个毛孔里往外钻，搞得她既舒服又恐慌。她不是怕酒，是怕男人，怕面前这个男人，当初将她从昆剧班里买出来的时候，她便怕他。他粗浓的眉目，张扬的毛发，温柔笑容里阴沟一般硬冷的纹路，都让她心惊肉跳。这大抵亦是她肯做他三房姨太的原因，他是容不得拒绝的，仿佛一摇头便会换得粉身碎骨。

那日屠金凤原是想站在院中醒酒，发烫的面颊在夜风里渐渐退热，头脑一下便拎清（清楚）起来，无奈胃里继续翻江倒海，酒食涌到了喉咙口，一张嘴便喷了出来，沾湿了鞋面和胸前一块襟布。

"月姐？"她想唤娘姨将她搀住，却发现身边无人，只得自己胡乱扶住树枝继续干呕起来。

不一会儿，她方察觉后面有人扶了她的腰，并轻轻拍打后背。她忍不住用力挣了一下身子，骂道："刚刚死哪里去啦？哪里就嫌我这三房嫌成这样了？主子都伺候不了，明朝去厨房汏碗，你就晓得苦了！”

月姐也不吭声，只不断拍她的背。她回转身来，抬头欲打，却被唬得跌坐下来，溅了一身秽物。

这哪里是月姐，分明就是恶鬼！长发披面，只隐约见一张鲜红大嘴，嘴角直延伸至耳根处，与身上穿的触目旗袍同色，那只曾搭在她肩上的手还停住在半空，嘴里发出“嘤嘤”的枯哑声，似泣，又似笑。

“啊！啊啊啊！啊——啊——”

屠金凤恨不能当场晕厥过去，待醒来便是天亮，鬼魅统统消失。可脑袋却无比清醒，双眼甚至都已适应了昏暗的光线，将那“鬼”苍白手指上的每一段骨节都看得明明白白。

“三太太！”

月姐的声音在背后响起，她转不过脖子来，只能怔怔盯着那“鬼”，颤声道：“月……月姐，这……这是什么东西？”

“三太太你看到什么啦？怎么坐在这里，脏的呀！”

当那只带着体温的手握住屠金凤的指尖时，她才确信那是娘姨，还有对方身上发出的那股中年婆娘的酸腥气亦令她定下心来。可是……不对啊！那东西明明就在她眼前，还在狞笑、凄鸣，那身血色旗袍的下摆随风吹起，几乎要扫到她的鼻尖。

“你看！你看呀！这是什么东西？你看不见吗？”她急了，手指甲几乎嵌进月姐的手心肉里去。

月姐也慌了，忙道：“三太太，你是喝多了吧？我扶你回去。”

“你看不见？你真看不见？”

“看见什么？三太太？”

月姐边应答着，边将她强行从地上拖起，往背离女“鬼”的方向走去，不远处那个朱红的窗格在夜色下画满了影影绰绰的树影，于是她愈发揪心起来，回头看那只“鬼”，它竟缓缓对她摆手，仿佛道别。

回到房内，月姐将电灯拉得通亮，还在她被子里放了汤婆子。

“你刚刚一定看到它了吧？”

月姐当即沉下脸来，点了点头。

“那为什么——”

“三太太。”月姐露出欲哭无泪的表情，“碰上这样的鬼，一定要假装看不见，更何况——”

“何况什么？”她把脚趾轻轻抵在汤婆子上，却丝毫不觉温暖。

“更何况那鬼可能是……”月姐摊开一只手掌在她眼前晃了两下。

她瞬间似被惊雷劈中，面目变得呆滞起来，半日方从嘴里吐出一句：“果然是她……”

从此，屠金凤再无心绪与其他两房姨太太争宠，只缩在屋里不出来，因缺少阳光照射，终日卧床不吸地气，人瞬间变得憔悴。月姐知道她的心病，反而有些给她甩脸子瞧，私底下还对着其他几房的娘姨骂道：“活该！必是她害死五太太的，要不然五太太的鬼魂就偏偏找上她？”

因都怕被割舌头，闹鬼一事只在下人中间风传，竟不敢让秦亚哲知道。屠金凤病得连喝水的力气都没有，请了西医来瞧，亦只是吊些营养液的点滴，无甚大用。秦亚哲来看过她几次，也问不出个所以然，后来因大当家秘密托他办些事，出门半月不归，不知自己府上已乱成了一锅粥。

率先将闹鬼一事抖搂到秦亚哲耳朵里的，是四姨太花弄影。她原是香港四大花寨之一——锦绣寨的红牌阿姑，是秦亚哲去那边进口洋货的辰光在石塘咀结识的，当时她刚刚脱离了“琵琶仔”身份，众富豪公子不惜血本来讨好她，却鲜见她愿意出局。所以秦亚哲偏爱她的心高气傲，誓要娶回家来，大花销自不必讲，也动用了些非常手段，这才抱得美人归。花弄影平素脾气便有些暴烈，直肠直肚什么都敢讲，操一口生硬的广东普通话，倒也吐字铿锵。

就在秦亚哲出门的第十七天，深夜里一记撕心裂肺的惨叫将秦公馆所有人从梦中惊起，据说当时管家是头一个披衣开门的，听那声音如乌鸦聒噪，但又有些不成调的语句夹杂其中，便随着那怪响踏入后院，只见花弄影拼命拉扯自己的头发，脚边躺了一只正在燃烧的灯笼。

“有……有鬼！毕小青！是毕小青啊！”

那管家在院落里转了一圈，却什么都没看见。

次日清晨，花弄影便托人带信给秦爷，说家里出了事，请他速回。当天晌午秦爷便沉着一张脸回来了，问管家家里一切可好。管家用蚊子叫一般的声音说：“这个……小的也说不上来，您过一歇去问问四太太吧。”

秦亚哲只得一头跑进花弄影的房间。她见男人来了，仿佛碰上救命稻草，忙从床上爬起，一把抓住他哭起来，将闹鬼之事一五一十地讲了个清爽。

待花弄影安静下来，秦亚哲方皱眉问道：“你三更半夜一个人去后院做啥？”

“还能做啥？你知我这个月十五要拜七姐的呀！”花弄影当即嘴巴翘起，“我也知这家里看不起我这个做过老举（老妓）的，自然不敢劳驾下人了啦，还是自己悄悄拜了了事，可没想到……”

秦亚哲听完的头一件事，便是叫了月姐过来，只问一个问题：“三太太有没有跟你说起过她撞见了鬼？”

月姐当场承认，刚把头点下，便吃了秦亚哲一记耳光：“这么大的事情都不告诉我，你真要回家吃老米饭了？”

月姐被打得晕头转向，半边脸即刻肿起，亦不敢多话，只能逃回屋里去了。

随后秦亚哲又唤了正房林氏和二姨太孙怡过来，问的还是那个问题：“有没有见过院子里闹鬼？”

林氏坚决说没有，只是听花弄影说有过。孙怡却吞吞吐吐了半日，方勉强回道："有一次，我窗口闪过一条雪白人影，也不晓得是不是……"

深秋的百乐门舞厅，男客异常兴奋，舞女却都心事重重，皮肤干涩，笑容是僵的，怕面部肌肉动得勤了，粉都会往下掉。

唯有素面朝天的杜春晓，还挂着香烟盒四处走动。

"春晓，过来。"秦亚哲在最朝里的位子上冲她微笑招手。

"哟！秦爷买香烟还是算命呀？"她屁颠颠儿地上前去，因看出对方有心事，于是情绪愈发高涨起来。

"捉鬼，会得哇？"他嘴里吐出一口浓浓的雪茄烟。

-12-

曾几何时，中国人总是将算命师与捉鬼天师混为一谈，但秦亚哲绝对不像头脑不清爽的庸人，因此杜春晓隐约感觉他多少也看穿了些她的把戏，这才是请她这个"神棍"来家中消灾的原因。

"毕小青，认得吗？"秦亚哲等不及杜春晓将厅堂打量够便开始切入正题。

杜春晓下意识地摇摇头，顿了一下，又变成点头。

"真认得？"他惊讶地挑了挑眉毛。

"她的娘姨到我一个朋友那里去做衣裳，所以我听过五太太的事。她是天生丽质，拿过上海小姐比赛的第二名。"她像是拼命从记忆深处挖出这些话来，心里却在偷偷后悔这么快将李裁缝给出卖了。

"后来她怎么样了，杜小姐可知道？"

"后来？"她整个人已在慢慢往下沉去，不祥的情绪由这沉淀中浮出水面，于是强笑道，"后来她不是嫁给秦爷您享荣华富贵去了吗？"

"享荣华富贵之后呢，杜小姐可知道？"

她一时语塞，只得盯着墙上一柄镶嵌红宝石的铜剑发呆，半晌后方小声回："不知道。"

"后来，她消失了。"

她当即汗毛竖起，因知晓他说哪个人"消失"，极可能就是永远"消失"了。

"是消失了还是死了？"她不识相地追问。

"确切地讲，是私奔，不知去向。"

他的坦然令她吃惊，又觉得难以信任，于是只得闷着，不敢再进一步。因厅堂里那些奢华贵重的古董已令她不适，那是彰显身份之余还给人压迫感的摆设。

"但是，弄影和金凤都说看到她的鬼魂在庭院里出没。"

"秦爷的意思是，您的五夫人在私奔过程中已遭遇不测？"

他点头："恐怕是。"

她到底按捺不住，顶着杀头的危险问道："五夫人出走，依秦爷您的势力与能力，应该很快就能找到的吧？又怎会眼睁睁让她死，且还不是死在您自己手上？"

他这才神色凝重起来，不再用生出白毛的耳孔对住她，而是拿一张脸压近，捏起她的下巴。她只觉快要被他吞没了，却又不得不直视他的双眼。

"杜小姐好大的胆了，居然排调（戏弄调笑）起我的家事来了。"嗓音还是平平的，像完全没有动气。

她笑道："秦爷如今不正是主动在和我讲家事吗？更何况，报业巨子月竹风的小妾从未对您的家事指指点点，不也被从楼上丢下去活活摔死了吗？所以跟秦爷您打交道，横竖也是个死，怕都是多余的。"

"哈哈哈哈……"秦亚哲发出狮吼一般的爆笑，松开了杜春晓。

杜春晓只冷眼看着他，说道："为什么人在掩饰尴尬的时候总是要大笑？"

“为什么你在看穿别人想法的时候要用西洋牌来表达呢？”

两人旋即陷入微妙的沉默，仿佛彼此都被看穿了劣根性，竟僵在那里。过了好一歇，杜春晓方张口：“那么，秦爷也认为那个鬼是五夫人？”

“不知道。”

“不知道？”

“对，所以请你来查。”

依杜春晓的做法，必是要从屠金凤身上开刀的。对方亦知那鬼吓的不仅仅是自己，胆子大了不少，病也奇迹般地好转了，只故意赖在床上，欲多赚些怜悯。所以杜春晓推门便闻见一股子浓重的药味儿，呛得她捂住鼻子又退出来，再深吸一口气才进去。

“三太太，那日见的鬼长什么样子可还记得？”

“头发很长，穿大红旗袍——”屠金凤啜着参汤努力回想，突然又把手指向一旁扫地的月姐，“喏喏喏，她也看到了呀，她晓得的。”

月姐只当听不见，继续弯着腰。

杜春晓没有调转枪口去问月姐，只对屠金凤道：“好的呀，我等一歇就去问她。侬还记得哇，当时娘姨看到那鬼以后是什么反应？”

“哎哟，伊胆子大，假装看不见那鬼，把我扶回去咧。”屠金凤惊魂未定地拍着胸口。

“三太太要不要算一算命，看鬼还会不会回来吓你？”

这一句，勾得月姐都支起耳朵来，边扫边将身子慢慢靠近屠金凤的床榻。原本嚷嚷着体虚的三太太亦双眸发亮，支起身子来细细洗牌。杜春晓喜欢这种洗牌时表情虔诚的算命人，他们往往心里迷茫又极外放，只要给她撕开个口子，便能看到潜意识里那片私密的风景，所以拿屠金凤作为调查对象是对的，她的懦弱与低浅的心智有助于提高占卜的准确率。

“哎呀，三太太，您过去可是造过什么孽？”杜春晓指着逆位的太阳牌开始胡诌，“恕我直言，您可是倒过来的太阳，便是阴了，一定是被哪个女人盖过了风头，一直不得翻身。”

“那……后头呢？”

屠金凤被戳中心事后也不否认，只催着杜春晓往下说。杜春晓心里冷笑，男人娶了五房太太，哪有不被接下来那一个盖过风头的理？再说毕小青的风华绝代上海滩哪个不知？另外几房心里有气也是必然，不用算也猜得到了。

翻开现状牌：正位的恶魔与逆位的战车。

“看来，那阴气还未散尽，可是碰上了什么凶煞，把人搞得心神不宁？那鬼自己，恐怕亦是有些不达目的不罢休的意思。”她刻意将声压得极低，突出月姐扫地的哗哗声，只是那一刻，哗哗声都消失在空气里了。

“那……那她要达成什么目的？”屠金凤干着嗓子问。

杜春晓突然咧嘴笑了一下，口内烟熏气阵阵：“复仇呀。”

未来牌开启：逆位的世界。

“看来，那女鬼将来必得贵人相助，让自己的冤情翻身，那些该下地狱的人，自会下地狱去的。”

啪！

站在她们身后的月姐扫帚落地，已无暇去捡。

轮到花弄影，她一口荒腔走板的上海话先吓掉了杜春晓半条命，只是这位曾经的老举倒也性情爽快，反复强调：“这只鬼不晓得从哪里蹿出来，这样那样地扑向你！我乱叫了一通，拿手不断乱抓乱挡，那鬼还在靠近——”

“你为何不逃呢？”

“你知道咩啊？哪里逃得掉？！”花弄影跷起一只脚，搁在烟榻上。据杜春晓观测，秦亚哲应该没有大烟瘾头，那必是这四太太从石塘咀带来的陋习。

“据说，四太太是深夜去那边拜七姐才撞了鬼的，你可知道那鬼是什么人化的？”

“还用讲？毕小青喽！”花弄影脱口而出，倒是颇出乎杜春晓的意料。

“她是真失踪啦？”

“失踪？也可以这么讲啦。”她一面冷笑，一面姿态娴雅地烧烟泡，将玻璃烟管熏暖。

“这么说她不是失踪？”杜春晓发觉自己可以将占牌那一套省下来了，“从前听人讲，毕小青的姘头是武生宋玉山宋老板，可有此事？”

“侬莫乱讲啊！宋老板都死在戏台上了！”花弄影重重吮了一口，整个人随之瘫软下来，上半身已横卧在榻上。

杜春晓这才想起在李裁缝那里的推断，宋玉山已死，毕小青要与谁私奔呢？莫非她先前的想法是错的，她的奸夫另有其人？

想到这一层，她忙跟着歪到榻上，笑道：“那你可知道她的姘头是谁？”

“我怎知啊？”花弄影懒懒地翻了个白眼。

这个表情激怒了她，于是杜春晓突然正色道：“四太太是真不知？我倒是也有一件不知的事体，还望四太太解释。”

“什么事？”

“您既说那日深夜在庭院里是拜七姐，那怎的管家赶到时竟没见地上有一点香烛贡品？”

这一句，果然将花弄影从榻上惊起，只见她额角渗着汗，将两只发颤的鸡爪似的手紧紧握住杜春晓的右臂，带哭腔道：“你可莫要乱讲，我真没什么——”

杜春晓按住她道：“都是女人，有些事情我们懂的，彼此行个方便，今后也好做人。可是这个道理？”

花弄影先前的强悍泼辣已无影无踪，然而还有不服输的意思，只恨恨道：“若换了你，也会与我做一样的事。”

“换了是我，或许会做一样的事，但不会和管家。”杜春晓的眼神里满是同情，惊觉秦亚哲喜欢的女人有同一个特性：精明，但情关难过。

“你是怎么知道的？”花弄影似乎松了口气，她不知怎的，开始无端相信眼前这位古里古怪的老姑娘。

那老姑娘似乎看穿了她的心思，笑道：“好了，彼此行个方便，也该告诉我了，否则我怎么捉鬼？”

“是宋玉山，没错。”花弄影讲出那个名字的辰光，是下了极大决心的。

-13-

南苏州路的繁华与寥落是并肩的，陈旧的西洋老店，闹猛的赌场夜店都是小拎拎的，因为小，于是显得愈发挤，是刻意营造出来的门庭若市。流莺着油腻腻的旗袍，只手里一块罗绸帕子却总是新的，她们多半走一日都拉不满五个客人，于是花大量辰光与澡堂伙计闲聊，但很快便被赶跑。黄包车时常一字排开停丁街面两侧，总是跑的少过于等的，但他们显然不急，只把柄手擦得锃亮，白毛巾搭在黑黑的脖颈上，竟不似来干活，而是休息。但夏冰知道，他们压低的毡帽底下都有一双锐利的眸子，用它们来洞察世事。这些人里近一半与洪帮有牵扯，一面做劳力，一面办些不能讲的事体。

苏美钟表店歇业之后，因是凶店，所以迟迟盘不出去，门上的封条都褪了色。然而多数路人并不晓得这其中的凶险，还是面不改色地来来去去，所以两个黄包车夫亦躺在车上打瞌睡。夏冰随意叫了一辆，只说去逸园跑狗场，车夫忙用毛巾在车座上掸了几下，请他坐了，便抬起车把，低头向前。

“师傅，你经常在这条路上拉车？”

“是的呀，你要去别的地方哇？上海末捞捞好玩的地方咧。”车夫一听他的外地人口音，忙兜起生意来。

“好的呀，反正我也不晓得去哪里逛得好，你带路。”夏冰偷偷捏了捏袋里的钱包，知道今朝不出点血是不行了。

两人于是有一搭没一搭聊天，不多时便绕到苏美钟表店那桩血案上去了。车夫像来了劲儿，脚下健步如飞：“那日家里老婆生第二胎，我没出来做生意，听炳荣讲啊，杀人案那天夜里，伊刚把一个蓬拆小姐拉回家，也打算休息了。正拉着车往前跑呢，竟从钟表店里冲出两个人来，坐上他的车就要伊跑。起先他也觉得有些怪怪的，三更半夜怎么还有人从打烊的店里出来？吓煞的呀！”

“那侬晓得这两个怪人坐了他的车跑去哪里了？”

“不晓得，炳荣也没讲清爽过。”

夏冰终于看到一丝光明，便给了那车夫十块钱，道：“求师傅带我去见见那炳荣。”

根据那叫朱炳荣的车夫讲，坐他车的是两个人高马大的外国人，操一口别扭的上海话，要他拉去一个洋餐馆，而且下了车飞也似的往餐馆后头一绕便不见了，连车钱都没付。待朱炳荣将车子拉到路灯下，才发现座位上有一摊血迹，他当下心里一紧，复又庆幸没追着那人要钱，否则恐怕性命不保。果然次日在苏州路开工时，便听说出了命案，遂吓出一身冷汗。

“侬还记得是什么洋餐馆吗？”夏冰推了推眼镜，不禁暗暗揣测那小四的“听那边说”的那个“那边”是否便是这些车夫，直到很久之后他才知道上海滩另有一个可上天入地的民间秘密情报网。

“记得的，叫红石榴。”

红石榴餐馆与杜春晓的荒唐书铺是云泥之别。前者干净得玻璃窗上都没有一个手指印，骨瓷咖啡杯发出幽暗的光芒，吧台边的点唱机里正传出妙曼的爵士乐，一位表情柔和的男子在煎一块牛排，平底锅发出“咏咏”的诱人轻响，白衬衫上的月光石袖扣低调而优雅；后者则是脏乱的，触摸每个书架都会捞到一层黑灰，地板只匆匆拖过，散发出抹布的尴尬气味，杜春晓时常嘴里含一只牙刷靠在门口，与烧饼摊的老板抱怨烧饼的大小。

但是……

这餐馆令他联想到杜春晓的书铺，确是连他自己都觉得意外。因不知为何，这两个店铺有某种精神内涵上的神似，譬如餐馆大门进去之后若转一下头，便能看到门框上方钉了一根粗木，木头上摆了一排残断的圆烛，一只逼真的假鹦鹉停在最右侧，吧台上方挂着十来只硬邦邦的火腿，末端露出腌制成粉红色的精肉。这些别致的地方，将夏冰的回忆一下带到荒唐书铺去了，那里也是门框顶端最不起眼的地方放了一只客人从来不会发现的假鹦鹉，据说是英伦带来的珍品，只许多年不曾清洗，脏成了黑灰色；杜春晓也时常买一根腌得蜡黄的金华火腿，切片后洗去盐味，用油煎了就着苹果一起吃。

而吧台后那个男子，不见得非常英俊，浅浅的络腮胡是经过精心修剪的，金色睫毛令他的眼部轮廓愈发深邃，微卷的头发温柔地垂在额角。上海滩走十步便见一个洋人，杜春晓能用流利的英语与之攀谈，跟卖私烟的德国商贩大声讨价还价，但唯有这样有魅力的男子，她总是刻意忽视。这让他有些不安，因她从来都是一个坦荡而狡猾的人，许多的恶就藏在白亮的灵魂里。

倘若杜春晓逃避一个男人，她不是怕他怕得要命，便是爱他了。夏冰自认从未得到过她的爱，只是两人都觉得相处起来舒服自在，是可以把这种状态维系到鸡皮鹤发的。可她内里的某一层纱，却迟迟未曾揭破过，所以他看不穿她的地方，只要她不坦白，恐是终其一生也看不穿的。

不过夏冰无端觉得，眼前那位洋人，兴许可以看穿她。他没有看过一眼门口，却能分清楚进来的是客人抑或邮递员。这让夏冰觉出了压力，只不敢点破。

“是斯蒂芬先生？”夏冰用蹩脚的英语结结巴巴开了腔。

对方抬头，将牛排铲起，放入旁边的深棕色陶盘里，遂微笑点头：“有什么可以效劳？”

说的是正宗上海话。

夏冰刚要启齿，斯蒂芬突然道：“对不起，我恐怕没空了。”他的眼睛已越过肩膀，望向门口。夏冰转头，见一位穿西装戴圆顶礼帽，看似六十出头的男子走进来，金黄的络腮胡与眉毛将他胖鼓鼓的面孔修饰得温润有趣，只一对蓝眼珠明亮而灵动，叫人敬畏。

“嗨，波洛探长！”

“嗨，哈姆雷特！”“波洛探长”的英语颇具法式情调。

“现在来喝下午茶太早了。”斯蒂芬耸耸肩，给牛排淋上香浓的酱汁。

斯蒂芬向那老头儿挥了挥手，笑容愈发甜美，他对来客的外貌形容确也极度生动恰当。夏冰蓦地想起阿加莎·克里斯蒂娜笔下的那位比利时侦探，一样矮胖、绅士，却又咄咄逼人。

“是啊，所以只是看看你，跟我出去聊聊天什么的，应该没问题吧？”老头儿摸了摸唇上的胡子，语气异常亲切，眼神却一点都不和善。

斯蒂芬给装牛排的盘子放上装饰用的切片番茄，擦去边缘沾到的酱汁，方摘下围兜，转头对夏冰笑道：“早说了，我今天恐怕没空。”

夏冰不由自主地让开路，斯蒂芬从吧台出来的时候，手里已经拿了外套，边穿边讲：“这牛排是我请你的，慢用。”

牛排五分熟，切开时渗出了一点粉红的肉汁，夏冰尝了一口，方明白杜春晓缘何会嫌弃其他餐馆的丁骨牛排。餐叉戳起番茄的时候，他看到一块类似冰梨片的食物，用餐叉扎了一下才发现是个叠起来的纸块，于是拈起打开。

纸上是一行被热蒸汽微微熏糊的中国方块字，写着："转告乔安娜，我已被法国刑警埃里耶带走。"

乔安娜是谁?

夏冰瞬间陷入迷茫，直到将字条转给杜春晓时，才有了答案。事实上，她看到斯蒂芬的笔迹时发亮的眼神已说明了一切，他蓦地觉得有些酸涩由内里泛起，却又怎么都讲不出口。

"那个乔安娜是谁？"

"是我。"

他垂头不响，因等到了令他最担心的最害怕的答案。

"真是奇怪，斯蒂芬在英租界开餐馆，高文被杀一案也发生在英租界，怎么会让法国刑警参与办案？"他竭力缓和情绪，将注意力移向别处。

她将呈褐色的字条揉成一团，在指尖反复摩挲，眼睛只望向不远处的一个空景，幽幽道："因为那半张俄罗斯文的报纸——"

"报纸？"

正如杜春晓所料，斯蒂芬与高文被害一案扯上关系的事，英租界的巡捕也早已知晓，亦从现场俄文报纸的线索猜到嫌疑犯必是俄国人。如此一来，让英国人出面办案怕有失偏颇，尤其是斯蒂芬在案发第二日便被指认为嫌疑犯之一，已在巡捕房受过审问。结果当然一无所获，因为中间还牵涉到俄罗斯。于是英租界督察长想出妙招，索性找了法国侦探插手，手脚一下子便灵活起来了。

"你如何得知斯蒂芬已经受过询问？"

"你回来之前，小四来了。"杜春晓将烟吸进肺腔逼压了一下，喷出一口浓雾，“他真是什么都知道。”

夏冰一屁股坐在门槛儿上，发起呆来。杜春晓走到他身后，拿趿着绣花拖鞋的脚挠挠他的背，他没有回头，仍看着那前院里落了一地的枯叶，他知自己不打扫，她是绝对也不肯动的。

“下一步该怎么办？”他到底还是忍不住要问。

“不急着往下走，一切交给小四便可。”她突然莞尔，“你跟我去捉鬼才是正事。”

-14-

孙怡从佛堂里走出来时，两只手心又红又肿，眼里还噙着泪，可踏过那道门槛儿，她又仰起头来，意欲冲那之后碰上的第一个人发火，不管是谁。林氏在梵香弥漫的贡桌前提拎着眼角，瞟到她微微隆起的腹部时，总要冷笑一声。

“你们这些人，成天也不知做了什么亏心事儿，鬼哪是说见就能见的？必定心里有鬼才是真的！”林氏从脸蛋到身形均修长得过分，所以面相刻薄，两个油黄的高颧骨更是显得不可一世，只可惜嫁的男人太强势，由不得她嚣张，所以孙怡是进门一年以后才领教到这位正房夫人的厉害的。

“得了，你们几个得轮着教训，否则越来越没大没小，为一丁点儿事就让老爷操心！”她在玉佛跟前抄完一段《金刚经》，放了笔，拿起桌上的一枚长方形镇纸，厉声道，“把手抬起来！”

于是孙怡只得将两只手掌朝上抬过头顶，冰冷的镇纸与手心摩擦出一阵麻辣辣的痛楚……

秦亚哲的女人里，不服林氏的唯有花弄影，但凡出头挑衅的事儿她最敢做，因此吃亏次数也多。孙怡前脚踏出，她后脚便过来了，但孙怡不知为何又发不出火了，两人反而相视一笑，花弄影见孙怡笑得勉强，忙问怎么了，孙怡努一努嘴，道：“还不是那一回事？”

花弄影一听便叹气道：“就晓得她不会放过我们，信神佛，无信鬼怪，也莫知是怎么个道理咯！”

“她一定是怕！”孙怡咬牙道。

“哼！”花弄影冷笑，“我也知道她是怕啦，最好就这么被吓死了！”

这话讲得孙怡“扑哧”一下笑出来：“傻妹妹，哪里有这么容易就吓死人的？”

“她自己何时也见到那鬼了，不就吓死咯？”

话毕，花弄影便气哼哼扭着腰肢进去了。

孙怡方发现自己那一腔怒火，竟也不知到哪里去了，只得一脸苦笑地穿过庭院回自己房里去，推门时与手里端了盏茶的娘姨撞上，再伸头一瞧，见杜春晓正坐在圆桌上玩塔罗牌。

“哟，二太太总算回来啦！”

杜春晓见孙怡进来，忙将牌收拢抓在右手里，正要站起，孙怡却对她摆手，嘴里说“坐下坐下”，于是二人一并坐了说话。

“杜小姐可是来查闹鬼的事儿？”孙怡笑吟吟地向娘姨使了个眼色，娘姨当即会意，放下茶便出去了。

“嗯，我连续三晚蹲在庭院里头，也不见那鬼出没。”杜春晓显得有些怨气，嘴里也都是烟臭味儿。

孙怡实是打心眼儿里看不起她，于是嘴上也少不得排调：“想必是杜小姐在庭院里守夜时睡得太死，那鬼来了也吓不醒你呢！”

“话说——”杜春晓丝毫未计较孙怡的刻薄，却适时转了话题，“五太太的事儿，您可有什么看法？”

“我能有什么看法？她自有她的出路与打算，我们原跟她的命一样，又有什么好讲？”孙怡低头吃了一口茶，竟转头又吐了，拿起碟子里的几块橘红糕嚼了滤嘴，“对了，说到命的事儿，听闻杜小姐的什么西洋牌算得出神入化，可有兴趣帮我占一占？”

“嗯，使得。”杜春晓把手里的牌推到孙怡手边，笑道，“可是算您这一胎生男生女？”

孰料孙怡却别了一下头，一脸鄙夷道：“这也没甚算头，是男是女他都一样会疼的，只要给他留后。不如算算那鬼何时才能消停吧。”

杜春晓听得不由发笑：“这可奇了，你与四太太算的竟是一样。”

“那正好，你直接把结果告诉我便可以了，省得我再弄一次。”

“算的结果是，那只鬼一天不报这个仇，便一天不会消停。”

她故意将答案说得很慢，一字一顿，似在给听者上凌迟之刑。

孙怡听完，竟“哇”一声吐了，连鞋面都是粉色的碎点心屑，一股油中带酸的异味在空气中缓缓蔓延。她半晌才抬起头来，扯着嗓子喊娘姨来收拾，皱眉道：“这么个折腾法，必是男胎。”

“那我先走了，二太太早些休息，莫动了胎气。”杜春晓当下也识相，起身便离开了。

但杜春晓不是去秦家厨房蹭饭，而是去了佛堂，还未踏进门里，已听见蹊跷的啪啪声。管家面色煞白地站在门槛儿里侧，一见她便上前拦住，只说夫人有要紧事在办，暂不见客。

“那好，我等一歇过来！”她故意将声音放得很响，盖过了那些迟缓又沉重的啪啪声。

话音刚落，那动静果然没了，只听得烛火微光里传出一声：“叫她进来。”

管家忙侧身让路，杜春晓方看清里头的一切，林氏坐在贡桌右侧，手边放一枚长方油亮的玉石镇纸。花弄影背对杜春晓跪在地上，腰杆挺得笔直。

“先回去吧，依依个身份，进佛堂本来就不——”

林氏的“妥”字还未出口，花弄影已迅速站起，板着脸转身往门口走去，左肩和杜春晓的手臂擦过，丝绸发出一抹恨恨的尖叫。

“你看，这些小的若不教训，就是这样的德行，尤其这种广东仔，杜小姐莫要见怪。”

一番话，林氏说得字字切齿，就是要让还未踏出门槛儿的花弄影听到。所幸对方似是不愿计较，只顾加快脚步逃了。

杜春晓一时亦不知要如何应对，只好讪讪笑着，林氏让坐，方坐在一侧的酸枝椅上。

“夫人，今朝过来，只想问一桩事体，就是那其他几房太太都见过的鬼，你可有见？”

“哼！”林氏一张脸即刻阴下来，唇角刀刻一般生硬的笑纹也更深了些，“那几只贱㞗的话哪里能信？纵有鬼，我有如来护身，妖魔都不敢接近的。”

“夫人，话不能讲得太满啊，有些事体还是要走着瞧的，几位姨太太也不是一朝同时遇鬼，可是这个道理？”

“杜小姐这话讲得奇了，听闻你也是成日里拿一副西洋牌揩人家便宜，倒教训起我来了？”

一句话，竟把杜春晓的话活活堵了回去，也不晓得要怎么辩，于是寒暄了几句便走掉了。回到家里头，劈头便对夏冰讲了一句：“这家的大太太早晚要死于非命！”

恶鬼出没的秦公馆，夜里便显得格外安静，因众人都躲在自己屋里不敢踏出半步，几个娘姨和男仆倒也便宜了，主子歇得早，他们就变着法儿聚在管家房里赌牌九吃果子，不亦乐乎。

月姐当下已赢了几个大洋，正得意着，管家便挑唆众人要她请客，她嗔道：“请你娘个㞗客！前两日撞鬼吓煞我了，今朝好不容易有点转运，侬倒来敲我竹杠咧！”

管家知她平素小气，忙把酒杯端到她嘴唇上，笑道：“那么侬就多喝一点，让其他几个也赢点回转呀！”说得众人都笑起来。

管家见玩得尽兴，干脆命一个小厨子去把各房守夜的下人都叫来玩，一时间场面闹猛无比，满屋子都是听牌声与吆喝声，酒气熏红了每个人的面孔。

林氏还在阴笃笃的佛堂里，她不喜用电灯，然而几个佛灯还是点得通亮，玉佛亦在暖融融的光线里睁着一双眼，呆呆望向远处。她坐在这里，便似主宰了自己的世界，是秦亚哲从前赋予她，如今又悉数夺走的，所以除了向佛，她已不知要如何生活。她始终记得毕小青消失以前从未进过这佛堂半步，她每每唤她，都是娘姨过来通传一声，讲她身上不方便，来不了，所以那把镇纸，从不曾沾过她的细皮嫩肉。而另外几个，又是异常听话，被打被骂从不哼一声。事实上，每每拿起镇纸，她反而是最怕的那个人，怕她们突然奋起反抗，还怕她们一个转身便去跟秦爷哭诉，将她的最后一片天地都摧毁。奇怪的是，她们竟是那么听话，与毕小青对她公然的蔑视有天壤之别……

想到这一层，一股绵软的阴霾缓缓擒住了她，她站起身，意欲停止《金刚经》的抄写。她起身活动一下筋骨，立直后却又马上坐下，因两只脚都是麻的。于是又静静坐了一会儿，双肩却不由自主地往上提拎，似乎有一双手正握住她的双臂，将她拉起……

她以为是有些乏了，便下意识地抬手去揉肩膀，却不料触到的不是肩，而是一块手骨，如镇纸一般冰凉硬实的触感。她当即头皮如炸开一般，嘴里不停念“阿弥陀佛”。

“呵！”

那只手骨的主人好似在她耳边笑了，她只得慢慢站起，心里却没有一丝想逃的意思，因知道大抵是逃不掉了。从前嘲讽那三个小妾的刻薄话，如今正一字一句向她传来。

“呵！呵呵！”

那声音更真了些，她的佛也正在身后瞧着，目光空远，毫无诚信。

此时手骨突然从她肩上松开，她浑身肌肉僵硬，却还是感觉减轻了压力，但很快便又紧张起来，因有一团鲜红色伫立眼前，长发披面，只露一双与旗袍同色的双眸，直勾勾盯住她。

“毕……毕小青！你……你你……果然是死了？”她认出了那鬼手上的一只红玛瑙镯子，光芒耀眼、血丝满布。

于是惊吓中不由涌起一丝沮丧来：“不是我害你的，又不是我害你的……呜呜呜……你不要找我呀！”

脱口而出的话似是提醒了自己，林氏忙侧身欲往鬼的右侧逃去，不料竟与那一团红迎面撞上，那鬼行动如闪电，又似是在那里候着她。

“啊——啊啊——”她发出鬼哭狼嚎一般的尖叫，脚步亦是乱的。往后退时，恰踩中长裙下摆，身子即刻往后仰去，后脑壳在酸枝椅上碰撞出清脆的“咔”一声！

“呵！呵呵！”

晕厥之前，林氏耳边仍回荡着毕小青的几声冷笑，仿佛她还在秦家做五太太时，手里捏一把瓜子对她油腻的发髻指指点点时的腔调。

-15-

施常云胖了。

因连续一周，杜春晓都带了意大利巧克力过来，那东西味道极苦，只有决意要保存精力的人才会去嚼。原来每样食物做纯粹了，都像香烟一般叫人上瘾，这是她近期从他身上得出的结论。

“杜小姐，毕小青的事体您还是少知道为妙，多关心关心小胡蝶的去向吧，那才是你赚钱的路子啊。”施常云伸了个懒腰，语气还似在洋餐馆里喝下午茶。

“你怎知我帮秦爷查鬼就不赚钱呢？”杜春晓笑吟吟地拿出一根烟，递给施常云，他摆手推了，她只得将香烟一端在手背上拍一拍，叼在口中。

“有些秘密，不知道没事，知道了就是个死。秦亚哲的秘密，更是碰不得。他要你捉鬼，就是要你去死。”

“我跟他无冤无仇，他为什么要我去死？”

施常云这才沉重起来：“因为你在这里出现的次数太频繁。”

“瞎扯！”她抬了一下下巴，故意不去看他。

“何况你没把鬼捉住，反而让秦家大太太受了脑伤。如今她还神志不清吧？”

“嗯……”杜春晓沉吟道，“确实有些神志不清，嘴里叫着‘佛堂有鬼’。待问细一些，她便说不出来，只形容那鬼就是穿红衣的毕小青，突然出现在她背后，然后忽左忽右地移动，挡住路不让她走。”

他捂住鼻子，道：“你把烟熄了再说话，我可闻不惯！”

杜春晓也不计较他的挑剔，将烟头径自在鞋底摁灭，丢于地上。

施常云这才松一口气，继续道：“你恐怕和我一样，是不信鬼的人。那鬼既要报仇，报的是谁的仇？毕小青在秦家最恨谁，你可有想过？”

她看着他的脸，半日方回：“想过，她可能是被另外四个女人中的某一个害死，但又不知真凶是谁，于是轮流来吓她们，看是否能找到债主。”

“但你心里应该已经晓得谁有罪，谁无辜了吧？”

“晓得。”她点头，“但总有一些奇怪的地方，我没想明白。”

“嗯，是二太太遇见的那个鬼吧？”

“对。”

“还有秦爷对这件事的态度。”

“没错。”她心惊肉跳地点头，眼前的杀人犯虽是困兽，却时刻让她倍感压力。

“乔安娜——”他每每唤她的另一个名字，便仿佛剥去了她精心包裹的层层面纱，随后欣赏她被曝晒在毒日下的痛苦，“去找到小胡蝶，完成我们的交易。否则，还会有别的事情发生，是你完全对付不来的事。”

还会有别的事情发生……

她愣了一下神，竭力想甩掉他的“诅咒”。但走出看守所，抬头看见一片淡薄的秋阳时，她又松弛下来，口中喃喃道：“还是先去给秦爷一个交代吧。”

杜春晓刚进秦公馆，便被告知林氏死了。惊吓过度，外加头上的撞伤，请了西医来瞧，说要做开颅手术。秦亚哲一听得把脑壳打开取出所谓的血块，当下便发起火来，严词拒绝了建议，于是眼睁睁看着林氏死在自家床上，只一个生前陪在身边的娘姨伺候着。

入殓师正给林氏入殓的辰光，另三房太太均带了各自的娘姨过来瞧，说是要帮忙，实际却有些看笑话的意思。秦亚哲懒得点穿，由她们一个个将帕子摁在眼睛上装腔作势。见杜春晓不管不顾地冲进来，也不讨厌，只绷着脸请她坐下，便不再吭声。

“秦爷，您要查闹鬼的事情，已水落石出，是要待夫人下葬以后讲，还是现在就听？”杜春晓老大不客气地坐下，呷了一大口茶。

秦亚哲眼睛似笑非笑地望住她，道：“哦？杜小姐不如现在便讲一讲。”

“这个鬼，便是您的二太太、三太太与四太太。”

花弄影果然是头一个跳出来的，她两手叉腰走到杜春晓跟前，怒道：“你莫要乱讲！我们三个都被鬼吓了，你倒反而赖起我们来了！”

屠金凤当下也恼了，径直走到秦亚哲跟前叨念起来：“老早跟你讲过咧，这种古里古怪的女人不可靠的，侬看，现在鬼么抓不牢，抓起自家人来了，赶紧将伊打出去算咧。”

孙怡只是垂头不响，两只手护着腹部。

厅堂里一时间又是骂又是怨，动静杂乱得很。杜春晓不再说话，只看着秦亚哲，仿佛只等他一人的指示。

秦亚哲早已领会，便霍地起身，将手里一只茶杯重重砸在地上，爆裂引发的巨响瞬间平息了噪音，所有人均屏息垂头，亦不敢看他一眼。

“杜小姐，继续。”见四下已回复安静，他方发了话。

“起初，我也以为这庭院里头有鬼，于是呆呆地在那儿守了几夜。可后来，我想到两件事，一是二太太口中描述的鬼，是一个白色身影从窗口闪过，而三太太和四太太却说是红衣女鬼，这可就奇了，难不成其实这里有两只鬼？”

“哼！没准儿那鬼会变形也未可知。”孙怡冷不防顶了一句。

“可吓大太太的鬼却还是穿红衣的，为何偏偏只有你见到的不一样？是不是二太太你临时胡诌出来，才与其他两位形容的不一样？三太太遇鬼的事儿，除她本人之外，还有她的娘姨月姐瞧见，于是月姐便把这撞鬼的事儿不小心透露给了四太太，四太太这才在院子里演了一出撞鬼闹剧，目的是为了让秦爷知道这宅子里有鬼，且不是只她一个见了。可是这个目的——”

“你不要血口喷人，我干吗要让老爷相信宅子里有鬼哪？”

“因只有这样，你们才好扮鬼来吓大太太啊。”杜春晓又贼笑起来，“应是三太太撞鬼的事让四太太晓得了，于是你们二人便商量要拿它做文章，借机除掉眼中钉。”

“你再乱嚼舌头，我撕烂你的嘴！”花弄影到底熬不住，脸色煞白的便要上来打，被管家一把拖住。

“原来这吓死正房夫人的大计，是未将二太太计算在内的，可偏巧二太太却也顺嘴编了见鬼的胡话，兴许还是主动请缨，要加入阵营的。二太太，我讲得可对？”

孙怡咬紧嘴唇别过头去。

“于是你们三人在制造了闹鬼传闻之后，心安理得地开始行动，大太太被吓当晚，四太太让管家把所有当日守夜的娘姨们招到他房里去赌牌，这样一来，你们的行动便自由了，都长发披面，穿了红旗袍，潜伏在佛堂内吓人。所以大太太才恍惚觉得那鬼移动迅速，她怎么都逃不掉，其实分明是你们三个从正面与左右包围住她，将她唬得精神错乱，对不对？”

“证据呢？”孙怡勉强镇定一些，颤声问道，“这样编谁都会，拿出凭据来呀。还有，我们三个为何要害大夫人？她早已不服侍老爷了。”

“她虽不服侍老爷，却掌握了你们三位一些见不得人的秘密，所以才能随意把你们唤入佛堂，用镇纸教训你们出气。”杜春晓上前冷不丁拉过孙怡的手臂，掰开五指，暴露出她赤红发紫的手心。

“是什么秘密？”这一句是秦亚哲问的。

“应该是与毕小青有关的秘密。”杜春晓松开孙怡，道，“所以我提及女鬼复仇的辰光，三太太才会吓成那样。”

屠金凤突然跪下，快速挪动双膝向秦亚哲的位子移来，边哭边道：“老爷！我是真见了鬼了，是真见了呀！”

“没错。”杜春晓点头道，“三太太是真见了鬼，正是这件事给了你们灵感，所以这个谜，我只解到大太太的死因，其余尚待查证。”

“那么说，你还是冤了我们。”孙怡恨恨道。

杜春晓却反倒拿怜悯的眼神看着她：“二太太，我晓得你的苦，生活在这样的狼窝虎窟，你又怀了骨肉，要平安产子着实不容易，毕小青的事更是让你惶惶不安，所以你才以攻为守，与其他两个女人站在同一阵线上，力求自保。”

孙怡这才没了话，眼圈也跟着红了。

“没错，我确实没有真凭实据证明佛堂闹鬼一事是三位太太所为，一切都是塔罗牌告诉我的。”杜春晓拿出三张牌，分发给三位太太。

给孙怡的是星星牌。

“二太太会甘受大太太摆布，必是与腹中那块肉有关系吧？那是你豁出命都要保全的东西，又何况只是自尊与轻微的皮肉之苦？再斗胆猜一记，你们三个扮鬼的辰光不晓得哪一位是戴着玛瑙手镯的，这亦是大夫人死前道出的最后一桩秘密。你们可是怕吓不着她，特意戴那个出来让她相信确是五太太的冤魂作乱。只是有她的贴身首饰，必定也应该知道她的下落。秦爷若真要找五太太，问她们三个便有结果。”

屠金凤拿到的是女祭司牌。

“三太太确实被鬼吓着了，你与四太太之间，也肯定有一个人提出了装神弄鬼的计划。但三太太可曾想过，你既然可以装鬼吓死大太太，那么别人也可以装鬼来吓你？”

花弄影手里那张女皇牌让杜春晓笑了。

“四太太，这三位太太里，你是最聪明的一位，用巧计拔了眼中钉。可你似乎忘记一桩最要紧的事了，便是庭院里真的有鬼，且是厉鬼。不让仇人服罪，它恐怕是不会去走奈何桥的，你可有法子让这鬼就此安生了？”

当下说得花弄影张口结舌，火气全无。

“所以各位莫要放松警惕，那女鬼还是随时会回来向害她的仇人索命的。外加上除鬼之外，还有人在作祟。三位太太今后的日子，可是要更提心吊胆了，既要防鬼，又要防人，小心到最后搞得身心俱疲，导致害人害己。”她显然已说到兴头上，竟有些控制不住。

“杜小姐。”秦亚哲终于缓缓开了腔，“侬跟管家去账房领五百个现洋，之后的事就不劳费心了。”

“那三太太遇上的真鬼，也不用查了？”

“不用。”

这两个字从秦亚哲口中讲出来，叫人心惊胆战。杜春晓已晓得自己这一讲，必将导致三个原本已命运多舛的女子为各自的经历再添一道致命伤，想挽回却是爱莫能助，于是脑中无端浮现出施常云诡秘悲苦的笑容来。

三日之后，唐晖便从包打听那里买到一条不敢报道的新闻——秦亚哲家的三位姨太太统统被送到了杭州老宅休养，其中包括待产的二太太孙怡。

第三章　高塔双艳

“这座塔，意指落花有意，流水无情。
你在一个男人身上浪费的感情太多，积沙成塔，
最后却高处不胜寒，终究还是要从那里下来的。”
她一脸同情地将那张牌收回，道，
“该了断的时候，一切都必须了断，
哪怕有些事情，已经来不及了。”

-1-

“肚皮饿不饿？要不要吃碗鸡丝粥？”

燕姐把粥端到米露露跟前，她接过喝了两口，便放下了。她见她吃得勉强，便不再劝。这几日百乐门的红牌舞小姐都铆足了劲头给自己置行头，添购西洋化妆品，目标便是要在汕头路群玉坊的花国大总统竞选中别苗头（竞争）。米露露亦是下决心，必要为百乐门挣回脸面，不能让这里的熟客被那边的交际花勾了去，所以忌了口，不碰荤腥。一个月下来，腰腹果真小了一圈，却不料先前鹤立鸡群的胸脯亦塌陷下来，叫她好不懊恼，于是吃也不是，不吃也不是。可恨那朱圆圆照样每日十只小笼包当夜宵垫肚，还是蜂腰豪乳，丽质天成。

然而米露露怎么都想不到，邢志刚对她的未来还有另一番打算。

“邢老板算盘子倒也精嘛，我是蓬拆小姐，不是路边野鸡！叫我去参加花国大总统竞选？亏伊想得出！”她桌子一拍，气鼓鼓地坐在化妆镜前检查她的睫毛。

“侬不要再气咧，再气还是要去的。”燕姐晓得她在摆架子，只得假意劝一劝，实际上她是她肚子里的蛔虫，知道小婊子对这样的事体并不排斥。

“不去！”米露露翻了个白眼，又在腮上扫了一层胭脂，“要去就叫朱圆圆去，伊比我生得漂亮，又喜欢搭客人出台，伊去正好，一看就是长三（高级妓院）出来唉！”

“笑话咧。朱圆圆脑筋搭牢侬又不是不晓得，评花国总统又不是光看样貌，风度气质也是要的，顶要紧的还要会得讲话，讨人欢心，侬讲是伐？”燕姐还是好声好气，心思却早已在邢志刚那里，今晚她要去他那里睡。自出了事以后，他们已许久没有同房，她几乎已想不起他的体温与气息，只知舌尖的微凉，手指缝里也总要夹起她的头发丝……

正想得销魂蚀骨之际，只听米露露喊了一声：“去的话，行头要邢先生那边出的。”

她忙满口应允，去找邢志刚商议了。

米露露这边厢却端起那碗鸡丝粥狼吞虎咽起来，她深知舞客与嫖客的审美差异，后者不指望“窈窕淑女”，前凸后翘才最受追捧。

竞选头一日，米露露因是舞厅小姐，只得一面单打独斗，一面掂量群玉坊那些烟花女子风情几何，遂愈发自信起来。诚然，她米露露姿色撩人，又会些洋文，妖冶里还掺了一点性感野猫般的特殊气质，相较那些面上气质如兰，却开腔讲不得两句话便暴露了乡音的佳丽，竟占了许多优势。于是一路走来，赢得喝彩阵阵，一时占尽风头。尤其展示才艺的环节里表演的一段曼波，更是风流俏皮，充分凸显身材优势，待一曲舞毕，台上已落满了客人抛掷的红玫瑰。

孰料米露露的得意维持不到五分钟，下一位出场的竞争者就将她苦心经营的成果毁得干干净净。

她算不上顶漂亮，只一对细弯的眉眼，穿珍珠白旗袍，头发削得极为短薄，刘海儿整整齐齐地盖在额头上。可不晓得为什么，大家会不由自主地被她周身散发的迷人气韵吸附过去。她并不笑，似乎是对献媚有些厌弃，只懒懒站在台正中，甚至偶尔还会蹙眉，这番苦情的表演却令台下瞬间鸦雀无声，因都在等她下一步动作。更让米露露揪心的是，她看得出对方的奢侈与精致。唇膏颜色与脚上的绣花鞋面完全一致，那件旗袍上钉的每颗珠子均是天然深海珠，更别提腕上那块钻表，富家千金亦不过这样的行头吧！而这女子身边不知何时已摆上一架钢琴，那东西像是随时提醒其他那些长三（旧时上海的高级妓女）、老么出身的娼妓，她与她们是千差万别的。

米露露只得在心里偷偷骂娘："这哪里是竞选花国大总统，竟是选上海小姐呢！"

不过最让她心惊肉跳的倒不是对方在台上演奏的一曲肖邦，却是对方的长相，面上每一寸都似是与小胡蝶用同一个模子刻出来的。所以选拔头一日，各路选手在后台梳妆的辰光，她便盯着她倒吸一口凉气，叫道："淑梅，你怎在这里？！"

孰料对方竟怔怔看了她一眼，茫然道："是在叫我？小姐可是认错人咧。"

"那你叫什么？"米露露定睛细看，五官确实每一处都像的，只气质做派全然是另一个人，雍容了许多，身上每件东西都价值不菲。欠身穿鞋的姿仪亦是妩媚的，臂弯挤出那两道新鲜性感的褶纹，竟带着扑鼻馨香。

"金玉仙。"她露出两颗小小的米牙，口气清新，没有被烟熏过的可疑味道。口音亦证实她是正宗上海人，没有小胡蝶的苏北腔。

"哦，侬和我一个小姐妹倒是生得蛮像。"米露露只得讪讪补充道，登时与对方攀谈都觉满心的压力。好比穷光棍与富家公子同桌吃饭，总归气要短上一截。

金玉仙倒也不曾计较，只抿起嘴来，把笑绣在两片粉唇间，道："没有关系，较关（许多）人拿我认错过，还有人讲我像大明星阮玲玉唉。"

"像唉，是像的唉。"米露露连忙点头，心却已冷下来，晓得自己碰上了劲敌，到手的花国大总统已飞走。

据闻这金玉仙是新来的长三妓女，原是前清皇宫里一个王爷的私生女，所以养尊处优惯了的。无奈家道中落，溥仪被赶出紫禁城，去东北当傀儡皇帝之后，昔日皇族荣耀尽失，那王爷亦带了家眷北上，不能入祖先祠堂的自然顾不得，所以走投无路之下，只得将这样的金枝玉叶卖进窑子里。所幸长三规矩严苛，亦给心高气傲又姿色出众的姑娘多些特权，老鸨也是客客气气，晓得她们身娇肉贵，自有大用场可派；诸如金玉仙这样的上等姑娘，初夜都是死命保了的，要攒价钱，专等这样的机会以得万众瞩目，再借机捞一笔。按行内人的看法，依金玉仙的绝顶品质，断无可能“一点朱唇万人尝”，必是一下就傍上一个好的，并很快被赎身出去，从此锦衣玉食，享一世富贵。进窑子也不过是权宜之计，再讲得穿些，只是踏板而已。

听到这些琐碎事体，米露露心里愈发不是滋味，只怨同人不同命，即便都在欢场，却也有天壤之别，只不能放到台面上说而已。其他几位入围者，大抵亦是与她一样的想法，都有些躲着金玉仙，都隐约觉得与她不是一类人。

所以金玉仙登上花国大总统之位，而米露露只荣获副总统头衔，亦是没得话讲。这结果让邢志刚大发雷霆，因“副总统”等于狗屁，只在报上的照片里镶个边，根本做不了夜总会招牌。不过同时邢志刚又嘱咐旭仔去长三走一趟，专点金玉仙，报纸上她虽头饰夸张，发型亦不一样，但五官面目实在与小胡蝶太相似，不追查一番是不行的。然而旭仔去了之后，却无功而返，谁叫如今的金玉仙已不是身价的问题，自有挑客的权力，邢志刚自己去恐怕都要碰一鼻子灰，哪里还轮得到他的手下？

邢志刚不可以，秦亚哲却是可以的。

秦亚哲平素不爱逛窑子，嫌女人再美都多少有些不干净，除非大应酬抑或拿美色贿赂官吏，否则绝对不踏入半步。然而报纸登遍金玉仙的玉照，他想不注意都不行，只没有即刻动身去长三，倒是要约邢志刚一道去，若辨出那人是她，便来个“三堂会审”，当场作了断。此举一是为了让邢志刚自己拿个态度，二是为了所谓的公平。

“这个人必定不是小胡蝶。”燕姐在旁道，声音轻得像蚊子叫。可她晓得，愈是讲得轻，别人愈是听得清楚，中国人就是这么复杂。

她见秦亚哲与邢志刚正望着她，少不得要解释道：“她若是小胡蝶，躲还来不及，哪里还能这般抛头露面，求一夜成名呢？何况听露露讲，对方从口音到气质也无一相似，还会弹钢琴呢，小胡蝶哪来这个本事？”

这一讲，大家都静默下来，到底要不要去摸金玉仙的底儿，便无人再提。

只一个人，开始频繁在长三出现，虽不是名流富豪，但似乎有些特权，可以在金玉仙的香宅出入自由，偶尔还陪坐搓几圈麻将。依金玉仙的同行姐妹小林黛玉的形容：“做妓女的也喜欢小白脸儿，那是本性。”

所以这妓女的本性，到底还是便宜了唐晖。

唐晖成为金玉仙的座上宾已有一段时日，因《申报》严肃得紧，本也不会将“花国大总统选举”当回事，只在报上登了一块“豆腐干”而已，但唐晖似乎对金玉仙兴趣颇浓，隔三岔五便来。金玉仙对这样玉树临风的俊俏后生自然不会厌弃，而且不知怎的，有意无意要让他留宿，无奈对方怎么也不肯。这件事情传到老鸨耳朵里，招来一顿骂：“哪里身上骨头就痒成那样？找个大老板赎身才是正理，之前就好好攒身价，竟还有倒贴的道理？”

实际上金玉仙的身价早已涨到令老鸨瞠目结舌的境地，身上穿戴无一不是最好的，出门必是珠光宝气，洋车接送，在交际花里算头挑。至于私下已是有哪几个重要恩客，那是小报记者都查不到的秘密，只知金玉仙某次出席名流盛宴，一对巨钻耳环令在场者无不侧目。唐晖当时因要采访同时出席的上官珏儿，便在那里拍了金玉仙一张照片，带回去让杜春晓瞧了，她笑道：“这女人行事太招摇，早晚也要死于非命。”

“哟！这难不成还是牌告诉你的？”夏冰借机讥讽道，“或者只是嫉妒人家有钱有姿色？”

杜春晓果然上前，“啪”一记将死神牌重重拍在夏冰的额上，道：“确是牌讲出来的。”

就在次日，金玉仙失踪。

三日后，金玉仙的尸首在上海郊外一个麦田里找到，全身剥得一丝不挂，喉管割裂，皮肉上满是乌青，可见生前被折磨得多么惨烈。

这一次，《申报》不得不给金玉仙登了头版，只可惜配的不是她当上花国大总统的风光照，而是形容可怖的尸照。

-2-

“你竟不救我？”

金玉仙伸出一对惨白的手，紧紧抓住唐晖的袖口，他努力挣脱，无奈被愈拽愈紧。她喉间的裂口流出鲜浓的红色汁液，一滴滴落在他手背上。

“不救我？”

声音仿佛是从她脖间的伤口处发出的。

他浑身冰冷，只能紧闭双眼，怕看到金玉仙那一对即将眼眶崩裂的眼。她的愤怒与悲鸣，均化在那两只手上，那一道伤口里。

“你又不是我害的，何故来找我？”他忍不住抗议，却被另一个声音制住。

“你醒一醒！”

他猛地睁眼，发现那声音是上官珏儿的，手心即刻涌回一股暖流。

“你发梦魇了，可要吃点茶压一压惊？”

他接过她递来的茶，她很快又转回身去，继续对着镜子画眉，擦了画，画了擦，如此反复。

而他已迷失在镜中这时而秃眉时而婉转的模糊面目里去，隐约将上官珏儿想象成梦中冤魂的模样。

只是金玉仙出事前的最后一刻，正与他一道“大战方城”……

“侬听牌啊听不好，还是出去给我们买点奶油蛋糕吃吃。”金玉仙一面嫌弃唐晖，一面用甜蜜的眼神看他。女人的口是心非，他是早已领教的，于是偏要坐在那里。

“叫侬去唉，侬还不去？”身板纤细得只余一把骨头的小林黛玉娇声迎合。

唐晖也不理，只管出牌：“我风子还未打完，不想跑出去，再讲现在看起来这一把我可以赢。侬叫我出去买蛋糕，侬三缺一咧！”

金玉仙笑而不答，只在那里摸牌。倒是小林黛玉揭了底：“伊还不晓得侬等一歇要出去兜风啊？”

“嗯，伊不晓得。”金玉仙手上几个金镙子闪闪发亮，衬得一张粉白脸蛋儿愈加生辉。

果然这个辰光，自外走进一位穿深蓝西装、头戴礼帽的男子，生得明眸皓齿，比女孩还秀气些；后头跟着一位瘦长男子，左眼皮上生了一块指甲盖人小的红胎记，然而浓眉大眼，也并不惹人讨厌。

“玉仙，玩得好哇？”那秀气男子讲话轻轻地，像生怕吵醒一个婴儿。

“好呀，我去换件衣服。”

金玉仙当即站起，被小林黛玉拖住，道：“我都听庄咧，侬现在要走？钞票怎么算？”

“侬精是精得咧！”金玉仙讪讪笑着将赢得的筹码取出几个丢给她，便回转身走上楼去了。唐晖叫那两位男子进来坐一歇，他们都拒绝了，那有胎记的男子点了根香烟，抽一半便摁进玄关处摆放的盆景内。

不消一刻，金玉仙裹着狐狸皮披肩走出来，绲金边绛丝旗袍上绣满牡丹，因艳得有些过分，她倒是只戴一副珍珠耳环来冲，于是便有了大家闺秀的效果，尤其头发还用淡蓝色丝带绑着，愈显清爽。

“现在三缺一，怎么办？”小林黛玉将牌一推，嘴角都要撇到地毯上去了。

金玉仙将皮包搁在腋下，俯身在小林黛玉耳边道：“侬打电话去叫相好来打牌呀。”

“哼！”小林黛玉冷笑道，“侬是真糊涂假糊涂？侬一走，另外一个也即刻跑了。”说完便拿眼睛瞟唐晖，唐晖只得尴尬地坐在那里洗牌。

“不跟你们闲扯了，你们自己找搭子去！”金玉仙白了她一眼，径自走出门去，那两名男子忙在后头跟上。

金玉仙一走，唐晖便问小林黛玉：“这些是什么人？”

“我也不熟的，听讲是棉纱大王苏世昌的大公子苏明，所以她不去也不行的。”

唐晖一听便眉头紧锁起来，半晌沉吟道：“我给苏世昌做过采访，他的大儿子好像不是这副长相的呀。”

小林黛玉嘴巴一撇，道：“谁晓得？反正开这么气派的车子来接，必定是大客人。不过我也觉得那两个人眼神不对，有点凶巴巴的，侬觉得呢？”

唐晖摇了摇头。

小林黛玉那张瘦长面孔便悄悄凑到唐晖耳边，道：“我真有点不放心咧，刚刚玉仙站起来要走的辰光，我还悄悄里踢伊，想叫伊不要走，不过哪里拦得牢。”

“侬倒是想得交关（非常）多嘛！”

讲这话的是另一个牌友——英国人珍妮，群玉坊的洋交际花。从前在北京八大胡同混迹，因被一个上海富商赎了身，便跟着他来沪，孰料那富商生意失败，抛下她逃得无影无踪。珍妮无奈之下只得二次下海，方与金玉仙她们结了缘。依洋人的标准来看，珍妮算不得漂亮，只是五官端正罢了，然而丰乳肥臀与一身布满雀斑的红白色肌肤正满足了诸多嫖客的猎奇心态，生意亦好得不得了。能成为牌友，兼因她与金玉仙谈得来，金玉仙英文发音标准，又会做牛排，二人很快便成了好姐妹。

“想的不多哪里能做这一行？”小林黛玉横了珍妮一眼，开始数自己抽屉里的筹码。她与珍妮互相看不对眼，所以话也极少。

只唐晖还在努力回想苏家大公子的相貌，然而最后只依稀想起是一张端正平庸的脸，兴许来人确就是他，只是被时光刮糊了印象，如今再见真人，便恍惚觉得陌生了。这个曾在他脑中一闪而过的警惕念头，原本可以救金玉仙的命，如今却彻底成为一种悔恨。小林黛玉事后曾讲：“女人一旦拿定主意，往往就要走上死路。”

他不明白她口中那个“主意”指的是什么，在葬礼后细问，她却怎么都不肯讲。

杜春晓后来劝他放弃别问，只笑说：“不过一个与小胡蝶长得相似些的交际花，你又何必执着？”

他摆手回道：“我总觉哪些地方不对头，万一她的死与小胡蝶的事体也有联系呢？”

她只能看看他，遂莞尔。他心里一紧，知她已察觉他的负罪感。

此时门被敲了几声，夏冰出去打开，将小四迎入。

杜春晓没有请他坐，却是径自咬了一口手里的法式面包，皱眉道：“过了期的到底还是难吃一些。”

小四没有理会，只对夏冰道：“我听那边说，小胡蝶失踪前一晚，和一个男人深夜幽会。”

“那个男人是谁？”

“不晓得。”小四摇头，却是一脸得意。夏冰适时塞给他一卷钞票，他便又开口道，“隐约听得有人叫这男人‘花爷’。”

“你一点不清楚他的来路？”

“不清楚。”小四摸着下巴的动作令杜春晓有些气结，恨不能上去抽他一个嘴巴，可夏冰却又给了他两张五块的纸币。

“想起来了。”小四停止摸下巴，道，“虽然不清楚花爷是哪里来的，但他似乎与济美大药房老板的儿媳朱芳华在逸园跑狗场密会的是同一个人。”

“你怎么知道的？”唐晖忍不住问道。

小四没有理会，转身便走，招呼都不打一个。

杜春晓气鼓鼓地对唐晖道：“你不喜欢这个人吧？”

“你怎么知道？”唐晖惊道，眼睛却一直盯着小四的背影。

“因为你这记者都挖不出来的事，他却挖得出来！”

唐晖这才听明白杜春晓是变着法儿排调他，于是红了脸讪讪道：“我也不是包打听——”

“跟了金玉仙那么久，我以为你早就是半个包打听了。”杜春晓那话里分明透着一股蹊跷的酸味儿。

他只得低头不语。孰料她倒将脸凑近了看他，他再次避过。

她幽幽地开了口，道出症结所在：“其实，金玉仙与小胡蝶就是同一个人吧？”

-3-

施常云比从前更瘦了，面颊瘪如开过膛的死鱼，朱芳华也是一样的干瘪，于是此刻的情形便像两个长影促膝而谈。

“为什么要害我？”倘若不是皮肤枯黑，朱芳华也算得美人儿。当年施常风去江西做生意，在茶坊闲聚，她恰巧手提一篮水蜜桃路过，秋日阳光斜穿过她透水的明眸，那一对瞳孔都是金褐色的，闪烁着妖异的光芒。因被过路马车碰撞，桃子落得到处都是，他出来替她捡，她红着面，脖子都是粉的，二人默默无语捡了半篮未碰破皮的桃子，随后便有些“生死相许”的味道。所以施常风擅自将朱芳华带回上海的时候，施逢德一丁点儿没有惊讶，这女子确实是施家容得下的。

那个辰光，唯独施常云在旁冷笑，只说了一句，便叫一家人都在饭桌上放下了筷子。

他说：“但凡太美貌的人，都不会善良，无论男女。”

此后两年里，朱芳华便将施常云视作一个心结，每日求神祈佛他能早日成婚，搬出去住，何况施老爷也并不喜欢这个儿子，未曾想事情发展到最后，竟是这样的血淋淋。

她至今仍记得那个小阳春天气，她从施常风那里拿了两千块，要出去买件皮草。刚走到前花园里，便觉面上沾了一颗湿湿的东西，以为是下雨，便有些恼。抬起头来看天，手指不由得去抹滴在鼻尖的液体，这才发现雨是红的。遂听见头顶传来的惨叫，抬头看去，她的丈夫已血肉模糊。她刹那间似被抽干了脑髓，已无从思想，连发出声音都已是难事。待清醒过来时，喉咙已火烧火燎，将她带回屋里的娘姨说当时她只是一个劲儿干号，怎么都劝不住。

事到如今，她才想清楚当初要号的是什么话，便是那一句：“为什么要害我？”

“因为我讨厌你。”施常云答得云淡风轻，像是在饮一口茶，慢条斯理，绝无半丝邪意。

她被这一记回答彻底击碎，于是又问：“在床上的时候也一样讨厌？”

“嗯。”他点头，“一样讨厌。”

“那又为什么要杀自己的大哥？”她眼球干干的，已落不下泪来。

他却保持残忍的悠闲与坦荡，口中甚至轻轻哼起小调：“浮云散，明月照人来……”

她站起来，离开的姿势形同鬼魅。这“鬼魅”恰与杜春晓擦肩，她们互相对望一眼，没有说话，各自奔向目的地。这二人外貌气韵没有任何相似之处，却似被某种相同的、微妙的情愫控制，于是吐息都变得有些合拍起来。

所以杜春晓坐下的瞬间，竟让施常云有些目眩神迷。

“你连秦亚哲家的那只鬼都没捉住，还敢来见我？”施常云虽在摆弄指甲，却难掩眼底里的高兴，他喜欢见到这个女人。

“你放心，只要毕小青还活在世间，就一定能捉到。”她轻笑，燃起一支香烟。

“去见了斯蒂芬吗？”

她点头，将烟雾埋进身体深处，似要埋掉一段不堪回首的秘密。

他露出豺狼一般的冷笑，嘴边即刻挤出几道弧线皱褶：“你应该晓得自己逃不开他的，对不对？”

她漠然地吐出一口烟，此时才似是有了一些货真价实的女人味，风情里饱含沧桑。

“你居然跟自己的嫂嫂有一腿，这难道才是你动手弑兄的真正动机？”

她的反击在施常云的爆笑声里化作烟尘，末了他摇头道：“我从不为女人失去理智。”

“那又是什么让你向亲人举起了屠刀？”

他亦不曾回答，像是与她交换一个沉默的权利。

“你知道花爷吗？”

施常云摇头，道：“是什么样的人物？你从哪里得知的？”

“从包打听那里得知的，似乎此人与你嫂子，还有小胡蝶都有联系。”

“找到小胡蝶了？”

“找到了。”

“她死了？”

“死了。”杜春晓脑中浮现出小胡蝶以金玉仙的身份当上花国大总统的照片，眉开眼笑，芳华舒展，有温润若玉的美。

“怎么死的？”

“与本届花国大总统金玉仙一样的死法。”

“哈！”施常云干笑一声，“果然是她本人？”

“嗯，这就是奇怪的地方。既然拼命逃离了，又缘何要去抛头露面参加竞选？”杜春晓抛出一个问题，是想引出施常云的建议。

孰料对方竟向她伸手，要那副塔罗牌。她犹豫了一下，便将牌给他了。

他洗了三次，竟也摆出大阿尔克那的菱形阵，翻启第一张：正位的太阳。

“过去她风华正茂，被人捧在手心里哄着。”

现状牌：正位的恶魔与逆位的恋人。

“嗯，最后一张牌就不用翻了，看看这个便好。原是逃走了，却不想又改头换面，用另一种身份出现，那就只有两种可能。”他拿起逆位的恋人牌，道，“想获救或者想死。”

“怎么个获救法？”

“就是冒险浮出水面，让想帮她的人注意到她，又不想死在另一些人手里，所以只能换一个身份。”

杜春晓此刻眉头却皱得更紧了一些：“那么想她死的人是谁？是邢志刚？”

“与其想这个，不如想想她有什么把柄抓在手里，可以让自己不受百乐门老板的控制。可惜啊！恐怕她还是死在其他人手里的。”施常云眼里掠过一丝切实的哀伤。

“你可知道是死在谁手里？”

施常云即刻回复一脸的诡秘，把背面朝上的将来牌推到杜春晓跟前，道："那就要乔安娜你来解了。"

红石榴餐厅里依旧弥漫着食物的香气与食客的轻声慢语，仿佛有没有斯蒂芬在都是一样的，但夏冰晓得，其实不一样，有他在的辰光，气氛总是无比柔和。

埃里耶来找夏冰的时候，跟他讲过："斯蒂芬是只聪明的老狐狸，很难对付。"

说他"难对付"兼因两个对高文行凶的俄国侨民已经逮到，他们均供认作案是斯蒂芬背后指使，但问及分赃情况，却没有半文钱落进斯蒂芬口袋。即是讲没有确凿证据证实他与这次的劫杀案有联系，从高文那里抢来的珠宝悉数从凶手那里搜到。无奈之下，只得将斯蒂芬释放。

"既然他没得半分的好处，为何要指使那两个俄国人去抢劫呢？"

"这就是问题所在，两名疑犯在策划作案的时候，提出过分赃的方案，斯蒂芬却拒绝要钱，还讲了一句让人费解的话。"埃里耶用生硬的中国话回道。

"什么话？"

"他说就算他不拿钱，也是最后的赢家。"

话毕，两人同时陷入沉默，都在一门心思推敲斯蒂芬那句"狂言"。最后还是埃里耶打破僵局，继续道："他明知道俄国人作案是很显眼的，因为外形的关系，很容易找到目击证人，所以自己肯定不会出马。但是一切都布置得非常巧妙，比如让这两个家伙带上灰色女褂，是为了陷害女佣人，可是那女褂是用俄文报纸包着的，所以现场才会留下这两件证物，我怀疑那也是斯蒂芬下的圈套。一来，高文家根本就没有女佣人，他是性格孤僻小气的独居者；二来，两个犯人招供，这件女褂连同报纸都是斯蒂芬为他们准备的，那么斯蒂芬的意图很明显，给他们女褂是假，让他们把俄文报纸留在现场才是真。"

"那也不对。"夏冰摇头道，"斯蒂芬怎么能保证那张报纸会留在现场？万一他们行凶之后把报纸带回去了呢？”

埃里耶摸了一下唇上的胡子，笑道：“没错，所以我认为当时还有一个人暗中帮他留下那证据了。”

“孟伯？”夏冰脑中又闪过那个胖老头儿傲慢的眼神。

埃里耶点点头，喝了一口红茶。

“埃里耶先生，您又是怎么知道我的呢？”

“要知道，不是只有你一个人去找了同丰面馆那个姓张的伙计。”埃里耶挺了挺大肚皮，道，“我现在最感兴趣的，还是斯蒂芬教唆那两个俄国人的目的。”

夏冰瞬间明白了埃里耶的想法，忙道：“您可是想与我合作？”

“没错。”埃里耶一对精明的灰眼在丰满的面颊上方闪闪发亮，“在红石榴餐厅看见你的时候，就知道你和我是同行，好侦探都长着一样的眼睛。”

“可是我要收费。”

“没问题。”埃里耶当下将一沓纸钞丢到夏冰怀里，然后整理好帽子，拿了手杖，起身告辞。

-4-

夏冰手里的巴西咖啡已然冰凉，斯蒂芬正在吧台后操作咖啡机，生铁滑轮“叽叽”作响，转了十秒钟左右，他把底下的木制抽屉拉出，将里边的咖啡粉倒进烧瓶内，再盖上滤纸……一系列的动作，慢条斯理中带有别致的细腻与性感。

所以斯蒂芬上来为夏冰续杯的时候，后者竟有受宠若惊的感觉。

“乔安娜的朋友就是我的朋友，请随意一些。”斯蒂芬周身都散发出咖啡豆黏稠的焦香。

“我们能坐下聊聊吗？”不知为何，夏冰一想起埃里耶先生说的

“好侦探都长着一样的眼睛”便无比自信，因自身能力已被优秀的同行认可。

斯蒂芬耸耸肩，坐到他的对面，笑道：“这次又是什么事？高文的那个案子已经破了，埃里耶也抓到人了，还有什么我能帮上忙的？”

“别误会，今天找你，纯粹是为了私事。”夏冰忙道。

“哦？”斯蒂芬挑了一下右眉，又是极招女人爱慕的俏皮表情。

“我只想问一问，你与杜春晓，也就是乔安娜，是什么关系？”

“那你和她又是什么关系？”

“我是她未婚夫。”

斯蒂芬轻轻吹了一记口哨，转头看了一下玻璃窗外的萧瑟风雨，似乎是想掩饰一下笑意：“乔安娜的人生果然要重新开始了。”

夏冰意欲回应，却被一记犀利的尖叫割断思路。

随即传来砰砰的瓷器碰撞声，正在用餐的客人纷纷离座，往后头移去，因开门进来的那位金发女子实在悚人。

她披头散发，额角流血，大张着嘴巴，吐出浓血，像是牙齿已被拔光，只血糊糊的牙床敞开着，于是更如恶煞一般。手中高高举起的一把菜刀竟还是明晃晃的，与粉绸旗袍胸口处一摊发黑的液体对比鲜明，两条胳膊更是白得触目，上头密布粗糙的红色颗粒。因口腔受伤的缘故，那诡异疯狂的女子虽大喊大叫，却没有一个字能叫人听得懂。眼见她朝夏冰的桌子冲来，菜刀在空中画出初雪般的弧线，刀锋甚至已快贴到他的鼻尖。

他瞬间头皮发麻，身子竭力往后仰去，连人带椅倒在地上，屁股登时失去知觉，只得眼睁睁看着那女子扑向旁边的斯蒂芬。

斯蒂芬没有躲闪，只等她的菜刀挨到面门的刹那才飞起一脚，正踢中她的腹部，她遂叫得愈发惨厉，人亦远远弹了出去，恰巧倒在夏冰身上。夏冰下意识地将她拦腰抱住，然而她比他丰满得多，力气亦出奇地大，所以她即刻挣脱出来，起身发动第二轮进攻。夏冰眼睁睁看着那女子站起来，高大的身影遮住了他的视线，他看不到斯蒂芬，只知道斯蒂芬即将成为她的刀下鬼……

就在这个时候，一记古怪而熟悉的轰响传来。挡在夏冰眼前的黑影突然往后退了，接着重重倒在他身上，他听见肉体被过度挤压发出的摩擦声。

待推开那女子，夏冰方发现她已面目模糊地昏死过去。肉体虽然还是温热的，头发却与血水雨水混在一道，紧紧贴于头顶，金黄发色变成了肮脏的褐红；胸口的污迹似乎又扩大了不少，正有一道血流从乳峰处潺潺淌向地面。

夏冰勉强站起，看见斯蒂芬手里的白色勃朗宁手枪正对着他，说道："让你受惊了。"

埃里耶警长赶到后，一见夏冰便笑了："看来我们是真有中国人所说的缘分。"

但当斯蒂芬被问及这名被他击毙的女子是谁时，他果然回答："不认识。"

更有趣的是，夏冰将这件突如其来的凶杀未遂案告知杜春晓后，她竟没有如平常那样细细分析一番，只一个人坐在前院的藤椅上抽了一包烟。她的反应叫他百爪挠心，又不敢问，只不过他后来竟忍不住赌气道："若是不放心，自己去看看他！"

说毕，便用扫帚清理了地上的几十个烟头，径自回屋里去了。

之后，二人再未提及这件事，仿佛斯蒂芬这个人从未存在过。

孰料过了十天，埃里耶却兴冲冲来寻夏冰共享下午茶，与他讲发生在红石榴餐厅的那件案子。

"死者生前被严重虐待，不但身上有被鞭挞的伤痕，嘴里的牙齿也是被一颗颗拔出来的，像是刻意要让她受苦。"埃里耶拼命往茶杯里倒牛奶，似是要冲淡某些可怕的回忆。

"那么说，她跑来红石榴餐厅前，被人严刑逼供过？"

"我也认为应该是那样。而且，我们也查清了死者的身份。"

"她是谁？"

"她与前不久轰动上海滩的花国大总统被劫杀一案有关。此人正是金玉仙的姐妹，就是她死的那天一起搓过麻将的英国籍妓女珍妮。"

唐晖跟进金玉仙的案子已有半个多月，这期间，他几乎贴了自己所有的薪水，只想最快得到案件的进展。所幸警署有个安南阿三从前受过他关照，便时不时透些消息给他。他这才晓得，原来警方亦调查了当天将金玉仙约出来的两个人之真实身份。根据娘姨的形容，也已确认那接人的车子是苏大少的，于是便将正在长三的温柔乡里抽鸦片的苏大少拖出来，对方却打死不认，只说当晚将车子借给了一个时常一同逛窑子的嫖友，叫周启生。周启生因出手阔绰，时常替他还赌资，所以当他提出要借车子的请求时，便不得不答应下来，孰料那车子次日未还，人也找不到了，正憋着气呢，便被抓了。警察将苏大少审了两日，他都对周启生讲不出个所以然来。对方家住哪里，做什么营生，均一无所知，且认识他才两个月，于是查案线索中断，只是间中终于在金玉仙陈尸现场附近的河塘内捞到了那辆车。而唐晖亦被叫去警察局认人，证实苏大少与接走金玉仙的男子相貌差距颇大，那男子显然要更俊俏一些。

周启生是谁？

这问题在唐晖脑中一直萦绕着，令他日夜无眠，似是倘若不想出个所以然来，小胡蝶的冤魂便不会放过他。

他认出金玉仙就是小胡蝶是必然的，因他与她肌肤相亲过，熟悉她的气息、肤色、每一颗细痣在身上的位置，甚至头顶的两个发旋。为了认得更真切一些，他想方设法与她接近，而她似乎亦不排斥，仿佛懂得他的苦心，反而主动伸出手来挽着他。如今想起来，那些全都是求救信号，他竟浑然不觉，还一心想着如何识破她的伪装。

小胡蝶的死，杜春晓与唐晖斟酌再三，还是决意先不告知燕姐，依杜春晓的话来讲："恐怕说了之后，麻烦会更多一些。因这件事牵扯的血案一桩接一桩，可见这个事体从某种程度上来讲，知情人是越少越好。我们按兵不动，把案子查清爽了再说，免得去告诉了那边，原是要领赏，却一不小心变成了自寻死路。金玉仙不就是原想着去傍大公子，反而把命搭上了？"

一席话唐晖倒也听得进去，不过仍不放心地问："那下一步要怎么办？"

杜春晓一听便撑不住笑了："怎么办我哪里晓得？只是好奇三件事。一是毕小青的下落，二是那个花爷是谁，第三件——"

"第三件是什么？"

"现在且不要讲，只把前两件查清楚了再说吧。"

可是要晓得毕小青的下落，唯有从秦亚哲那边的人里头下手。秦家的几房夫人都死的死，送走的送走，那与花弄影私通的管家亦不知去向，如今唯一能找到的，便是尚留在秦公馆，从原先的娘姨被拨到厨房打下手的月姐。

"月姐如今工钱少了，只想着法儿另谋生路，只要你们肯花钞票，便没有打听不到的事体。"

小四的话果然灵验得很，杜春晓只花五个大洋，便让她交代了一件事——毕小青的娘姨朱慧娟的下落。

-5-

朱慧娟煮的溏黄蛋已经冷了，面上浮起一层晶亮的薄衣，她愣愣望着，一口都不想动。就这样呆了半晌，起身拿了针箩里的钱包便要出门，脑中却回响着阿贵的呻吟。他五大三粗的一个人，竟在病榻上缩成一堆枯骨，于是她怎么也吃不下东西，因再拿不出多余的钱来给他买人参补身。所以今次是一定要去李裁缝那里拿回来衣裳，自五太太的事发生以后，她原是松了口气的，以为宋玉山的事就此了断，孰料冤孽未了，到底还是要她送佛送到西，把事体做完。

所以刚走进石库门，朱慧娟便不由得挺直腰板。因闻见李裁缝的铺子里飘出几缕甜香，像是在煮顺风圆子，她即刻想到自家饭桌上那碗冷掉的溏黄蛋，心脏不由微微抽搐。

“这位师母来做衣裳哇？”李裁缝放下手中的画线石，指尖的皮纹里都是粉红。

“来拿的。”她发现他竟不记得她，有些高兴，然而很快便沮丧起来，因怕隔了如此之久再来拿衣裳，留给裁缝的印象会更深。

李裁缝拿过纸头看了一下，便折进里屋，不消一刻又出来，拿着用纸包好的衣裳递给她。她拿在手里，感觉要比预想中轻飘，付过钱之后，却迟迟不敢走出去，怕这一走，便是去了另一个深渊，五太太那张凄怨的面孔还在她脑中不曾抹去。

“等一歇，有个人要找你。”

她刚转过身，便被李裁缝叫住，她回头看他脸上光洁的皮肤，仿佛要从那里看出一个希望。

“谁会找我？又不认得我。”

“哪里会不认得？你跟我去便是，要紧事体啊，慧娟姐。”

末尾那三个字甫叫出口，便将她牢牢钉在原地，只由李裁缝拉了手走到隔壁。他的手绵软细薄，亦丝毫没有给人揩油的嫌疑，这是典型的做针线活儿的手，精巧、冰凉，如玉质器皿。

于是朱慧娟跟着李裁缝走进一间香烟味呛鼻的私宅，李裁缝一踏进门便骂开了：“前世作孽！一个女人家抽那么多烟，也不怕早老早死！”

烟雾中的女子似乎有一些不好意思，忙从卧榻上撑起身，将香烟摁进烟灰缸里，笑道：“你可是把我想死的那个人儿带来了？”

“来了！”李裁缝转身朝朱慧娟道，“你坐一歇，我先去了。”

他之所以识相，兼是算准了事后杜春晓会将真相告知他，就算不告诉，也算是欠了一份情，迟早要找她补偿的。譬如他一早瞅准的夏冰母亲自青云镇捎来的十斤爆鱼，这是一定要刮过来两斤的。上海男人的精打细算，在李裁缝身上纤毫毕露。

“五太太在哪里？”

杜春晓开门见山，只问这一句。

“不晓得。”朱慧娟强作镇定，眉头却不由皱起。她是个温婉丰腴的女人，胸口撑得极鼓挺，皮肤细白，给人一种恬美的错觉。而杜春晓知道，这样的妇人，只是把凶悍往里收了进去，如入鞘的宝剑，平常人不能轻易触其锋芒。

“朱阿姨，我晓得你是不想谈这件事。但你既不知五太太的下落，又何必帮她取衣裳？”

朱慧娟当即嘟起嘴来：“这个衣服我自己也喜欢，所以取回来穿的。”

“做得那么小，你哪里穿得上？”杜春晓笑了，“再说了，你丈夫买药的钱都要付不起了，还有闲钱做衣裳穿？”

朱慧娟这才沉默起来。

“反正，这桩事体里必定有蹊跷，今儿的事倘若传到你从前的老东家耳朵里去，什么后果你应该知道。”

这一句，彻底打穿朱慧娟的心脏，她面色煞白道：“可千万莫要告诉老爷，否则谁的命都保不牢的！”

“那你讲讲到底发生过什么事，五太太又在哪里？我保证不讲给秦爷听，因我自己也不想送死。”杜春晓忙将朱慧娟摁进沙发里，给她递了一杯茶。

毕小青与宋玉山的瓜葛，在旁人看来便是她爱他爱得销魂蚀骨，然而他总是淡淡的，以礼相待，又时刻不忘与她强调自己有妻有子；她像是也晓得处境不妙，明月沟渠的事情，强求不来，可到底不甘心，还是变着法儿去找他。

花弄影时常用这档子事来取笑，一见她便横眉竖眼地骂："靓仔冇心，你够胆就死也跟住他，不够胆就只能在这里自怨自艾，清醒点啦！"骂归骂，可不知怎的，花弄影在秦爷跟前却始终守口如瓶。因有前车之鉴，屠金凤有一次多嘴，背后嚼她舌根，说她手脚有些不干净，其他四房都有些体己不见了。秦亚哲听后非但没有审问毕小青，反而将屠金凤骂了一顿，还自拿出钱来给各房添补了些首饰，便当没这回事。于是大家才发现，秦亚哲是无原则地护着毕小青的，此后便断不敢再说闲话；更何况花弄影自己也有心病，所以更乖。

只是这些小细节，当时的毕小青似是根本顾不过来，反而只急着将金戒指也拿出来，叫娘姨去典了钱捧宋玉山的场。

那一日，刚演完《三岔口》，宋玉山还在后台卸妆，毕小青便也去那里，只想与偶像聊聊天，让朱慧娟在外头候着。朱慧娟也乐得清闲，当下便缩在化妆室下边的楼梯口和几个跑龙套的闲扯。偏巧与宋玉山搭档的短打武生陆云龙下楼来拿点心吃，因与朱慧娟也打过几次照面，多少晓得些情况，便也凑过去说笑。

陆云龙生得亦是模样周正，英俊伟岸，只可惜运气差了一些，总被宋玉山压过一头。不过他脾气温和，说话声音都是细细软软，无一丁点儿武生的鲁莽，所以朱慧娟私底下还是喜欢这个人多一些。讲到酣处，陆云龙操着一口京片子笑道："要说你们五太太可真是个痴心人儿哪，都被咱们宋哥冷落成这样了，她还是满心热乎，也不怕秦爷知道了不放过。"

朱慧娟假意生气，白了陆云龙一眼，道："你说如今略有些脸面的阔太太哪个不爱戏子？你还当稀奇来了！"

"哼！稀奇倒也不稀奇。"陆云龙冷笑道，"不过你们五太太热脸贴个冷屁股，总也有贴到头的时候吧？你看我们宋哥下个月可就回北京去啦。"

"你们不是在上海安家立足的吗，去北京做什么？"朱慧娟心里一惊，眼前隐约浮起毕小青凄怨的脸。

陆云龙遂坏笑起来，眼中满是幸灾乐祸，可见男人之间亦是存在强烈嫉妒的："你们可不知道他夫人在北京定居的呀？这次是要回家疼老婆去啦！我说，你还是趁早劝五太太死了这份儿心，宋老板对自己的老婆可是情比金坚！"

朱慧娟只能无奈叹息，一心只祈盼自家主人能早些"回头是岸"。

毕小青下楼的辰光，果然神色凝重，见到朱慧娟却又挤出些笑意来，仿佛在安慰她。朱慧娟自然晓得她的苦，回去路上便少不得劝了两句，毕小青只是垂头不响。孰料临睡前，她突然握住朱慧娟的手，泣道："我晓得你是关心我，花姐姐也是关心我，可我就是停不了！"

正是这个"停不了"，将她送上了死路。

于是宋玉山在踏上回京路的车站时，毕小青携朱慧娟一道来送行，还带了两包零嘴并一件毛衣。他当即红着脸推托，她却满眼噙泪，将东西硬塞于他，场面既尴尬又感人。次日的几张八卦小报上，果真便登出了毕小青与宋玉山将零食包推来搡去的照片，花弄影平素爱看这些玩意儿，见着之后大呼惊奇，遂拉了毕小青来又是一顿训。毕小青便由着她骂，丰厚的内双眼皮愈发楚楚动人，叫人竟狠不下心来给她当头一棒。

朱慧娟看到报纸上的照片便心惊肉跳起来，忙求花弄影将它给自己，以便销毁。可惜已来不及了，正乱成一团的辰光，秦亚哲踏入毕小青的房间，径直站在五太太跟前，还挥手叫她出去。朱慧娟只得识趣退下，走到秦亚哲身后才看见他背在后头的手里正攥着那张报纸，当下心便凉了半截，暗自猜测今朝毕小青是逃不过一劫了。于是关上门之后也未走开，却是蹲在墙下偷听。

起先里头动静并不大，只隐约听到秦亚哲用低沉的嗓音质问，毕小青回应了些什么，是一丁点儿都听不清。她讲话声音本就不大，如今问的又是些揭她隐痛的事体，气短是可想而知的。只是后来竟有些翻箱倒柜的声音，令朱慧娟觉得蹊跷，她一面忍着心脏紧抽的痛楚，一面将耳根与墙面贴得更紧。随后只听得两记分不清楚男女的呜咽，可她仍能确认那是发自毕小青的，于是脑中“轰”的一声，正盘算着要不要找个借口进去，然而已经迟了。

毕小青的惨叫刺穿了阴暗的天空，朱慧娟只觉手脚冰凉，整个人已没了力气，却又鬼使神差地推门闯入。只见秦亚哲的两只手正牢牢钳住毕小青细弱的脖颈，她似在挣扎，却又无力反抗，只拿一对通红的眼凄凄然望着眼前的男人。朱慧娟刚要张口，却见那对红眼，不只是看着秦亚哲，更是在往另一处更要紧的地方瞧。她顺着那目光寻去，却见自己脚底下有一张色泽鲜明的黑白照片，照片上的宋玉山眉目挺拔，可眼底里仍透出淡漠，与他时常看毕小青的神情一样。

正是这份淡漠，扼杀了毕小青的未来，更将他自己的风光荣耀悉数抹杀。毕小青如缺水的鱼，软软躺在秦爷的臂弯内，双唇微张，露出一小截舌尖，她面如死灰，却又美得轻盈凄艳，仿佛先前那些沉重的背负，均随着这一刻的夭折而寂灭了。

朱慧娟与杜春晓讲起这段往事的时候，仿佛再次身处炼狱，头颅与双手一直不住颤动……

-6-

上官珏儿初尝濒临崩溃的滋味时，正在拍《风流娇娃》。戏里要演一个交际花，因与富家少爷真心相爱，意欲冲破命运屏障，寻找真正的幸福；未曾想命运弄人，那富家少爷被逼要娶门当户对的千金小姐，他不同意，便被父亲以重病逼迫，无奈之下，竟与交际花双双殉情。这个电影剧本，上官珏儿头一次看，竟看到泪流不止，于是想也不想便接下来。可拍到间中时，她被施逢德包养的丑闻便开始疯传，小报记者日夜在她住所蹲守，她情急之下，还去住了几天旅馆，终究又被他们找了出来。于是报纸写得更加难看，讲她与秘密情人在酒店开房日夜寻欢，把她气得险些晕厥。

依唐晖的话讲："你既做了这一行，就得有这些心理准备，别去听人家讲了什么，关键自己做得是否天经地义……"

"天经地义"四字甫一出口，他便后悔不止，可已来不及了。她果然咬住那句话不放，回头笑道："你觉得哪些事情与我来讲，是天经地义的？"

他答不上来，只觉小胡蝶——抑或讲金玉仙的魂灵正俯在他肩头吐息，他恍惚认为她还活着，躲在暗处，监视他的一举一动，包括他对上官珏儿的痴情。那一腔热血，曾经是在那死魂灵身上用过的，还有另一个女人……

连日以来，上官珏儿晓得自己不能回家，便与唐晖在百乐门舞厅参加派对。她的狐毛披肩日益庞大，已能遮住她半张面孔，她还是不肯除下，只待唐晖邀她入舞池，才将它挽在臂弯上。

"为何不除掉？我帮你交给服务生？"唐晖牵住她戴长蕾丝手套的双手。

"不必，我有些冷。"她的浓黑眼影几乎把一双眼都埋进阴霾里去了，是悲是喜亦瞧不清楚。

他握住她的手，直觉她身体的冰凉已透过蕾丝绢布传递给他。

御花园酒店不似酒店，保留了某些皇家后花园的气势。唐晖亦是头一次进来，上官珏儿引领他穿过种满枯蔷薇与金边冬青的庭院，步入欧式洋房。

上官珏儿订的那一间，是"红房"。红丝绒窗帘，红底波斯花纹地毯，连床边的灯罩都显得艳光流水，人站在里头，便仿佛被湿暖的阴道包围。唐晖瞬间有些迷失，直到上官珏儿的嘴唇送上，将他包围在更深幽的饥渴里。

他终于看清她被光线渲染成淡粉的裸体，原来有些部分并非他想象中那样。淡褐的乳头周围有一晕樱粉般的余韵，小腹白得耀眼，沿着那里微凸的纹路亲吻，可以吻到左侧一粒细小的胎痣。她动作有些急迫，像是强行将他塞入体内的，那里还是干涩的，所以抵进的辰光她忍不住叫了一声。他有些迟疑，却见她含泪将额头抵在他胸前，似是要抓住一些早已远离她多年的欢愉。他不忍再进入，想以爱抚替代侵占，她却似发了狂，不断紧收，他从未如此犹豫，却又想完全拥有，再不放弃……

唐晖对香艳并不陌生，但与上官珏儿的交缠却令他感到无比疏远，他晓得她的心不在这里，而是随着情欲与干枯的下体一并游离了，连断肠的疼痛都不曾令她恢复知觉。想到这一层，他不禁有些气恼，男性尊严使得他不由自主地要切除对她的怜爱，哪怕她是这样无助地望着他。

于是乎，他们在这片"红海"里各自沉沦。

他终于起身，走入浴室冲洗，她仍卧在松软的被子里，没有一点想动的意思。他披了睡袍出来，见她睡着的姿态很凄凉，便想叫醒她，给她讲些宽慰的话。可不知为何，他又把冲动压了回去，坐回到椅子上，看她被窗帘染红的面庞。那血色如此虚假，他几乎想吻去她的伪装，人却站起，换上衣服，做好离开的准备。

她仍然没有动静，睡得像个婴孩，仿佛他的去留与她没有丝毫关系。所以他带上门的那一瞬间，发出的动静都轻得要命，生怕碰得响了，梦便要碎。

是谁的梦？他尚来不及去想。只知道，这一走，他是不会再回来了。

深秋的空气如霜剑刺出，洞穿了上官珏儿的身体，她坐在黄包车上只觉有千万把刀在对她实施凌迟。原以为，性爱能令其麻木、放松，却不想那疼痛愈发清楚，几乎要去她半条命。已过凌晨，大抵连小报记者都不会再跟进她，唯有这样的辰光，她才是自由的，路过洋行的橱窗，还能往里望一望，看看有无自己喜欢的服装式样。她再不用东躲西躲，男人与名利在这一刹那都与她无关，她只需享受片刻清静的寒意便足够了。

“要去哪里？”车夫在问。

她想也没想便报出一个地址，遂有些懊悔，想改一改，孰料那车夫已拖起车奔出老远，似是她这一决定，便永无回头之日。她只得这么样坐着，任凭命运将她拖向那个方向。

现如今，除了那里，她也实在想不出能去什么别的地方。

那个施逢德买给她的“安乐窝”，二层小洋楼上的绿萝早已爬不动了，只余下稀稀拉拉几根枯线吊在竹架子上，院落一角的鸡冠花在夜色里缩成一团灰纸，颓败得很，可窗口居然还亮着一豆浸满希望的灯火。

“姆妈，还不睡？”她推开门，便闻见一阵食物的甜香。

“也不知你何时回来，所以天天等得晚一些，今朝果然等到了。”姆妈从厨房里走出来，手用抹布裹了捧出一个瓷粥罐。

她勉强笑一笑，心里却在哭叫：“好的呀，正巧肚皮饿得受不了，这个粥是甜是咸？”

“桂花蜜糖粥，甜的，现在烧咸粥也不好吃了。”姆妈忙掀开盖子，一股热气汩汩冒出。

她忙将脸挨近那热气，鼻尖即刻发红，眼圈也跟着暖起来。她忙给自己盛了一碗，端起便要上楼。

“我去楼上吃，马上就睡了。”她一面走，一面憋住喉咙里的哽咽。才发现，自己是个不祥的人，否则，缘何所有好事到了她手中，最后都成了坏事？大抵她是与这个世间缘分太薄，才会被厌嫌到此。

想到这一层，她已无力抬腿，只得扶住楼梯，在那里发怔。

“怎么啦？”

姆妈在楼下唤了一声，将她从悲怆的思绪中拉回。

“没……没什么。”她拿着粥碗的手在发抖，步子倒是提起来了，径直往房间里去了。

进了房，冷得出乎她意料，于是拉亮电灯查看，才发现隔阳台的落地玻璃门没有关，风正从那里自由灌入。她忙上前关上，呼啸声于是被挡在门外。

她神情木然地坐在梳妆镜前，端起粥吃了一口，味道鲜甜蜜骨，极暖肠胃，于是再吃一口，再吃一口……

楼下姆妈将粥罐放进保温煲内，洗了手要去睡了，却听见楼上响起吱呀的脚步声。

“怎么又下来了？”

“把碗洗掉。”她柔柔应了一声，姆妈听起来却有些背后发毛。

“不要洗了，放到明朝好了。”她上来接过女儿手里的碗，发现女儿的手出奇潮热，于是拿过来焐住，笑道，“手倒是蛮热嘛。”

孰料女儿竟抽回手，捂住鼻腔咳嗽起来，咳了半日都没有停歇的样子。

“要不要吃茶？”姆妈去绞了一条毛巾，并一杯热茶，端上桌来，她却怎么也顾不上接。

姆妈有些急了，去拍女儿的背，这一拍女儿便顺势倒地，两只手还是捂住口鼻，血水不断从指缝里渗出来。

“乖女儿，怎么啦？怎么啦？要紧哇？”姆妈已手足无措，手里抓着毛巾，只想尽快将女儿鼻腔里流出的红色液体再压回去，仿佛这样便能挽回她疾速流逝的生命。

“姆妈，救我！救我——”

上官珏儿终于放开双手，露出被血水浸淫成一片狼藉的容颜，她不断抓挠空气，一头精心梳理过的碎卷发已干枯，与血汗凝结成块，贴在额角上。

-7-

“婊子！所有婊子都该死！”

秦亚哲眼角已凝结出一个冰点，令毕小青无所适从，她知晓这个劫难是怎么样也躲不过去的，只得反复强调："我……真的不知道……"

在郊外恢复呼吸的能力时，她开口第一句便也是："我真的不知道啊！"轻薄的身体在一个男人背上扭动，但很快便被一块带香粉味的帕子捂住了嘴。

"别动！"

她已闻出那是自己随身带的帕子，那声音亦是熟悉的，却无从想起。这才惊觉脖颈酸痛，略动一动浑身骨头便咯咯作响，只得这样趴着，像是又死了一次。

夜里的风带着一股饱含上坟香灰的腐臭味儿，她身下窸窣作响，能辨别出背她的人正穿过一片麦田抑或草丛。她紧张得皮肤疼痛，却还是不敢再出一声，双手不由抓紧了他的胸膛，这一抓，竟回过神来，对其身份猜到了几分，随即又松懈了，眼眶发热，不消一刻便涌出眼泪。

他依旧只顾低头往前，她怔怔盯住他头顶迎风而立的短发在眼前一起一伏，吐息粗重又极克制，生怕一旦呼吸重了，会惊动周遭的恶鬼冤魂。但她没有惶惶，反而愈发安静，与其被秦亚哲压在阴霾之下，不如一世就趴在这男人背上，起码会无端觉得从未有过的安全感，即便她不晓得他要背负她去向何方。

不晓得走了多久，她的胸骨压在他突起的肩胛上太久，已微微有些不舒服，刚想稍稍动弹一下，他却主动停了下来。她瞬间感觉自己正从他身上滑落，两只脚还未站稳，已被他的手臂托住。

"上车。"

她顺从地抱住他的胳膊走向一辆形状看似汽车的庞然大物，金属气味被露水染成铁锈味儿。她没有问要去哪里，只在努力压抑刚刚在鬼门关走过一遭时的惊恐与绝望。他似乎全盘了解她的情绪，于是将她搂得更紧。

车子里较露天要暖和一些，她十指冰凉，动起来异常迟钝，只得放在嘴边呵了几下。他回过头来，一双清澈的眼仿佛要看穿她的脑髓，她避过这样的目光，一言不发。但只肯定一件事，无论车子驶到哪里，她都没有害怕的理由。

“这是什么？”

她踩到座位底下的一件东西，那是用布袋套住的。

他没有回答，只给出一个冷漠的后脑壳。

杜春晓这次是真的棋逢对手，她就站在毕小青对面，却迟迟不敢上前。因她每每要跨出一步，耳边便响起施常云的忠告：“一个扮过鬼魂的女人，就是当自己死过一回了，死人总是最强大的。”

可她看到的毕小青，却没有一点强大的意思，厚重的内双眼皮微微向上吊起，鼻翼细薄，与上官珏儿之雍容华贵、小胡蝶之清秀甜美不同，她是被后天调教出来的绝色。单凭照片抓住瞬间是无法品其优点的，唯有看清她完整的顾盼、微笑、起坐，抑或行路的姿态，才能体会其百年难遇的风流婉转。她是时时活在灵动里的上海佳丽，无论以何种形式将之定格，魅力都会失掉一半。

杜春晓自认还没有令她无胆接近的人，但现在她却在一名弱质女流跟前停住脚步，无端地犹疑起来。因为眼前的女子，只是穿一袭青布棉袢站在阳台上，便成了流动的风景。她一时间被这样慑人的美迷住，原先以为在青云镇见识到的那几位薄命女子已是独一无二，来到上海，才知什么叫天外有天。在大城市历练出的气质品位，果然和乡野的区别甚多，都是美，却分出千百种来。毕小青的婉约与大气，让杜春晓不由得揣测，当年“上海小姐”的状元与探花，又该是何等风华绝代。

毕小青见到杜春晓，却只当她是个路人，连笑意都没有，看一眼便要过去，直到她叫住她，笑道：“五太太果然比传说中更漂亮。”

她愣住，却还是回头了，眼里没有惊恐，反倒有些认命的意思：“哪里，人人都讲我不上照的。”

这坦荡，反而令习惯出其不意将别人一军的杜春晓有些尴尬，随后又生出些敬佩来。尤其是她的藏身之处，更叫她惊讶，原来并不是什么荒郊野岭，却是靠近浦西的平民住宅处，租的还是朝阳的房间，像是完全不怕被秦亚哲捉拿回去。

依毕小青的话讲，那叫“死过一次，已不在乎死第二次”。她住的房子里是齐齐整整的，一张床铺，一个矮柜，衣橱畏缩在角落里，柜门缝中飘出樟脑丸的气味。门口的煤炉与煤饼都散发出某种安定的意味，仿佛已认定它们的女主人会在这里待上一世。

“你果然是死鬼不怕活人找，竟在这样显眼的地方藏身？”杜春晓刻意将“藏身”二字说得极响，摆明了是要讽刺对方不顾死活。

毕小青只笑一笑，淡淡道：“其实藏不藏都无关紧要，你以为我出了上海去别处，他就找不到我了？”

“恐怕已经找到了，只是不下手罢了，这便是他突然让我不用再捉鬼的原因。”

“没错。”毕小青点头，手中瓷杯里的茶叶已张张舒挺，她与茶之间，宛若有情话要讲一般，气氛温柔明净，“可我就是无论如何都不甘心。”

“不甘心什么？”杜春晓环顾四周，见门边的鞋架上有一双男式皮鞋，当即猜到有人与她同居，心下更觉诧异：事已至此怎的还不逃跑？

“不甘心被人陷害。”毕小青遂眼圈发红，流露了一些恨意。

“我也知你是不甘心，才回来扮鬼吓秦爷另外几个老婆的。”杜春晓被烟瘾折磨得有些难受，只是在这样气度非凡的女子跟前，她竟不敢有半点放肆，仿佛只要一露劣迹，就会愈发自惭形秽。于是咳嗽了一声，追问道，“可是为什么要吓她们呢？谁陷害了你？”

“不晓得是谁陷害我，原本小报上那张照片也没什么，秦爷不是个不讲道理的——”大抵是念及夫妻情分了，毕小青竟隐约有些哽咽。

杜春晓蓦地想起月竹风的小妾触目惊心的死状，不禁怀疑起毕小青的头脑来，难不成多数女人都是如此不理智且思维混乱的吗？

“那又是什么令你这么放不下？”

“因为我与秦爷吵架的时候，他从我的梳妆台抽屉里翻出了一张宋玉山的照片。我虽然仰慕宋老板的才华，却从未对他有过非分之想，原本确实想要他的照片来留个纪念，可他说什么都不肯给我，所以……尤其那照片后头，还写了一首情诗。”

“什么样的情诗？”

“无非是那些肉麻酸牙的句子，我都记不得了。那陷害我的人真要挨千刀，险些把我的命都搭进去了！”

说毕，毕小青眼里竟真的掠过一丝凶光，却点燃了杜春晓的自信。因她明白，女人一旦有了怨恨，再怎么美的皮囊都会被极快地摧毁。

“五太太，要不要我替你算算，算出陷害你的是谁？”

毕小青一听便笑了，啜一口茶，道：“听闻你用塔罗牌算命极准，这东西我跟秦爷去洋人的派对应酬时也见识过，可惜没亲身尝试算过，你今朝也算给我带了些新鲜玩意儿来。”

过去牌：逆位的愚者。

“哟，五太太虽然在深宅大院里过日子，倒是洞悉世事。做人低调确是好的，只可惜人外有人，宅子里终究还有一位更聪明的——”

“哼！小心聪明反被聪明误。”毕小青冷笑道，仿佛心里已认定杜春晓指的人是谁。

现状牌：正位的太阳，逆位的审判。

“如今您倒是福星高照，纵做了些背德之事也无人敢拿你是问，奇怪——”

毕小青扑哧一下笑了：“你可是替我解惑算命的，怎么自己倒奇怪起来？”

杜春晓不由得红了一下脸，辩道：“因奇怪这个局势，看起来，竟像是你报复错了地方，身在福中不知福呢。”

“这又是什么意思？”毕小青偏了一下头。

杜春晓没有回答，径直翻开了未来牌：正位的倒吊男。

蹊跷的牌……

“这一张可是说那三位活在人间的姨太太里，没有害你的人，害你的另有其人，与你关系还很亲密。”

没错，与毕小青不亲密便很难进她的房间。其他三房太太都不好看戏，更弄不到宋玉山的私人照片，纵要害她，恐怕也会想别的法子，譬如将那登有她倩影的报纸故意露在秦亚哲跟前。

“那又会是谁？”毕小青一对明眸直勾勾盯着她，倘若跟前是个男人，只怕此刻早已沦陷。

“既是那三个人以外的，是谁也已不重要了。不过——”杜春晓突然动了邪心，咧嘴笑道，“也不晓得二太太孙怡生了孩子没有，我还真有些担心。”

这一句，让气氛陷入莫名的僵滞。

-8-

上官珏儿的双腿仿佛已不是她自己的，整个身体都浮在半空，四周嘈杂无比，几声啜泣掺杂其中，她认出那是姆妈的。

她并未觉得自己有多少苦痛，只是体内血液都凝固了，继而蒸发，令她一夕之间回到童年。在自家院墙上的泥洞里张望，看隔壁刚搬来的小戏班的那个花旦唱得如泣如诉。她不懂戏，只觉她舒臂回腕里美得光彩动人，于是竟看痴了。

现在，她仿佛又回到了那个洞口，往里张望，只有姆妈那张苍老的面孔挤成一团，有疼惜、有贪婪、有恐惧，还有些许无谓的残忍。过了一歇，又变成施逢德的面孔，眼里都是冰，正伸出手来抚摸她的下巴，手也是一样冷。随后唐晖出现了，他在她干涸的身体里探索过，之后便收起所有的痴迷与热情，只给她一个背影。

“婊子！”

“妓女！”

这些字眼在她眼前缓缓飘过，她的头颅不停摇晃，似要将脑浆都甩出来。

“就停在这里，进去！快！快！”

是施逢德的声音。

她不由睁大眼睛，意识竟有些清楚起来，于是定定地望着他下巴上半白的短胡须，思忖自己是否曾经爱过他。

此时，她感到身体再次飘浮起来，落到一张充满福尔马林刺鼻气息的床上，她猜想可能是到了医院，于是便有些安下心来。诸多针头与皮管分别插向她的喉腔与手臂，她感觉不到疼痛，只是呼吸愈发沉重。

“造孽啊！造孽啊……真造孽啊！”

布帘后头，隐隐传来姆妈的凄音。她闭上眼睛，想让这一切早些过去，可喉部似乎顶着一个硬物，强行将生命压回到了她体内。

孰料，这样的安定未能持续多久，上官珏儿朦胧间又被抬起，有人往她的胃里灌了一些液体，她只好用呕吐来回报，呛人的黏物从嘴里喷涌而出，流满整只脖子。她费力别过头去，想看一看施逢德还在不在，却只看到几个白色的身影在蹿来蹿去。

他大抵是不会再来了……

她心中涌起一股悲怆，且不说有没有真心爱过他，最起码，时至今日，她都未想过会失去他。

但是，她发现那个洞口在不断扩大，里头所有的景物都变成了白光，她只好迎着它而去，缓缓步入洞内，被白光吞没……

上官珏儿的死，成了上海滩一桩香艳奇闻。小报记者将她服毒自尽的过程写得绘声绘色，讲说她当时写的遗书里充满对施逢德的控诉，还在床单上写了血字，甚至死时穿的旗袍都是赤红簇新的，显然是心有不甘，意欲化厉鬼报仇。

上海滩短短一周之内，死了两位以美貌著称的名女人：金玉仙与上官珏儿。一时间沸沸扬扬，祭奠哀吊者有之，冷眼旁观者有之，嚼烂舌根者更有之。影院当时撤下所有新片，只放两部电影，一是上官珏儿未完成的遗作《风流娇娃》，二是一部改编自金玉仙劫杀案的三流作品《魂断青楼》。

那几日，唐晖每天在戏院看《风流娇娃》，一天三遍，看的辰光，就是怎么也不相信上官珏儿突然从这个世界上消失了。做影星就是这一点占便宜，即便人不在了，音容笑貌还是会留在胶片上，可供人一遍遍复读她。这亦是他生平第一次放弃报社要他做的跟踪采访，去一个法国人开的小酒吧里买醉，把那儿的每个妓女都吻过，还与几个海军大兵干架，被打到不省人事。醒来的时候，天已大亮，他头上沾满了呕吐的秽物与隔夜露水。

夏冰将唐晖拖回侦探社的辰光，杜春晓正在吃早餐——臭豆腐夹烧饼。老远看见唐晖，便皱眉捂鼻大叫："快带他去澡堂洗一洗！比我吃的东西还臭！"

可是已来不及了，唐晖早已双手抱头缩在沙发上睡过去，身上每一寸皮肤都是碰不得的，一触就会痛到惊醒，接着看你一眼，再蒙头大睡。

杜春晓叹道："你说他是不是传说中的'红颜祸水'？最爱的两个女人都先后死于非命。"

"你怎知他还喜欢上官珏儿？"夏冰惊讶地推了推鼻梁上的眼镜。

"因唯独他写上官珏儿的报道里不带一个污秽的字眼，那不是爱就奇了。"她竭力压抑住幽怨与怜悯，将话讲得轻松随意了些，果真惹来夏冰的白眼。

"那也不定就是爱慕，只是一般影迷的仰慕也未可知啊。人家是铁汉柔情，有痴心的，哪像你铁石心肠，谁死了都不惦记！"他借机发泄了一下对她的怨气。

孰料此时唐晖翻了个身，嘴里喃喃叫着“珏儿”，仿佛在刻意证实杜春晓的推测。

她却已将烧饼吃完，擦了擦手便要出门。

“去哪里？”

“外面。”

“去外面干什么？”

“见一个人。”

他发觉她的背影竟比从前要消瘦一些，于是想起那位英俊儒雅的英伦男子，心不禁往下沉，她是去找他？但他忍住不问，因怕问了，她会讲些他这辈子都不想听的话。

这一次，他还是没有料准她，她去见的是另一个男人。

与杜春晓因焦虑导致的憔悴相反，施常云继续增胖。长期没有酒色欢纵之后，他体内的某些健康因素便借机冒了头，所以原本缩成枣状的眉眼竟挺拔起来。

“下次让那小记者再来，我要向他好好讨教些拈花惹草的经验。哈哈！”他的反应在她意料之内。

“你可知道斯蒂芬被一个叫珍妮的英国女人行刺了？”

“知道。”他点头道，“那个女人是谁？”

“听那法国侦探讲，她生前也是高级交际花，与死去的花国大总统还是金兰之交。”

“哦？”他挑了挑眉尖，显然被勾起了兴致，“如此说来，金玉仙的死，与斯蒂芬也有些瓜葛？”

她没有回应，却低了一下头，假意在思考别的事。

他看出她的窘迫与不安，又笑道：“高文的死，我还没找他算账呢，这回又牵扯到轰动上海滩的花魁谋杀案，他还真不低调！”

“而且珍妮杀进红石榴的时候，嘴里牙齿被拔得一颗不剩，明显是受过酷刑的，不晓得又是谁动的手。”

“必定又是斯蒂芬指使谁干的，然后自己完全脱净干系，在一旁看戏。”施常云竟讲得有些咬牙切齿，“就这一点来讲，他跟在英国的时候一样，没有变过。”

“你与他怎么会认识的？又如何知道他在英国的事？”她明知问了也不会有答案，可到底熬不住，仿佛这样问了才能安心。

施常云这一次没有对她竭尽嘲讽，反而神情里有了一些苦涩，是她之前从未在他的字典里读到过的。

“你心里明白他是什么样的人，就该去阻止他。就像我为了对抗他，可以杀掉自己的哥哥。”

刹那间她的呼吸凝固在半空中，斯蒂芬深情款款的魅笑，幻化为一个陷阱，她在陷阱中央游走，却怎么也无法逃脱。

“乔安娜，你好不容易摆脱了他，如今却还是回到了他手里，可有觉得怨恨？或者……觉得高兴？”

她继续无言以对。

“你不觉得，高文的死，金玉仙的死，还有珍妮的死，上官珏儿的死，他们之间有某种联系？”他像是手下留情，适时转了话题。

“我也晓得他们之间有联系，只是一时还找不出那个交结点。”她抬头看他，“而且，你隐瞒了许多事，搞得我云里雾里。”

“不管我隐瞒你多少，首先一点，你要找的小胡蝶——就是金玉仙，已经死了，你一味逞强，要待案子水落石出之时再去告知邢老板，恐怕都成了马后炮。记得乔安娜你从前很喜欢往水里滴墨，看看那一池清水最后会有什么样的反应的，这次不如也把金玉仙的事情找邢老板坦白了，看看他下一步会有什么行动。”

“我会去讲，但不会再查下去。”杜春晓苦笑道，“小胡蝶已死的事情抖出去了，我就再也不能从邢志刚那里拿钱，所以我一直憋着，但现在，竟也有些……憋不住了。”

话毕，她拿出手袋里的香烟盒，只剩最后一根了，她将它含在嘴里，将盒子捏扁，放在施常云的探视窗口。

杜春晓离开的时候，每走一步，都仿佛踩着斯蒂芬的名字。

-9-

花园街的黄昏没有落日余晖的美景，却弥漫着腔调沉闷的污浊气。几对洋人夫妇牵着狮毛犬在石板小径上散步，甜腻的桂花香绕过每个人的鼻尖，又飘忽而逝。云层附着了一些诡秘的淡粉，懒洋洋地在天际巡游。

旭仔走过这样的街道时，总是心情舒畅，感觉身上所有的骨头都拆卸下来擦拭干净了一般，整个人都是纯洁的。他忆起在广东经历腥风血雨的日子，为了逃命，便闯进一间民宅，全然不顾里头正在批改作业的教书先生。那教书先生并没有惊慌，却捞起床单，让他躲进底下去，他在下面看着教书先生着一双黑色布鞋的脚在来回移动。待危险暂时过去，教书先生将他从床底拉出来，给他炖了一碗米仁粥，还包扎了右臂的刀伤。

他触到教书先生微凉的手指，一双包藏智慧的眼睛在圆形镜片后闪烁着光芒。他不禁猜想对方的年纪，皮肤如此挺括，表情却像五十岁了。

“为什么救我？”他也知自己提了一个蠢问题。

教书先生拿过一面镜子，照他那张被疼痛扭曲了的脸。

“因为你生得美。倘若刚才冲进来的是个五大三粗的丑汉，我是必定不会救的，反倒是逃出去作罢。但你是靓仔，你记得，靓仔靓女，总是比较占便宜。”

若干年后，他来到上海，充分领略到那教书先生话里的分量，只可惜面上的疤痕断了他的特权。于是他总是在心里暗暗庆幸，倘若当初已被破了相，依那张残缺的面孔，又怎能打动那教书先生救他性命？

所以“美色”是旭仔最在意的东西之一，没有美色，只能凭头脑，两者均无的话，在上海滩几乎无法生存。于是他总是留意那些外形出众的男女，尤其百乐门这个地方，舞女都要靠天生的本钱吃饭，旭仔总是严格评判她们的姿色，并偷偷预测这些女人的未来。有那么几次，他猜得极准，但是小胡蝶的下场却令他不禁怀疑起那教书先生的价值观来，漂亮女人未必总是幸运的，有时她们会不自觉地吸引仇恨与野心。他进而又想到米露露，这位珠圆玉润的大美人儿，五官如西洋女子一般大气，可她的鲁钝与自作聪明却损伤了福运，所以怎么样都无法飞黄腾达。

旭仔实则也没有什么发财的念头，当年的一腔热血早被刀光剑影吓得无影无踪，他如今只想办好自己的事，比如像现在这样，潜入珍妮的住宅，找到邢先生想要的东西。

那幢两层楼的西班牙式建筑是一位搞煤矿的山西暴发户在上海置下的一块私产，目的便是金屋藏娇。珍妮一死，那里便暂时空了出来，管家仆人均早已遣散，房子亦因没有人气而变得死寂。花园中茅草疯长，几株细小的枫树颇煞风景地弯曲着枝干。旭仔踏过干枯的草坪，用硬币在屋子后头的落地玻璃窗上画了一个圈，敲碎，伸手进那玻璃洞将窗子打开，乳白色花边窗帘吹拂到他脸上，有痒痒的感觉。

他开始替珍妮惋惜，有这样的安身之处，又何必去做冒险的事？正如教书先生讲的，俊男靓女，总是在世间占尽便宜。可教书先生那张清秀的面孔，到最后还是毁在一瓶硝镪水里了，旭仔是眼睁睁看着教书先生的前妻扑向他的，而他则如往常一般腋下夹一本卷了边的《诗经》走在巷子里，风穿过他空荡荡的长袍下摆。他与她在最狭窄的地方打了个照面，旭仔就跟在后头，只觉那是一个面色蜡黄、唇皮被怨恨染白了的妇人，无名指上戴了一枚瓷戒，白瓷片上恍惚还印着那男人玉树临风的头像。她猛地将瓶口对着教书先生挥出去，教书先生没有躲开，只是捂着脸蜷在地上惨叫。

不知为什么，旭仔没有去追那妇人，却看着痛苦挣扎的教书先生，一言不发。

记忆被房内幽暗的光线扰乱，旭仔拿出金属打火机，制造了一点光明。随后摸上楼梯，辨别哪里是珍妮的房间。

最后选定一扇虚掩的白色镂花门，因从门缝里看到有一张西洋四脚床，便猜到那必是主人的寝室。

在那里，旭仔一面回味教书先生面目全非的惨状，一面翻箱倒柜。他并不介意在离去后会被人发现这里来过不速之客，重要的是找到那东西！

但是在翻查的过程里，旭仔自己都觉得好笑，人都死了好几天，这里多半亦被警察和自家仆人扫荡过无数次了，东西说不定早已被收走，哪里会留给迟来者一点机会？但倘若不查，又显得不够尽责，所以他找得非常仔细，摸过被褥的每一个边角，把枕头悉数割开，还想办法打开了床头的保险柜，保险柜里还是空的。

旭仔了解女人，知道她们藏东西永远离不开卧室和床，于是他甚至把四只金属床脚都抬起来，拧掉垫脚，看那些空心的管子里是否会存在奇迹，梳妆台的每一个暗屉也都开启过了。

一无所获。

他有些沮丧，但还没有完全气馁，转身下楼开始敲第一寸地板，原本铺在客厅里的地毯应该是被管家偷走了，所以搜起来反而简单。但是胡桃木地板始终只发出沉闷的咚咚声，他最后只得站起身，靠在书架旁休息。

书架？

在旭仔的印象里，高级交际花都会将自己伪装成学富五车的才女，所以他不由得有些好奇这位珍妮姑娘会读些什么书，于是转过身去，将打火机凑近架子上的书脊窥探起来。他其实颇有将书架推倒的冲动，只是怕动静太大招来麻烦，于是细细地看。上头有精装牛皮封的《狄更斯全集》《茶花女》《白鲸记》之类的英文原版书，只左侧最角落里放着一本《海上花列传》……这里罕见的中文读本勾起了旭仔的兴趣，便抽出来翻了几页，一张纸片从书页里飞出，在昏暗中跌跌撞撞飘落脚边。他捡起来，想也不想便放入衣袋。刚要转身，却突然僵住，不再动弹。

因后头有一个人，似乎正打算趁他不注意的辰光离开。可真的没有什么人可以从他眼皮底下逃走，包括现在这一位。所以旭仔将手里的书丢向身后，只听得“啊”的一声，那人显然受了惊吓，他回头看到对方正捂住额头，丝毫没有要再逃的意思，反而坦然地坐在地上，龇牙咧嘴起来。

“你是谁？”旭仔走向对方，用打火机照那人的脸。

“你又是谁？”

他开腔的辰光，旭仔已一拳打在对方面门上，下手有力，却不至于打晕他，对于挥拳的分寸，旭仔总是十分自信。

可那个人却躲开了，轻巧、灵动，让旭仔的拳头结结实实砸在了空气里。

“我是私家侦探，有人雇我来这里找一件东西，找到就可以回去了。”

旭仔这才看清他戴的眼镜很旧，有一张温良的脸孔，眼睛却是有神的，似乎利益不容侵犯。他知晓来人不好应对，只得干笑一声，道：“那找到了吗？”

夏冰摇摇头。

“为什么我在这里转了那么久，却没发现你？你藏在什么地方？”旭仔用平板的声音掩饰好奇。

“跟我来！”

夏冰脸上浮起一层得意，似乎很乐意与陌生人分享成就。旭仔迟疑了一下，还是跟着他走到楼梯口后侧，那里的暗门半开，夏冰取出手电筒，往门内照了一下，那里有一截深不见底的楼梯。

“里头有什么？”

“什么都没有，每只箱子里都空空如也，而且很乱，旧衣物丢得到处都是。”夏冰深吸了一口气，仿佛在为那间小小的地下室默哀。

旭仔没有下去，只是一动不动地看着夏冰。

“怎么，要让我先下去？”夏冰苦笑，“我已经下去过一次，不想再去了，而且约了人，要早走，你若好奇，就自己进去看一看。”

说完，他便装模作样地掸了掸身上的灰，转身推开一扇窗，一跃而出，丢下旭仔一个人对着地下室。

旭仔没有下去。

确切地讲，他是没有办法下去。

数年前在攀上开往南京的列车时，他一个人躲在啤酒桶内不敢吭一声，大小便濡湿了下半身，还掺杂了酒气，几乎将他熏到晕厥，但更恐怖的是黑暗。无论手脚的伸展活动如何细微，都会顶撞到坚硬潮湿的桶壁。所以，那里成了他的噩梦，比小时候三天没饭吃，被人踢断三根肋骨，呼吸起来会剧痛还要恐怖。

但是，刚想退回，已来不及了，一股强大的冲力将旭仔往那深不见底的黑渊推去。他发现自己的面颊正在疾速贴向木质台阶，于是本能地用手去挡，可双腿却又悬空，令他平衡尽失。

头、脖颈、手臂、脚踝、后腰、侧腹轮番擦过一些突起的坚硬物，他知道那只是阶梯，却不知该如何阻止，只得一味双手抱头，翻滚到一片尘埃里，然后停下。

他没有马上试图站起来，只是静静伏在地上休息了一下，动了动双脚，确保它们依旧伸缩自如，再慢慢抬起两条胳膊支撑上半身的重量，有些吃力，明显是手臂伤筋了，但并不碍事。他小心站起，腰间发出“咯”的一声，让他自己都心惊肉跳，人有时往往受自身反应的惊吓多一些。接着他又想到打火机，但摸遍每只口袋都找不到，脚底下却踩到了软绵绵的东西，是刚刚那个私家侦探所说的那些杂物。

当然，旭仔到这个辰光还未完全绝望，直到头顶传来“嘭”的一声，地下室的门关上了。

世界随之熄灭。

-10-

埃里耶的食量随着气候转冷而与日俱增，所以在夏冰跟前吃下第三块巧克力蛋糕的时候，还显得有些不好意思，因为对方一块都没有吃。

“看来重要的东西已经不见了。”埃里耶长叹一声，把杯中冷掉的咖啡一饮而尽。

夏冰苦着脸，两手托腮，盯着碟子里的点心，喃喃道：“我在那里碰上一个带广东口音的人也在找什么东西，想是与我们找的一样。”

“不见得。”埃里耶抹了一下胡子，左手轻拍浑圆的肚皮，道，“要知道，漂亮的女人身上能背负一百个男人的秘密，所以她们死后很多男人会在惋惜之余松一口气。”

不晓得为何，夏冰突然想到了杜春晓，她身上背负了多少秘密，是否与男人有关？可那些都像是禁区，她不讲，他便不敢问。

“不过——”埃里耶似乎心情非常好，愿意透露更多的信息给夏冰，“我听说斯蒂芬很好赌，所以曾经向高文借过钱。”

“真的？不用讲，那借据肯定不见了，为了摆脱债务，他的确有可能指使那几个俄国人干掉高文。”

“可现在也只是推断，并没有凭据。再说像高文那样精明的商人，是不会轻易借钱给人家的，必定有什么便宜可以占，他才肯点头。”

“那你们有没有问过斯蒂芬？”

埃里耶突然长长叹了一口气，在阳光下伸了个懒腰，道：“问过，他也承认有这笔欠款，但是现在没有人受托向他讨回，所以他还是心安理得地开他的餐馆。”

“这就是所有的阴谋了？”夏冰始终觉得动机有一丁点儿牵强。

“我也觉得事情不可能这么简单。这个家伙太狡猾了，许多事情与他都有脱不掉的干系，所以，小伙子——”埃里耶用极度信任的态度轻拍夏冰的肩膀，“我们还得一起努力啊！”

“下一步要怎么做？”

“让你的包打听去查一查那广东仔的背景，顺便摸一下斯蒂芬有没有女人，一位迷人的绅士背后一定会有女人的。”

看到夏冰面露难色，埃里耶又笑道：“这个，可以找你的未婚妻帮忙，她看上去要比你聪明一些。”

夏冰这才明白埃里耶找他的全部用意。

杜春晓连续在红石榴餐厅待了三天，每天从下午两点坐到晚上八点，带了一副牌、一本《狄公案》以消磨时间。斯蒂芬每次都请她一杯免费的龙舌兰酒，上面放一片青柠，她喝完后，会专点一个叫艾媚的女侍者为她服务。即便是如此古怪的行径，斯蒂芬也没有感觉诧异，虽然那女侍者手脚并不利索，偶尔还会把账算错，但许多风度不凡的男客会给她丰厚的小费，因为看起来有些笨的美女，总是格外受青睐。

但杜春晓对艾媚的兴趣，并非那姑娘十七妙龄，又面颊红润如水蜜桃，却恰恰是她的“笨”。如夏冰讲的，珍妮袭击斯蒂芬那日，在她持刀冲向斯蒂芬的时候，不知是谁将一整只托盘砸向她，这才让斯蒂芬有了掏枪自卫的机会。所以杜春晓连日来，一直在找这个人，尤其是埃里耶通过夏冰给她的委托，令她变得异常执着，似是要露一手给那法国人瞧瞧。

于是，她只觉那个试图用托盘保护老板的人，应该就是那看上去老气横秋的俏姑娘。只有她与斯蒂芬的眼神接触是流蜜的；只有她在将坚果装盘的时候，斯蒂芬会将一只手撑在吧台上，与她的腰背似碰未碰；只有她将小费如数投进吧台上的小费箱里；只有她似乎从来没有流露过不耐烦的表情，晚餐时分的高潮，脚步亦总是欢快的，真正做到了“满场飞”。

杜春晓恋爱过，她明白爱上一个男人是什么样子，更明白爱上斯蒂芬会是什么样子。

“我今天只想要一份蘑菇汤。”

“好的。面包要来一份吗？”

“这个……你们老板不在，还是算了。”

“为什么老板不在就算了？”

“因为我付不起钱，需要他请客。”

艾媚脸色果然一阵红一阵白，张了张嘴，却没有再讲什么，匆匆离开了杜春晓的桌子。不消一刻，蘑菇汤端上来，既浓且烫，杜春晓继而又点了一杯咖啡，一直等到八点钟，见艾媚和一个长满青春痘的男侍者交了班，她才跟着结账。

红石榴餐厅的后巷子里，倒是别有一番风景。因对面还是灰水泥涂层的旧楼，门口挂着一排拖把，墙根甚至靠了一两只忘记收回的马桶，穿着金粉色旗袍、围羊毛披肩的舞女三三两两走到巷口去叫黄包车。杜春晓倚在那里看着，红石榴的一个二厨并两个前厅招待都已经走出去了，艾媚最后一个出来。与那身黑衬衫白裙的装束不同，她已恢复清汤挂面的中短发，发梢柔顺地往里弯起，像是用火钳烫过，一圈油黄的灯光圈起她素净的面孔。

“艾小姐！”杜春晓跑上前来，伸出胳膊欲与她挽在一起，对方却警觉地退后两步。

“做什么？”艾媚歪一歪头，大抵是有些不相信还有女客会骚扰她。

“据说你们老板受到疯女人袭击那日，你出手救了他？”杜春晓咳了一声，开场白异常生硬。

艾媚愣了一下，笑道："那个丢盘子过去的不是我，是阿申。"

"但你看起来和斯蒂芬比较亲。"

"杜小姐才是和老板亲近的女人吧？"

杜春晓心里一跳：她果然知道她！

"那你可知道，除我之外，老板还有其他的女人吗？"

她们之间的空气产生了片刻的凝固，然而很快便化开了，因其中有一位出了状况。

出状况的是杜春晓，她突然脸色发青，捧住腹部弯下腰来，肠胃像是瞬间冻结住了，又硬又鼓，与她发软的四肢无法协调。于是她想把那些硬块吐出来，这一吐，将先前吃下的蘑菇汤喷得到处都是。

艾媚下意识地要上前扶她一把，却又退了，一脸的不知所措。

"你在我汤里下毒了？"杜春晓惊讶地望着她，眼眶几乎要撑裂了，她断想不到这弱小的女子会怀有如此强烈的妒恨。

"我……我没有！"艾媚带着哭腔叫道，两手与后背紧贴着长满青苔的墙壁，左右张望，仿佛在求救，又像是不想有陌生人靠近。

杜春晓已吐得死去活来，小腹上方的剧痛像要割断她的肠子，把内脏都掏挖出来。她这才感受到了恐惧，恍若死神逼近的足音已在耳膜深处咚咚作响……失去知觉的瞬间，她终于听见有人高喊："赶快送医院！"

的确，青霉素的气味从未让杜春晓如此安心过。

夏冰将她的头颅轻轻抬起，拿枕头垫了，唐晖还在旁边摆弄他的相机。他的络腮胡正在疯长，快要盖住大半张脸，头发亦长得离谱，油腻腻地贴在头皮上。

而她也终于意识到什么叫作虚弱，尤其肚皮上那块纱布，正散发出淡淡的药味。背部与小腿上的痒处，已没有能力自行抬手消解，于是只得叫夏冰替她挠。

孰料夏冰竟冷笑道："你还是让那给你下毒的艾小姐来挠吧！"

"她在哪里？"

"在外头候着，大抵是担心你报警。"

艾媚进来的辰光，是顶着两只黑眼圈的，可见是前夜一直处于不安之中。

"我真没有，真没有……杜小姐……"

杜春晓忙笑道："不要管有没有吧，回答之前问你的那个问题便好了。"

艾媚面色一紧，下意识地摇了摇头，然而杜春晓却向夏冰伸出手来，夏冰当即会意，把一副塔罗牌放到她手中。

"你不讲，事情便麻烦了，不信便抽一张。"杜春晓将牌列成扇状，递到艾媚跟前，对方犹豫半晌，还是抽了一张。

高塔。

"这座塔，意指落花有意，流水无情。你在一个男人身上浪费的感情太多，积沙成塔，最后却高处不胜寒，终究还是要从那里下来的。"她一脸同情地将那张牌收回，道，"该了断的时候，一切都必须了断，哪怕有些事情，已经来不及了。"

"艾小姐，其实我们还没有报警，你也晓得如今的巡捕是什么办事作风，你一个女孩子家，被带去巡捕房审问，传了出去也总归不好。孰轻孰重，你自己衡量。"讲这番话的是夏冰，他嘴上硬，心里却是软如稀泥，生怕那姑娘哭出来，他便只好放过她。

孰料艾媚像是下定了什么决心，将头一仰，道："好！你们要知道些什么？我都告诉你们不就成了？"

"想知道你们老板除你之外，还养过哪些女人？"

不知道为什么，杜春晓讲话忽然不客气起来，竟有些要当众让艾媚难堪的意思。艾媚听到"除你之外"和"养女人"之类的句子之后，果然面露尴尬，但拿眼睛偷瞟的竟是唐晖，可见这男子亦有"天生丽质"

的嫌疑，是怎么作践自己都无法损其“美色”，照样引人注目。

“原先，我以为他只有我一个，后来发现他每个周五晚上，人便不知去向，周六我去他住的地方收拾，那里的床铺都是整齐的，像是没人睡过……所以……”她的语气开始变得有些艰难，“所以我大约猜到他外头还有个女人，抑或在干些我不晓得的勾当。可是他很爱干净，做事情滴水不漏，我无从查起，也想过放弃算了。”

“可惜事情到了这个地步，你若再不肯面对现实，恐怕有些对不住自己和自己的将来。是不是？”

夏冰与唐晖在旁一脸茫然，因不懂事情已到了“这个地步”是什么“地步”。

“嗯。”艾媚拿出帕子揌了揌眼角，其实并没有要落泪，只是但凡女子，都爱在不必预防的时候预防，却在最关键的时刻错失良机。“所以我要找到那个女人，便在上周五晚间装病，先去他的公寓找，并不见人，于是又到一家他从前带我去过的台球俱乐部，总算见着他了——”

“然后跟踪他了？”

“总觉得，他在那里打一晚上的台球断不可能，可他身边却有个洋女人。”

夏冰脑中即刻浮现出珍妮在红石榴餐厅出现时那张惨不忍睹的面孔。

“偏巧我在那里碰上从前在红石榴餐厅与我一道上班的服务生，他说那洋女人叫珍妮，是有名的交际花。我当时心里吃了一惊，却也有些放心。因她是交际花，斯蒂芬就不会与她有什么结果，顶多白相一阵子，也就丢了。而且，看他们两个人在一道，虽然样子显得亲昵，但斯蒂芬的眼睛似乎一直是望向别处的。我了解他，知道他喜欢什么样的女人——”

“哈！”杜春晓不由冷笑，遂发觉自己失了态，忙捂了嘴，示意她继续。

“所以那天晚上，我便在他的公寓里坐到天亮，也不管爹娘会不会操心……”

唐晖这才对艾媚产生了一点兴趣，能想到爹娘的女孩子，多半是家教甚好的小家碧玉，经不得大风浪，于是对她起了怜悯之心。

“等第二日，斯蒂芬果然回来了，脸色很不好看，手上还有伤。他一见我便大发雷霆，我从没见他气成那个样子，于是急急地把我的事体跟他讲了，谁知道……”她的声音又开始哽咽起来，“谁知道他没有在意，只说让我继续上班，不要被别人发现有异常，过些时候，他就会处理好了。”

“可是过些时候，你的情敌却要杀他。”杜春晓喉咙和脑壳都痒痒的，明显是犯了烟瘾。

讲到这一层，艾媚似乎眼睛一亮，像是看到了希望：“那个珍妮，不是斯蒂芬唯一的情人，他还有一个女人，只是我怎么都查不出来。”

“那你又是怎么知道的？”

“因为香水味儿。”

艾媚脸上难得闪现一抹灼热的智慧之光，杜春晓不由感慨：女人的小聪明永远都用在不该用的地方。

“有一次，我给他洗衣服的时候，从他的衣袋里找到一个火柴盒，背面写着一个地址，我几次想去，却都不敢，生怕看了会更伤心。”

“给我。”杜春晓毫不客气地伸出手来，艾媚迟疑了一下，从手袋里拿出挤扁的火柴盒放到她手心里。

杜春晓看了一眼，长长地舒了一口气，似是在用这样夸张的表演引起那两个男人的注意。

“艾小姐，真是难为你了，快回去休息吧，我中毒的事体你别放在心上。”她终于放过艾媚。

“什么中毒！没想到一个阑尾炎都能让你套出大秘密来，当真好本事！”艾媚一走，夏冰便伺机嘲笑杜春晓。

“对，我就是这么下作，可你不是也帮着我恐吓人家一个孕妇？你若再敢调侃我半句，那地址就休想拿到！”

夏冰这才晓得“这地步”指的是艾媚怀孕，于是愈发气恼，吼道：“拿不到拉倒，这桩案子越追越乱，接下去也没有钱拿，还不如回去替有钱太太找京巴儿来得实惠！”

“那你赶紧去，再不去晚了！”

杜春晓气急之下，便猛然翻了个身，突然伤口一阵刺痛，令她不由得龇牙咧嘴起来。夏冰忙上前将她扶住，唐晖在一旁只当看戏。

“哎哟——”她一面摆平身子，一面对着火柴盒上的地址呻吟道，“其实你还真不用去了。”

“为什么？”

“因为我以前去过了。”

-11-

燕姐骑跨在邢志刚的腰间，手指用力按瘪他肩背上的每一个气结，因是使了真力的，所以能听见骨肉摩擦后将废气挤出体外的噗噗声。他发根浓密的后脑勺对着她的脸，飘浮着一股稀淡的水果清香，她忍不住将乳房紧贴住他，在他耳边轻轻吹气。

“舒宜吗？”

邢志刚没有回答，只发出一记长长的呻吟。她希望他能就此勃起，可又突然没了信心，只好用面颊蹭那只匀称健美的肩膀。

“在想什么？又一个人闷闷的。”她明知他没有不快，却仍然不敢怠慢，他阴晴不定的个性，总会时不时给她一些突如其来的打击。

“嗯？”邢志刚拍拍她的臀部，她只好从他身上下来，将睡袍披上，生怕他看到她腰间的赘肉。

他坐起来，腹部隐约滑动的块状肌肉令她自惭形秽。

“还不是想关淑梅的事。”他直呼小胡蝶的本名，再次令她心惊胆战，“你也晓得，这个事情不处理好，秦亚哲这个老浑蛋是不会放过我的。”

“反正他自己也晓得的，小胡蝶人都死了，东西不定被她卖了丢了埋了，到哪里再去查。连那个洋女人家里都找过了，没有嘛。”燕姐嘟起嘴，尽捡些宽心的话讲。

他似乎是察觉到了她的体贴，将她搂在怀里，捏住她的右乳。她全身一阵酥软，仿佛瞬间回到了十六岁。

“那么，总要有人去挑这个担子的喽。”他一面在她耳垂上轻咬，一面将她压住，她胯部一阵燥热，于是将他抱得更紧。

“是啊，之前想让施常云来挑，结果这小子看起来竟比表面要聪明许多，咱们少不得还要想其他的法子。”

他似乎兴致极高，已探入她的私处，并不住蠕动，有些慢条斯理，但目的明确。她按捺不住，去吻他，他拿手摁住她的额头，不让她接近，但下身还是与她紧紧纠缠。她只得就这样屈服，但隐约觉得他动作比平素竟迟钝一些，似乎心里装着别的事。

是什么事呢？她一时有些迷惑，直待他的两只手压住了她脖颈上的大动脉，才恍然大悟。

“小燕，你不要怪我。”他说完，手劲加重。

她登时与空气失去联系，两条腿不由得开始抽搐，未曾想已被他死死压住，阳具甚至阻止了她的紧张，她感到私处还在不断起伏，于是想索性放弃抵抗，尽情享受。

“你早就想这样了吧？”

她拿眼神与他对话，想告诉他一些感受，以及弥留之际的某些依恋。濒死一刻，她竟有些欣喜，因是死在自己最爱的男人手里。

邢志刚放开手的时候，燕姐双目微张，眼角还挂了一滴泪。他退出她尚且柔软的身体，走进浴室里，到这一刻，他还是有些不信她已经死了。从前无论面对顺境逆境，她总是在他身后，以至于他只要闻到她特有的气息，便觉得万事都可以应对。现在，那气息变成了恶臭，她正慢慢变冷，且很快就会腐烂。想到这一层，他便瞬间沮丧起来，努力盯住镜中的自己，眼圈发热，喉咙发干，头发像倒刺一般竖在头顶，胸前尚有被指甲抓挠过的红印。她仿佛在那里匆忙写下了一份遗书，交代他今后的路要怎么走。

他拼命忍住喉间的呜咽，走回卧室，捞起纱帐，看那具有些苍老，腹部皱皮明显的尸体。口红涂花了她的下巴，似在呕血。他抓起床单给她抹干净面孔，又考虑是否真要替她操办一封遗书，于是停下动作，翻找出一张信纸，开始落笔。这才想起，他几乎从未见过她的字，于是紧张了数秒，又轻松下来，正因只见识过她的签名，不曾有字，才更方便捏造。他是怎么也不相信警察会比他更了解这个女人，可以从她的住处翻出她的手迹来。

这个遗书要怎么写，他已想了个大概，只是在分配遗产一事上，却又莫名焦虑起来，因不晓得她究竟有多少财产。只听闻她老家在东北，六岁被人贩子卖到北平，辗转流离才到了上海，这样的女子，大抵是不考虑身后事的。他这样自以为是地揣测了一阵，便将这个部分略过了，通篇只有她如何偷盗东西，栽赃小胡蝶，后又怕东窗事发而买凶将她暗杀的假罪状。末尾再署上燕姐的本名——毕雪燕。这名字令他觉得陌生，因埋藏在脑中太久。

他以为，秦亚哲会相信。

而事实上，没有燕姐，邢志刚制造的一切假象，都是极易被识破的。这一点，他自己在一个月后便领教到了。

杜春晓近期常去见的一个人不是斯蒂芬，而是无所不知的小四。夏冰头一次见小四到医院探病的辰光，唬了一跳，以为有什么重要情报，孰料对方却拿出一包云片糕和一包玫瑰酥糖来，左边空瘪的衣袖安稳地垂在一侧。杜春晓当即眉开眼笑："你怎知我想吃老家的点心？"

当然，夏冰的疑惑很快便自动打消了，因杜春晓身上发生任何出乎他意料的事体均属正常，这便是她，倘若她不是这样神奇，也许至今他们都还在青云镇经营书铺，随后结婚生子。

出院后的杜春晓与小四走得愈发近，时常打听些与小胡蝶一案完全没有关联的事体，譬如赫赫有名的"小八股党"。这个"小八股党"以专门打劫潮汕帮运入上海的烟土为生，且屡次得手，幕后老大是谁尚未确认。有人猜测"小八股党"是受洪帮老大黄金荣暗中指使，亦有人认为是另一个新崛起的秘密组织。这些八卦从小四的口中讲出来，就如说了一段《三国演义》，当即把杜春晓听住了。某一日，小四又说"小八股党"棋逢对手，在外白渡桥边遇上自称"大八股党"的一帮人，于是中了埋伏，死伤惨重，那"大八股党"传说是潮汕帮雇来的保镖，专门确保烟土的顺利运达。

杜春晓听得兴起，当下大腿一拍，道："咱们去那里逛逛，说不准还能拜个山头！"

小四冷笑道："杜小姐说玩笑话了，这地方一到晚上便凶流暗涌，去了等于送死。"

但杜春晓还是去了，不过选在了白天。

黄浦江上依旧有几个巡捕在打捞浮尸，仍是骨瘦如柴、头发长乱的男性。杜春晓自吴淞口码头登船，入外滩上岸，一路坐的是不起眼的乌篷船。沿途见岸边停了几只驳船，船夫模样的人正蹲在甲板上刷牙，仿佛先前那些尸首从不曾打他们眼前漂过。

选在英租界码头上岸之后，杜春晓长长叹了一口气，气候已变得干冷，她每呼吸一下都要用脖上的围巾捂一捂嘴。路边有穿着明显大的呢料西装、戴鸭舌帽的少年在人群里走来走去，还有操广东口音的码头工人在货堆抽烟聊天，声音很响，仿佛做什么见不得人的事都可以光明正大。她蓦地想起小四的忠告："如今运来上海的烟土，早已不是英国人和法国人做的生意，而是以潮汕帮与两广帮为主，从公海直接运至吴淞口，再由租界里的人派船接应。做大一点的，还会买通水警与缉私队亲自护送，这样就可以免掉关税，通过英租界的烟土行销货。所以尽量少靠近那个地头，尤其夜里，一个不小心撞到，没准儿也要变成黄浦江上的死尸咧。”

一上岸，杜春晓便直奔红石榴餐厅，一来是饿了，二来是她想与斯蒂芬谈一下从艾媚处查到的那位神秘女子。

她之所以不想顺着这个地址去找到她，而且死死瞒住夏冰，并非故弄玄虚，而是终有些情绪和预感令她难以释怀，所以不如与斯蒂芬谈谈，多为自己加一些筹码。

可惜，斯蒂芬不在红石榴餐厅，接待她的是一位陌生的洋人，面目干净，举止得体，但言行里透出一股生冷气。这是杜春晓熟识的一类人，他们聪明自负，有极强的抗打击能力，因此从不在陌生人面前表现亲和力，然而必要的时候，他们还是会这么做。

什么是必要的时候呢?

她突然屏住了呼吸，皮肤上仿佛又爬满伦敦那些蛛网般密布的巷道里滋生的蜘蛛。总有几位穿斗篷、留胡须的男子在某个巷口突然出现，如蝙蝠一般鬼魅。

眼前的英国人布洛克就给了杜春晓这样不快的感觉。

“我们没有权力打听老板的去向，你知道。”布洛克耸肩的姿势与斯蒂芬一模一样。

“好吧，反正我已经知道他在哪里了，现在就可以去找他。不过——”她点了一下吧台后的一只正渗出浓烈肉桂香气的橡木桶，笑道，“走之前，我想先来点这个。”

布洛克只得拿出一只高脚杯，走到橡木桶前。

“布洛克先生，现在你是这儿的老板了吧？”

布洛克回头，见杜春晓手里晃着一张皇帝牌。

“算是吧，你看得出来？”

“在发现这里的收钱柜改了位置之前，我还真没有看出来，想必转让金便宜得很，也包括保密费在内？”杜春晓用流利但口音别扭的英语刺破了布洛克的傲慢。

“杜小姐，我什么都没说，全是你自己猜的。”布洛克无奈地挠挠鼻尖，将装红酒的杯子移向她。

“对。”杜春晓将红酒一饮而尽，道，“是牌帮我猜的，除了你卖的葡萄酒兑水太严重之外。”

“斯蒂芬要我留个话给你。”布洛克摆出现在才想起来的表情，显然是想掩饰窘态，“他说你找到他之前，得先查出上官珏儿的死因。”

“查不出来我也一样能找到他！”

她既兴奋又无奈，因知道唯有再去那里，才能找出真相。

“到底逃不过啊……”

走出红石榴餐厅的辰光，她不由喃喃地感慨。已接近正午时分，阳光渐渐令身体有了暖意，行人也开始多起来，这家曾经由斯蒂芬经营过的餐厅，却仍未满座。一家店是否易主，只有熟客最先察觉，他们一进门，便能嗅到异样的气味。

杜春晓怀着满腔遗憾，坐上一辆停在餐馆门口的黄包车，车夫殷勤地拉起篷子替她挡风。

“再也不能在这里吃白食了！”她沮丧地想。

“小姐要去哪里？”

她怔了半秒，遂报出了毕小青的住址。

-12-

毕小青的手掌已青白见骨，她晓得自己又瘦了，楼下房东太太好心给她炖的笨鸡汤与糯米羹，似乎都没有起作用。她终日都有些惶惶的，时常不自觉地抚摸脖颈，仿佛死神之手从未从那里松开过。尤其夜半时分，她终是醒着的，仿佛有一根刺抵在脑仁深处，一旦睡眠压近，它便上前冲杀抵抗，搞得她动弹不得。

那一晚，她原以为还会如往常一般，听窗外冷风呼啸，那张花了一个版面刊登上官珏儿服毒自尽的《申报》令周遭愈发风哽草咽。她将棉枕折弯，堵住自己的耳孔，竭力想要入眠，可惜不顶用，终有一些琐碎的声音会化作透明水流，潺潺灌入耳内。

呼吸声、猫叫声、落叶扫地声、楼下卖烧肉粽的阿伯收摊的响动、脚步声……

脚步声？

她猛地睁开眼，棉被里温暖浑浊的空气霎时变得坚硬。待掀开被子时，另一个人的呼吸声便愈发浓烈起来，不规则的，甚至充满愤怒的凌乱吐息收紧了她的神经！她即刻拉亮电灯，室内变成了一个古怪的白夜，什么都暴露了。

“你是谁？”她竭力保持平静，既不尖叫，亦没有操起垫被下的防身匕首来自卫。

因那个幽灵般潜入的人，亦是女子，年纪比她略小、表情比她更惊恐的女子。

一瞬间，她们的对峙，似乎完全失去了凶险的张力，反而有些凄凉起来。

“姑娘，你看起来不像是没饭吃的，面相也不奸险，怎么会想到干这种营生？”毕小青尽量放低音量，似是起了怜悯之心。

那姑娘头颅不停颤动，有些要退缩的意思，却又不甘心，像鼓了极大的勇气才开了腔：“你离开斯蒂芬吧，要不然我跟你拼了！”

她这才发现来人手里握着一柄乌黑的旧剪刀，显然是普通人家修剪枝叶和虾须用的。毕小青有些想笑，只是看到对方尴尬的处境，又有些不忍，于是撑起身子，想下床。孰料姑娘却吼道：“不要动！”又靠近了两步，将剪刀尖端逼在她的喉间。

毕小青并没有怕的意思，她晓得什么样的人才真正可怕。

“姑娘，我不认得那个叫什么斯蒂芬的，所以你找我拼命就有些荒唐了。不然，你坐下来，慢慢讲一讲事情原委，也免得我糊里糊涂便死在你手上，你冤，我更冤，不是吗？”

她没有回应，像是怕受骗，只是刀尖又逼近了一些。毕小青只得退后，靠在墙壁上，隔着薄睡衣的背脊已热气全无。

“你不要装！他就是这样，喜欢爱骗人的女人，你是，另一个也是！”话毕，她已泣不成声，眼泪鼻涕已混到一处。

“另一个又是谁？”毕小青觉得有机可乘，便将背部稍稍脱离了冰冷的墙面。她清楚对手越慌乱，自己便愈危险，但同时也最具逃脱的可能性，如果再继续纠缠下去，便只能抽出垫被下的匕首与之对决。

可是……她望着对方与她一般细弱的手臂，不由得又犹豫起来。

“你不要管另一个是谁，我……我找不到她，就只能来找你！”

“你认为那个斯蒂芬在我这里？”毕小青偷偷换了个姿势，将身体前倾，右手慢慢挨近床边，“你若真有这个怀疑，可以找一找的。”

她咬牙瞪了她好一阵儿，突然退至衣橱边，将手伸到背后，拉开了衣橱门。这一连串动作做得很艰难，因她的眼睛一刻都不曾离开毕小青。

毕小青对她点点头，示意她转过身去查探，且用表情保证她不会起任何恶念。

于是她转身，翻找里头少得可怜的几件衣服。三件灰羽旗袍，两件厚羊绒风衣，两件棉短褂，一件黑色男式风衣，并男式厚西装三件套。底下的抽屉里是一些内衣，衬衫很少，然而都很新，像没穿过抑或只穿了一水的……

那姑娘将里头两套男装摸了好一会儿，令毕小青心脏一阵打鼓。

半晌，她总算回过身来，只是手中利剪并未放下。

“对不起，大概是我搞错了。”声音有些迟钝，但很肯定。

毕小青略略松了一口气。

旭仔在家中静养整五日。前三日，他一直在睡觉，似乎要让每一寸筋骨自行调整，直到肩背处的疼痛不再汹涌。第四日，他到楼下吃了一碗小馄饨，又从一个犹太裔商贩手中买了许多可以存放的罐头，但是刚吃了一口沙丁鱼便吐光了。第五日，头痛欲裂，他对自己被推入珍妮家地下室的事情耿耿于怀，尤其是那张从《海上花列传》中掉落的纸片，他越想越觉得，那不是纸片，应该是……

第六日，旭仔原本还不想去百乐门上班，邢志刚却找上门来。

燕姐死了，他要他协助安排葬礼，不要隆重，也不摆白酒，只抽一个晚上叫所有舞女聚一聚便可。

这大抵便是无根之人最好的待遇了吧！

旭仔只想到这一层便停止了，他从不考虑身后事。但对燕姐的死，终感觉有一些别扭。听米露露讲，燕姐便是买凶杀死小胡蝶的人，因与她联手偷了邢老板一件重要的财物，后来小胡蝶将东西独吞后逃跑，燕姐一怒之下便将坏事做绝，后又摆脱不掉良知谴责，便自缢谢罪。这故事一听便很牵强，旭仔诧异于自己老板做事之冲动草率，连他都不相信的“真相”，又如何能骗得过秦爷？

“这么说，东西没找到？”

“没有。”

旭仔将干咳压在嗓子眼里，生怕稍稍露一点怯便会乱了阵脚。

“有没有碰上什么特殊的情况，或者别的什么特别的东西？”

“没有。”

他刻意隐去了碰到另一位私家侦探，以及被人推落地下室的事。直觉那个“推手”与私家侦探不是同一个人，否则那侦探便是演技太好，看上去有些太过坦荡。

旭仔交代完之后，便站在邢志刚的办公室门前，手里拿着一个铜制的烟灰缸，指尖的香烟几乎要烧到皮肉，他却没有一点要抛弃的意思。

“当心唉！烧着了！烧着了！”米露露搽得喷香扑鼻，走上前将旭仔连烟带手指摁进烟灰缸中。旭仔狠狠甩开她，把烟灰缸放到对面的瓷花瓶旁边。

“做什么？”

“你随我来。”米露露一把拉起他便往外走。他迟疑了一下，还在上班时间，按理要寸步不离，可内心隐约对邢先生又有些抵触情绪，于是便由着米露露将他带到化妆间旁边的一个杂物房内。反正，秦亚哲的人若真来找邢先生算总账，凭他一己之力是挡不住的。

这个杂物间，平素是舞女更衣的地方，亦可悄悄在里头将小费过数，聚众教训新来不懂事的，多半亦在这里完成，所以它是女人的“秘密花园”，男子都不会跨入半步。不晓得为什么，旭仔却是个例外，偶尔还会被叫进来赌几场牌九，那些女人一个个敞着怀，大半乳房露在外头，素着一张脸，暴露着光秃的眉宇，似乎对他毫无顾忌。

米露露与旭仔对视了一刻，到底还是她忍不得，笑骂道：“作死腔！侬一点好奇心也没的？”

旭仔捏了一下米露露圆嘟嘟的下巴，笑了。他确实不是个好奇心很重的人。

“哎，侬晓得哇？我听人讲，燕姐好像不是自杀的。”

“听谁讲的？”旭仔的反应永远出人意料，又总能捉住别人的“七寸”。

米露露果然面色一紧，低声道：“不要管是谁讲的，你有没有看过燕姐的尸体？怎么样，像不像被人杀死的？她的遗书登在报纸上头咧，说金玉仙就是小胡蝶，还说是她买凶杀掉的，我怎么看都觉得不对劲儿——”

“是你觉得不对劲儿？刚刚还说是听别人讲的。”旭仔突然觉得米露露那副一腔热血生生儿被憋回去的表情很可爱，于是决定再逗逗她。

孰料米露露似是豁出去了，怒道："好咧！是我自己猜到的，燕姐肯定是被人家杀掉的！"

"我也知道。"旭仔在内心默默迎合。

"所以我越想越觉得不对劲，谁会杀了她，把小胡蝶的事体栽赃给她呢？我觉得，应该是……"她声音愈来愈轻，几乎已贴在旭仔的右耳孔上，"应该是邢先生。"

"你怎么晓得的？"

"因为字迹呀！"米露露得意道，"这个遗书上的字，根本不是燕姐的。"

"你又从哪里看到过她的字？我们都不曾见过，也不晓得她是不是真的识字。"旭仔苦笑道，想起当年教书先生指导他读写时的艰难。

米露露郑重地从手袋里拿出一个小软皮本子，道："你不晓得，燕姐每天私底下都给我们记小费账的，她当我们不知道，其实除了朱圆圆这个蠢丫头，哪个人不晓得——"

旭仔等不及她讲完，已一把抢过来翻开，果然笔迹意外地工整清秀，与遗书上凌乱刚劲的风格相去甚远。旭仔曾经仔细研究过那封遗书，尽管那也不像是邢志刚的字，但从每笔末端自然扭曲的状态来看，应该是右撇子用左手写的字。

"那么说，百乐门所有人都知道燕姐是被谋杀的？"

米露露思忖了半日，点头道："恐怕是。可惜了，听说她还有个女儿，只不知现在在哪里了。"

-13-

朱芳华每隔三日，便给施常云送一次东西。用同一只带盖的长方藤编篮，放一块毛巾，两包烟，两套换洗内衣，一双尼龙洋袜，一包刮胡刀片，两根熏肉肠，十块鸡蛋糕，并酸泡菜与炼乳各一罐。东西由看守检查之后收下，将空篮子还予她，她便离开。

那看守姓骆，因略有些驼背，被同事戏称“骆驼”。这骆驼每每收了东西，总会从中抽掉一包香烟，再将东西送去给施常云。按理讲，刮胡刀片、放泡菜的玻璃罐与铁罐密封装的炼乳是不能带进去的，但每次朱芳华都会额外塞给他五块钱，他便也睁只眼闭只眼了。

骆驼也听闻这重犯是早晚要上刑场挨枪子的，只不过老爹选得好，一直拿钱吊着他，竟无故多了几个月的命，公审也遥遥无期。不过听队长在喝酒的辰光讲过：“如今报纸天天盯着这桩命案的主犯没有受审的事，舆论压力大了，看来就算皇帝的儿子也非得受审不可。”

“审了也不见得会判死罪呀，律师请得好，钱花在刀口上，不是一样能逃过一劫？”骆驼倒也并非存心抬杠，却是表达了几位伙计共同的心声。

“你以为这个赤佬能逃过？笑话！”队长冷笑一声，道，“报纸上已经点明了讲施二少如果能逃过一劫，就必是上头收好处了。这么大的事体，还瞒得牢？连施老板买通仵作验假尸、开死亡证明的事体都已经被捅出来了。听说南京政府很快就要派人下来彻查此案，等着瞧吧，纸包不住火，那些个大人物再维护杀人犯，恐怕就要跟他一道上刑场喽！”

一语惊醒梦中人，骆驼这才明白，这位能带给他好处的犯人是留不长了，于是心里略微有些沮丧。

令骆驼更沮丧的是，就在与队长吃老酒的那天半夜，施常云越狱了！

他住的单间牢房原本便是气窗较大的“豪华间”，里头还隔了一个漱洗室出来。如今那气窗上每一根钢条都被锯断了，刚巧能让他爬出去，地下还留着一小截食指长短的钢锯条。骆驼忙翻查了里头所有的物品，在漱洗室的一块肥皂底部发现埋着十来根已被磨秃锯齿的钢条，整块肥皂散发着炼乳与泡菜混合的气味。

骆驼当时气得脸都白了，只得捂着被队长掌掴到红肿的面孔找了同时值班的几个兄弟来问话。都讲是知道当晚队长叫了人喝酒，于是自己也私下里凑了一桌，吃得东倒西歪，竟醉死过去了，哪里还顾得着犯人的动作。

施常云果然识时务！骆驼尽管已急得像无头苍蝇，内里却还是默默佩服起这位公子哥儿来！

“也不晓得出什么鬼咧，不声不响搬出去，钞票嘛摆在台子上，我承认嘛还好呀，不承认收着呢？现在的人真弄不拎清！”房东太太一面讲一面拿出钥匙开门。

屋子里空空荡荡，仿佛从不曾住过人，毕小青的影子在这灰尘扑鼻的空气里消失了。但见过她的人，只一记起那副活泼的仪容，便不由得觉得那样污糟糟的环境里都嗅得出一丝茉莉淡香。

“她几时走掉的？”

“估计就是十五号那日夜里，去哪里我是肯定弄不清爽，小姐侬自己再去另外地方打听打听，好哇？”房东太太一头卷发拿火钳烫得又枯又黄，夹棉短褂上有浓浓的咸菜味。

“之后没有发现其他情况？”

“没有。”房东太太不耐烦地翻了个白眼，眼珠子才瞟到右上方，中途却又落下，似是有什么东西撞了她的心坎，于是隐隐悟出了些事体。

“还有啥事体想得起来哇，关于这个漂亮女人家的？”杜春晓哪里会放过这蛛丝马迹，忙将手里一篮水果交给房东太太。

房东太太顺势接过，口气缓和了不少：“其实这个女人家好像让奇奇怪怪的人跟踪过——”

“是什么人？黄阿姨侬看清爽过哇？”

“好像也是个女人家，样子看起来蛮规矩的，眼神倒是有点凶巴巴，要吃人一样。我当时就跟老公讲咧，说不定是大小老婆呛起来咧，老公还骂我多心，现在几个人过来寻过伊啦，看是不是我多心！”

“还有谁来寻伊啊？”

“有个男人家，经常来寻伊唉。”房东太太似是存心要帮忙，再无嫌弃的表情，不过恐怕背地里亦添了些“多事”的嫌疑，且这个“多事”多半亦是因莫名的嫉妒引发的。

杜春晓眼前一亮，忙问：“可是一个外国人？”

“不是。”房东太太皱眉摇头，“是中国人，长得白白净净蛮齐整的，有点面熟，就想不起来在哪里见过——”

“谢谢侬。”杜春晓笑吟吟地将房东太太手中的水果篮拿过来，转身便往外走，全然不顾对方错愕的表情。

这个辰光，戏弄房东太太自然不是什么要紧事，要紧的是要再去找一找施常云。于是回了家来，偏巧看见夏冰与唐晖正在下五子棋，双方势均力敌，半晌才走一步，大半时间是面对面摸下巴挤眉毛，一点意思都没有。

“唐大记者，跟我一道去看看施二少哇？”杜春晓将水果篮放在门口地上，随手从里头掏出一只苹果便咬。

“可惜啊，施二少你是看不着了。”夏冰似乎有些幸灾乐祸。

“他越狱逃跑了，如今警察都在施家大宅日夜蹲守，还将他嫂嫂朱芳华捉去审了，三天都没放出来。”

“这么大事儿怎么报纸上一点消息都没有？你们这些所谓凭良知说话的记者可是都被封了口了？”杜春晓又惊又笑，唐晖似乎也有难言之隐，只得将大拇指放在嘴巴里啃，红了脸不回应。

“话说，你这次去见施二少，是要做什么？”

“因毕小青又不知去向，我总觉得她和金玉仙——也就是小胡蝶的死也脱不了干系，所以想从他那儿再探探口风。这位少爷虽然狡猾，可经不起哄，我每次说点好话，他就会把事情都告诉我。”

“哼！”夏冰突然打鼻子眼里冷笑一声，“恐怕与毕小青失踪有关的人该是斯蒂芬，你是要去寻他？”杜春晓登时沉下脸来，正欲发作，唐晖却突然站起，一副要急着出门的样子。

“吃过夜饭再走呀。”杜春晓明晓得家里没菜式招待，嘴上却还是客气了一声。

“不必了，今朝夜里要去吃人家的豆腐饭。”

夏冰没敢问唐晖哪位亲友去世，到底是杜春晓面皮厚，假意从口袋里掉出一张女祭司牌，正落在唐晖脚面上。他遂捡起来交还，却被她一把抓住手腕，笑道：“你也晓得我面皮厚，本想问你身边哪个亲戚朋友过世了。偏巧牌倒告诉我了，可是去吃燕姐的豆腐饭？”

唐晖张了张口，却什么都没有讲，只转身走了。

“奇怪，他跟燕姐又没甚交情，去吃豆腐饭作甚？”

“吃饭是假，恐怕打探消息是真。小胡蝶被杀的事体，他到底没办法释怀。”她装模作样地长叹一声，将牌收回袋中，眉间的一道细竖纹正暴露着她的焦虑。

“春晓，这个……”夏冰面色窘迫道，“今朝夜饭你想吃点什么？要不咱们去李裁缝家吃一点？他那里炖了只一斤重的笨鸡，香气飘到这里几个钟头了，馋得人恨不得去抢。”

“那先去自家厨房找点吃的，老做没出息的事儿！”杜春晓横了他一眼。

他这才结巴道：“没……没吃的了。小胡蝶死了，燕姐也死了，再无人给钱……”

她方想起已整整一个月没收入了，秦亚哲给的那五百大洋，除了维持生活用度之外，大半都给了小四。于是原本受施常云逃狱一事激起的兴奋感荡然无存，只得拿右手食指抹了抹眉尖，道：“明儿我出趟门，很晚才回来。”

"去哪里？"

"去弄钱。"

-14-

尽管是白宴，唐晖依旧为这样死气沉沉的场面感到惊讶，那种气氛与其讲哀伤，不如说是紧张。每个人都带着一副大难临头的表情，吃得缓慢而小心，仿佛略有些不得体的表现便会招来杀身大祸。因当日百乐门歇业，将偌大一个舞池空出来摆宴，所以人再多都显得空旷，还有些冷飕飕。

同时唐晖也发现上座的邢志刚几乎没有动筷，只啜了两口白酒，挨桌敬了一圈，哀悼词干巴单薄，虽然忧伤的神情异常鲜明，但右手指间却在不断玩弄自己的白金尾戒。大抵是老板不够用心，底下人便也跟着发闷，席间只发出碗筷相碰的叮当声及轻微的咀嚼声。唐晖坐于米露露身边，将她的反应看得清清楚楚。从邢志刚念悼词到敬酒，她始终都是将脑袋别在与之相反的方向，极度明确地表达了她对自己老板的厌恶情绪，待对方起身自罚一大杯后说要"先走一步"，她方松了一口气，拿出帕子用力摁了摁嘴角洇开的口红印。

邢志刚一离开，气氛瞬间热闹起来。有人开始讲话，起先只是抱怨菜的口味，后来便互相敬起酒来，胆大些的舞女甚至拉住一个叫旭仔的广东保镖下来与她划拳。米露露这才将桌子一拍，叫道："姐妹们，今朝大家都为燕姐好好喝一杯，不要客气！不要客气！"

不知道的，还当这白宴是她出钱办的。

于是酒桌上江湖气渐浓，拍板凳骂娘有之，哭泣撒欢有之，面红耳赤有之。酒气扑鼻的正是平素那些用脂粉精心掩饰缺陷的"弹性女孩"们，如今她们均仰着一张残妆的脸，笑中带泪，用大口喝酒、大碗吃肉的方式为大班送行。

她们之中，当属米露露喝得最高，到后头每个毛孔都透出酒气来了。在唐晖的印象里，她酒量尤其蹩脚，时常被小胡蝶私下嘲笑，所以如今见她表现如此“勇猛”，便有些不自在，生怕对方撑不住吐他一身，于是便想着法儿要先走。刚挪了下屁股，却被米露露一把拖住，还大着舌头往他肩膀上凑：“你……你要逃去哪里啊？”

“我不去哪里。”他只得扶住她，将她软趴趴的头颅放在桌面上，然而她还是挣扎着向他挨近，还一把抓住他的领带。他瞬间窒息，只得随着她用力的方向倾倒，耳朵贴在她滚烫的面颊上。

“我告诉侬，叫……叫侬来吃豆腐饭，是……是有原因的。”米露露已迷糊得睁不开眼，“我叫侬来，就……就是要叫侬晓得，燕姐不是自己要死的！”

这一句，令唐晖即刻振奋起来，他忙将米露露架起，只说要去外面给她醒酒，便跌跌撞撞将她带到女性的卫生间。在洗手池上打开水龙头，给她淋了五六次冷水，这才将酒意驱散一些。

“侬刚刚讲，燕姐不是自己要死的，那她是被别人杀的？”

米露露遂露出一脸痴笑，重重点了几下头。

“侬晓得伊是被谁杀的？”唐晖紧紧钳住她的肩膀，提防她滑倒。

“露露，邢先生有请。”

那面目残破不堪，五官却依旧精致挺括的旭仔不知何时已站在卫生间门口，一双眼犀利如鹰，像要把唐晖的心脏就地挖出。有些人天生便能震慑他人，哪怕不说一句话，不动一丝肌肉。

“她醉了，还是等一歇再讲。”唐晖只得将她搂在怀里，刚要走出去，却被旭仔挡住，并用极其自然的姿势将米露露抱了过来，好似接过一只暖水袋。

“是邢先生——”米露露在旭仔怀里喃喃道。

“什么？”唐晖有些疑惑。

“杀燕姐的凶手，是邢先生——”

话未说完，旭仔已将米露露架走，留下瞠目结舌的唐晖在原地久久无法动弹。与其讲是惊讶，不如说他是早有预料。燕姐死在这节骨眼上，承担买凶劫杀小胡蝶的罪名，实在太不自然，倘若不是被陷害了，那便是这女人不聪明，原本谁都不会疑到她头上来，却偏偏要以死谢罪，全无活着的辰光在人前表现出的过人城府。

“果然是他！”

唐晖想象杜春晓知晓此事后必然会放这样的“马后炮”，便不由笑了。

杜春晓此次去见秦亚哲，可算是历尽千辛万苦。因是她主动来找这样的大人物，对方便未必会买这个账，她情急之下，只得对通传的小赤佬道：“告诉秦爷，有人要暗杀他，我晓得时间地点人物，得赶紧告诉他！”

话一出口，她便后悔了，因那小赤佬全无通秉的意思，反而又叫了其他一帮赤佬来，将她绑成一只肉粽模样，在地上踢来踢去，每滚一圈，身上的麻绳便勒出她的眼泪。她自恃机灵敏捷，却不知要如何应对暴力，只得奋力大叫。那地方是秦亚哲家后门口，扯破嗓子也无人听真，所幸衣服穿得极厚，否则非皮开肉绽不可。

“你们这些作死的小赤佬！”她又急又气，只得还口，腮帮子上也挨了两脚，脸皮已鲜血淋漓，双耳也嗡嗡作响。她瞬间又陷入阴暗的伦敦街道，阴沟水发出的腐臭堵塞了她的鼻腔。

“太早尝到死亡的滋味，人就不会再有痛苦了。”模糊间，她隐约听见斯蒂芬的声音自巷子暗处传来，如恶魔吹奏的笛音。

杜春晓被带到秦亚哲跟前的辰光，才顿悟对方先前不过是要给她一点教训，于是勉强抬头，嗔道：“秦爷，我可是来救你命的，你就这么对我？”

因说话含糊不清，她意识到有一颗盘牙断了，每吐一个字都在啼血。

秦亚哲看到大理石地砖上的点点“红梅”，皱眉退开几步，道：“是杜小姐自己不听话，才会有这样的下场。”

杜春晓气得胸腔快要炸裂，但又不好怎样，只得回道：“难道秦爷真不想找到五太太了？”

大抵是头一回看到杜春晓的狼狈相，秦亚哲的火气不知不觉中竟降了一半，笑道：“杜小姐，你是不是记性太差啊？我清清楚楚记得，给了你五百个大洋，让你不要再管这里的事——”

“可是找到了她，才能知道小胡蝶是怎么死的，秦爷难道不关心吗？”

秦亚哲挑了挑眉头，示意几个手下统统退下；杜春晓借机喝了一口茶，将血水吐出，但牙龈已肿胀发硬，她沮丧地判断自己现在必定左右脸极不对称。

“看看这个。”秦亚哲将一个污迹斑斑的小布包放在杜春晓跟前，她接过打开，里头是一截发乌的断指。

“这是谁的？”

“毕小青的。”秦亚哲神色突然变得黯淡，“是昨天邢志刚通过邮递的方式寄到我这里来的。”

“他想做什么？”

“想把小胡蝶失踪的事栽赃给燕姐，结果做得漏洞百出，无人相信，所以绑架了毕小青，想与我做个交易。”

秦亚哲的口吻愈是轻松，表明事态愈严重。杜春晓已察觉周边空气都跟着僵冻起来。

“做什么交易？”

“要我给他一条活路，再加八十根金条。哈哈哈……”

末尾的那一阵狂笑，才稍稍泄露了一点秦亚哲的愤怒。杜春晓却勉强让脑子拐过弯来，喃喃道：“奇怪啊……为什么邢老板要把事情做得这么明显？”

“邢老板实是低估了秦某的人品了，我与他结交多年，他若是真有什么困难，讲一声便是了，秦某能帮上的自然会帮，又何必做出这样的事来？也罢，杜小姐若是真对这桩事体好奇，那就再帮秦某一把。”

“那是自然！”杜春晓因伤痛逼人，几乎已忘记了来找秦亚哲的初衷，这一经提醒，倒也帮了她大忙，于是连声道，“今日来找秦爷，便是为了这档子事，若能帮你把五太太找回来，顺便查到小胡蝶——”

“小胡蝶的事不用你管。”

“那就找到五太太，还有邢志刚。”杜春晓眼见生意到手，便忍痛翻了身上所有的口袋，找到内袋里的那副塔罗。只可惜那张高塔牌右上角不知何时已被磨破，她心疼得几近晕厥，却只好憋着气，在八仙桌上摆出大阿尔克那阵形。

过去牌：正位的力量。

“在五太太被绑架之前，秦爷的力量很强大，可呼风唤雨。”

现状牌：逆位的命运之轮，正位的恶魔。

“可惜风水轮流转，如今世道变了——”杜春晓盯着那张恶魔牌，叹道，“有些事情早已不在秦爷你的掌控范围之内，人脉、生意、子嗣，甚至性命。”

“你是说我有性命之忧？”

杜春晓亦不回应，对着那张缺去一角的“未来牌”背面：“秦爷虽然在高处，但终究会被人陷害，邢志刚如今是要钱和活路，只不过……是谁的钱和活路呢？秦爷的事，有我知道的一层，还有我不知道的一层，那不知道的，也许才是关键。”

“杜小姐，你只要找出邢志刚，那些你不知道的关键，还是永远都不知道比较好。”秦亚哲的嗓音依旧低沉如黑幕降临时的乌云。

杜春晓走出秦公馆的辰光，依旧面目赤肿，浑身刺痛，只怀里多了一百大洋。

“秦亚哲，你把我整成这样，还会无‘性命之忧’，那我就不叫杜春晓了！”她恨恨地自言自语道，两只眼睛已然喷出阴毒的火焰。

第四章　力量之巅

过去牌，正位的星星，

说明是见财起意，终导致多宗血案的发生；

现状牌，逆位的皇帝与正位的力量，

可见你们是群龙无首，终导致某些人渔翁得利；

这张未来牌倒也颇有意思，竟是正位的世界……

-1-

上官珏儿的葬礼在宝兴殡仪馆举行，因她身份并非等闲，所以从电影公司老板到入殓师一个都不敢马虎，尤其是抬棺人的甄选竟也竞争激烈。顶替上官珏儿做了新片女主角的琪芸死活要做抬棺人，因可以在报纸上占个免费头条，所以几日来都拎着大包小包往上官姆妈那里跑。孰料主持丧事的施逢德叫人托了话给她，只叫她不用加入送葬队伍了，他与上官姆妈商量过，只选她生前的几位好友抬棺。如与她演过两次情侣的英俊小生区楚良，当初慧眼识才提拔她做女主角的导演冯刚。

施逢德自己要不要抬棺，却是挣扎了很久。上官姆妈抱着女儿的宠物猫宝宝一脸哀怨地与他讲过："小珏是可怜的，工作是演戏，下了工还是演，对我这个姆妈也是不讲真话的。可见也不会喜欢其他人，尤其是施老爷你啊，是帮她，还是害她，我这老太婆到底也拎不清了。"

话毕，她对着一堆瓷碗碎片泪如雨下，断不再看施逢德一眼。他自然知道这位母亲对他有了怨恨，只得讪讪找了借口走出去。无端地想起朱芳华来，亦不知她在牢里过得如何，只是如今再回施公馆等于要他老命，周边都有巡捕房的人守着，将宅里的人都当成即将犯上作乱的疑犯。他想将上官珏儿的事情放在一边，先行找朱芳华打听儿子的下落，转念一想又觉得在巡捕房里问等于暴露儿子的去向，不如当什么都不晓得，专心先将上官珏儿的后事办妥。站在上官珏儿家前院，看发黄长了青苔的墙根下那几株细小白花，施逢德胸口如灌铅一般沉重。想她若当初便只是野草闲花一般生长，兴许就不会走到这一步，女人身上背负太多似锦繁华，往往会摧折性命。

“施老板，不要难过咧，我也不打扰你们，马上就回去。侬要么派车子送我一程？”琪芸甜蜜蜜的嗓音钻进他耳朵里，随即又闻到那股沁人心脾的香水味。他忆起五年前自己本是去片场接她吃饭的，孰料刚踏进门槛儿便与被导演骂哭的上官珏儿撞个正着，所以他未与她交谈之前，便已接触到她的身体了，感觉就是个弱不禁风的女子，身板薄，命更薄。

“我叫老张送你，你也辛苦了，在这里帮了好几天忙。”他少不得要客气一下，却见琪芸面上的微笑丝毫没有深半分。到底是演员，晓得什么场合摆什么样的脸色。

她忙道：“施老板两只眼圈都是黑黑的，还是搭我一道回去睡一歇？”

他苦笑摇头，她像是早已料到这样的答案，转身便走出去了。

到了门口，却被一年轻人吸引住。他高大英挺，眉宇间有些耀眼的光芒，是标准美男子，只下巴一片形状杂乱的青迹，像是许久没有洗澡刮刀，头发也是油的。让琪芸窝心的是，这美男子竟朝她走过来，她忙摘下墨镜，摆出摩登的姿势，打算给他一个签名。未曾想对方却笑道：“琪芸姐，可还记得我？”

她歪了一下脑袋，思忖了几秒，便豁然开朗，笑道：“《申报》的唐大记者呀！久仰久仰！”

“哪里，我才是久仰您大名，早想给您做篇专访。”

“哟，我哪有这个荣幸？当初你在《香雪海》片场可是跟其他人一样，只围着上官珏儿转呢，眼里哪有我这个三流小龙套。”琪芸话里醋意十足，却丝毫没有歪曲事实，当初她确是风头远不及上官珏儿，冷板凳都快坐出痔疮来了。

但小明星有小明星的忍耐力，有些人销声匿迹，有些人则熬出头，凭实力，凭手段，凭城府，凭运气，抑或另一个人的死亡。琪芸在电影圈的打拼之道，其实与上官珏儿并没有什么两样，所以她咬紧牙关挺到现在，好似就是在等唐晖之类的大报记者，上前来给她做一个专访。

“琪芸姐这可是在怪我呢，亏我还一部不落地把您拍的电影都看了。您看现在可有时间，咱们聊聊？”

初冬的寒气已刮红行路人的鼻尖，唐晖身上只一件套头高领毛衣，粗呢西装外套都已洗脱了一层，怎么看都不挡风。琪芸听他讲话都要不住地抽鼻子，发出“咝咝”的喉音，不由起了几分怜爱之心。他就是有这样的魅力，让所有女人都服软。

“上车再说。”她打开车门，屁股往里一歪，算是放下了明星架子。

一路上，唐晖总有些不自觉的情欲冲动，从琪芸身上嗅到与上官珏儿同样牌子的香水气味儿，令他迷失其中。所幸间中车子一个急转弯，将他猛地推醒了，于是绞尽脑汁挤了些问题出来，诸如琪芸的老家、父母在哪里安置之类的。琪芸起初还答得兴致勃勃，渐渐地也有些咂摸出问者的心不在焉来，于是也冷下脸不再回答。

“琪小姐与上官小姐是通过《香雪海》这部戏结缘的？”唐晖像是察觉自己对琪芸有所怠慢，便将两只酒窝挤得更深，笑容有朱古力一般的浓苦，却又很甜。

琪芸即刻摆出惋惜的表情，喃喃道：“跟伊可不是这部戏里认得的，早在五年前，我们一道去《春江花月夜》片场试镜演一个小配角，结果我被选上演了个丫鬟，伊只能在剧组里给人泡茶水。当时我还没注意到她，也是后来听别人讲起的。也不晓得为什么，在拍《香雪海》的时候，伊跟我都是年轻不懂事的小姑娘家，可我就是看到伊会紧张，大概是伊样子漂亮，人又不奸险，蛮难得唉。所以，后来每通搭伊一道拍戏，我就安心，因为用不着搭伊抢戏，是我的戏就是我的，伊真是会帮忙。”

“那么说您私底下跟她一定也是好姐妹吧？可不是传言里针锋相对的竞争对手嘛。”

“啥人讲我们针锋相对？”琪芸将眼一斜，露出一点娇俏的泼辣相，“我们虽然不是好姐妹，但平常也是关系不错，生活又不是演戏，要做出一腔来给人家看做什么，你说对吗？”

她显然已有些进入状态，将自己想象成与死者生前是“君子之交淡如水”的关系了，眼神亦跟着沉迷起来。

唐晖借机试探道：“可不是那些无良小报乱嚼舌根嘛！不过有一个小报，曾经登过您与上官珏儿的一张照片，竟是你们都十三四岁时的模样，坐在一条东洋船上，穿的是和服，您可有印象？”

一张黑白剪报已亮到琪芸眼前。他直勾勾盯住她的双眼，因为戏演得再怎么好，眼神却是不会骗人的。

孰料琪芸却哈哈一笑，从包里拿出一根通体碧绿的翡翠烟杆，慢腾腾地拿出银质烟盒，打开，抽出一支烟装上，然后便架在手上不动了。唐晖怔了一下，慌乱翻起西装口袋，想找出打火机或者火柴。然而想起自己不抽烟，所以没有随身带这些东西，当即便发窘了。琪芸摇一摇头，正眼不瞧便将打火机递给了他。他诚惶诚恐接过，替她点上。

“也不晓得哪里弄来两个日本姑娘的照片，就说是我跟她。你们信了也好，多在报纸上写两笔，就当帮我再打响一点名气。可怜上官小姐已经故去，光给我做做文章就可以了，莫要连累上官小姐，可好？”

一番话，倒是讲得唐晖有些下不来台面了。所幸职业习惯练就了他的厚脸皮，所以仍旧追究下去了：“我也是不信，才拿这个来逗琪芸姐开心的。”他忙将剪报揉成一团丢出车窗，“话说，琪芸姐必是经常与上官小姐一起吃茶谈天搓麻将的吧？”

“因为拍戏的缘故，倒是一起吃过两顿饭，其余时间都是各顾各，不来往的。我就这么个人儿，平常懒得很，能在家待着就绝对不出去。”

“那您平常到上官小姐家去，都玩儿些什么呢？”

琪芸当即面色一紧，道：“这话说得可是放屁呢，我平素没事不去上官那里，因她脾气略有些孤僻，也不大喜欢别人打扰。”

“这可就奇了。”唐晖见对方入了套，便坏笑道，“那琪芸姐这几日又是怎么找到上官小姐的住处，过来凭吊的呢？”

“哼！”她冷笑道，“还不是那藤箱焦尸案抖出来的，把她和施逢德的事儿传遍天下，住处也曝了光，我便照着杂志上写的找了去呗。”

“可是……上官珏儿服毒的那天，听闻在送救途中，因施逢德的车子爆了轮胎，只好更换车子，换的好像是您的车——”

琪芸嘴里“哧”的一声，笑道：“你这又是哪里听来的浑话，这也能信？”

“原是不信的。”唐晖嘿嘿笑道，“可上官小姐原是要送进大医院治疗，施老爷怕修车子来不及，偏生您正好路过那里，便临时换了您的车先将她送入日本人开的急救诊所。可巧当天的值班护士是我一个朋友，她说看得清清楚楚，是您和上官小姐的母亲跟在施逢德后头，施逢德则抱着垂死的上官小姐，四个人一齐抵达医院的。您当时虽然蒙了头巾，还戴墨镜，可到底是大明星，气度不凡，还是被认出来了。我那朋友原来就是个影迷，下了班没事就往电影院跑，家里满是明星画报，难不成还会看错了？”

“必定是看错了，或者你原本就在撒谎编造！”琪芸深深吸了一口烟，口红印在翡翠玉烟嘴上变成淡淡的桃红。

“你又怎知是我撒谎编造？”

“若你那医院的朋友说的话是真的，她也只会看见我，绝对不会知道施逢德的车子中途爆胎，可是这个道理？”

“琪芸姐果然蕙质兰心！”唐晖由衷地拍了几下手，“不瞒您说，那个说见到您的值班护士的确不是我什么朋友，只是我为了追踪报道上官珏儿自杀一案，花了些小代价从她嘴里套出话的。至于施大老板的车子爆胎，也是听上官珏儿的母亲讲的，她也讲到您是恰巧开着车经过那条路，与他们撞了个正着，于是主动提出帮忙。只可惜上官妈妈从不看电影，当下没认出您来，我就少不得要费些工夫，从侧面再打听细一些。”

琪芸摇头长叹一声，道：“果然啊……女人都过不了你这一关。”

“所以琪芸姐可有时间，我们一起吃个茶，再慢慢谈谈这个事情？一来，您见同行有难，驱车相助，也是一桩美谈，若写在报纸上，还能给您增光；二来，上官珏儿的死，事关重大，咱们把她弥留之际的来龙去脉整理清爽了，也算是为她做了一件好事。如何？”

话毕，车子已停在琪芸的住宅门口，是一幢二层的古旧楼房，出人意料地寒酸。大抵是刚走红不久，又未受什么大老板恩宠，所以手头并不如别人想象得那么宽裕。

琪芸与唐晖下车，走到门前，她却挡住他，笑道：“唐大记者，这事情今朝就到此为止，逝者已逝，再多追究也救不过她的命来，所以都罢手吧。再不罢手，恐怕——”

她蓦地收住话尾，娘姨这时已打开门侧身让她走进来，还未等唐晖开口，便又将门关上，似是把他当普通的狂蜂浪蝶一般防备。

唐晖只得回转身来，对着暮色浅笑，那笑里既有酸楚，又似乎已决定要赴汤蹈火。

-2-

“你脸上身上的伤究竟哪里来的？”

“去城隍庙那里等新出笼的蟹黄小笼包，结果挤得太厉害，摔了一跤，头上身上都被踩了，才这么样的。”

“那怎么还会被踩断牙根的？”

“我冲在太前面，也没防备，不但小笼包没吃着，钱包又被偷了。我哪里肯放过，便一路追小偷，却不想那小偷转身便给了我一拳，这才打断了牙根。”

“你从来就没有钱包，钱都是零零散散放衣兜里的。”

“我……我就是因为心血来潮买了只荷包要，才被小偷盯上，倒了血霉！”

“可你明明被抢了钱，又怎么还带了一百大洋回来？”

“你娘的，你到底要不要吃我带回来的莲蓉膏啦？”

连日来，杜春晓与夏冰对话最频繁的便是这些个内容，一个穷追猛敲，另一个却抵死不招，就这样猜来避去，不亦乐乎，直到她以怒气冲冲的语气煞住他的疑问。

除了追问杜春晓身上的伤，夏冰如今最忙的事情便是与小四共同查找邢志刚的下落。邢志刚将毕小青的手指寄到秦公馆之后，整整三天没有动静，待第四日，在秦公馆的信箱内侧又无端出现一行用白漆写的地址：云江路三百八十一号。

夏冰与杜春晓于是赶往云江路，那里离淞江码头不远，是外地人坐船来沪登岸后，要去中介所找工作的必经之路，所以鱼龙混杂，极不安定，一踏入街区便能觉出区别于花花世界酒色繁华的粗鄙气。不过这两个人似乎是习惯与下九流混在一处，穿着气质都还是鲜明的外地人特征，所以并不触目。杜春晓甚至还买了一包瓜子，边走边嗑，任夏冰一人在注意那些或被店面招牌封死，或已斑驳陆离的门牌号。

走了三圈，没有三百八十一号。

“莫不是写了要我们的？”夏冰右脚底心起了一个水泡，气便也开始不顺了。

“你说，咱们要不要找个别的活儿呢？你的侦探社，我的书铺，都是门可罗雀，过不了多久，就得坐吃山空，回青云镇老家种桑养蚕去了。要想不丢这个脸，还是先行找些别的活儿，把回家置房购田的钱给赚了……”杜春晓像是对自己讲的话认了真，沿路竟一直在看贴在墙上的招工启事。

夏冰对她的反应也有些迷糊起来，赌气道：“你不用激我，要回去的到头来也是我，你这么能，哪里还有回去的道理？”

她知他有些脾气，站在一张卷了边的招工启事跟前，笑道：“你说要是这个活儿做好了，咱们是不是就能在上海立足了？”

夏冰顺着她的目光望去，竟是一张招募餐厅服务员的告示，当下又恼又笑道：“你可是被斯蒂芬迷住心窍了，想去餐馆端盘子？”

“端盘子倒是不想啊……赚钱却是要的。”

杜春晓指着那招工启事上用黑毛笔刷的一个大大的“叁捌壹”，脸色颇为得意。

招工纸揭下来，背面写着：深夜三点，吴淞口码头，将金条放于第三个石墩下，勿忘！

“瞧。”杜春晓将招工启事拿在手里翻来覆去地看，“我就说，咱们发财的时机到啦。”

诚如小四所说，平常人一入夜便不能靠近吴淞口，那是“小八股党”与“大八股党”争烟土的地盘。所幸秦亚哲私下周转了一通，承诺说当晚不会有事，只是八十根金条哪里是这两个不事重活的人能用板车推得动的？夏冰正在犯愁，杜春晓却似是已算准了，笑道：“运送这些金条，必定要走水路。邢志刚想得倒也通透，知道秦爷的买卖都是船上做的，想是这次就要他阴沟里翻船，才选得那么搭称。”

一语惊醒梦中人，夏冰不由心焦起来，只觉今晚不可能那么快把事情办妥，要一次性将金条全部拿走，邢志刚也非派一条大船不可。可是，当晚寒风凛冽，乌篷船都歇岸了，大只的驳船亦鲜少有见在航行中的。然而灯火明明灭灭，都低调得很，连马达声均是细微如蚊子叫，刻意行得极慢、极隐蔽，如江上幽灵。

金条用木箱安放，置于舱内，船身异常吃重，杜春晓蹲在船头，冷风刮红了她的鼻尖，两只眼睛也吹得泪汪汪的。油灯挂在篷子一角，火苗与玻璃罩子不断碰撞，有些鬼气森森。

“时间还没到，先进去坐一坐？”夏冰死死裹着身上的短棉袄，已被冻得龇牙咧嘴。

“我说——”杜春晓吐了一口烟，那烟雾疾速融化在茫茫夜色里，空气像凝结了一般，呼吸都很沉重，有白雾从鼻孔喷出，“今晚我们怕是见不到五太太了。”

“何以见得？”夏冰知她从不说没道理的话，却也怀疑起来。秦亚哲在码头沿岸十里之内都埋伏了人马，只要对方一出现，手一碰到金条，立马会有三十个人包围上来，要当场剁成肉泥都是容易的。

“因为船走得有些太快。”

杜春晓站起来，拍拍吹回到她衣襟上的烟灰，断根的盘牙处还未完全消肿，所以口腔里总有没剔干净食物的异样感觉。她缩起脖子，将围巾打了个死结，依然站在船头。

“走得快？我还嫌慢呢！带着那么沉的东西，也不知三点钟能不能赶到码头。”夏冰突然有些想念唐晖，这个时候若有这样的壮汉在，恐怕他也不会如此焦虑。

“怕是不能。”杜春晓慢条斯理地吐出一口烟，将剩下的烟头弹落江中。

“你不是还嫌船走得快吗？怎么又说赶不到？”

杜春晓刚要回答，只听得船老大吼了一声："让道！"

"让什么道？"夏冰当即问他。

船老大抬手一指，有一条船正向他们驶来，马达声很轻，像是低沉的呜咽。杜春晓又拿出一支烟，点上，指着对面的船笑道："这就是我们到不了的原因。"

果然，那乌篷船还未侧到一边，已定在那里，因对方行得太猛，一下冲到跟前，水花溅了船老大一身。还未等看清楚，船头已搭了一块走板，三三两两走过来几拨人。

"做啥？"船老大仗着有后台，吼了一声，却即刻吃了一拳，口鼻鲜血直喷。夏冰刚要上前，被杜春晓拖住，他这才看清来人每一个头上都罩了黑布，只剪了洞露出两只眼睛。

杜春晓对着其中一个敞了领、戴着金项链的人道："几位大哥，这条船上没有你们要的货。"

"有没有货，侬讲了不算，我们看过才算。好哇？"那戴金链的讲话慢吞吞，倒也不凶悍。

"老实讲，"她笑道，"东西有是有一点，但不多，大哥要么就进去拿。不过东西是洪帮二当家的，大哥清爽哇？"

戴金链的愣了一下，突然仰面大笑了几声，转头对几个人道："兄弟们，你们听清爽了哇？今朝我们做了洪帮二当家一票，运道好咧！"那人口音非常古怪，像是舌头卷成一团了，然而却又似曾相识，令杜春晓好生纠结。

说毕，那几个人便兴高采烈地上前将杜春晓、夏冰与船老大三个人一并捆了，舱内几个保镖刚跑出来，头上便吃了几棍，一个个闷闷地倒在甲板上。

"今朝我们可能要死。"杜春晓滚到夏冰旁边，在他耳边嘀咕了一句令人心惊肉跳的话。

"你不会死，我拼命也要救你！"他以为她是怕了，忙安慰道。可话一出口，他又有些气馁，因从小到大，他从未救过她，而她似乎也没有一次视他为依靠过。所以，她如今对他讲的话，恐怕只是真话，并没有想求他解救的意思。

“你可看过《水浒传》？”她突然转了话题。

“看过，怎么了？”

“书里头的水匪，总是问那些倒霉鬼是要吃‘板刀面’还是‘馄饨’，‘板刀面’是一刀一个砍下水，‘馄饨’是自己跳下水，结果所有人都选吃‘馄饨’。今儿咱们也尝尝？”

夏冰这才明白她的用意，但同时也否决了吃“馄饨”的建议。一来他们都被绑着，要潜水根本不可能，二来两人身上穿的棉袄一吃水便沉了，跳下去等于投河自尽，所以他斩钉截铁地回答：“不行！会死得更快！”

“可是等一歇他们撬开箱子，拿了东西之后，会把咱们用木棍活活敲死，再丢下水去。我可不想死得那么血肉模糊的，尸体怎么也得好看一点吧！”

说毕，未等夏冰反应过来，她已猛地滚到船沿，深吸一口气，“扑通”落水；他情急之下，也顾不得许多，将眼一闭，顺同一方向滚去，旋即腾空，整个身体失去重量，很快脸上的皮肤便猛地急缩，水流从口鼻猛烈灌入。他挣扎着探出头来，一些水进入肺腔，令他口腔泛酸，但还是抓紧时间吸了一口气，便匆匆沉下。

这次下水，不知怎的，脑袋竟撞着一个类似岩石的硬物。虽然冰水激得浑身发麻，已失去痛感，但也让夏冰不由惊喜，以为能摸到岸。孰料一睁眼才发现自己撞的是杜春晓的头颅，她也是神色痛楚地望着他，仿佛在做最后的告别。

“春晓！”他从心底里惨叫，希冀他的女人能有力回天，到了这个时刻，他发现自己还是在依赖她，而不是拯救她。

随后，夏冰感觉背后有一股力量将他抱起，他憋气已憋得几近失控，体内每根骨头都好似碎成灰烬，怎么也无法支撑身子的重量。可就是有些什么神奇的东西让他被绑的双手松翻了，于是他看到希望，拼命挣脱了绳索，待双手一自由，还来不及换气，便往下游去，抱起了正在下沉中的杜春晓……

夏冰醒来的时候，头发上全是细碎的冰条，扭动一下脖子都万分吃力，好不容易别过头去看一看周围，才发现自己不知何时已被抬到一个桥洞底下。周边支着几个脏兮兮的油布帐篷，帐篷围拢处还生着一堆火，只可惜火苗太浅，完全不能取暖。所幸，他看到杜春晓就一动不动地躺在火堆旁边，面青唇白，仿佛已是大半个死人。他坐起身子，揭开盖在身上的破毡毯，那毯子上有一股难闻的铁锈味儿。

“来，喝一点。”

有人将半瓶呛鼻的烧酒递到夏冰跟前，身体左右有些不对称，他仔细辨认，发现对方竟是小四。

-3-

初冬的太阳总是暖洋洋的，照得人昏昏欲睡。朱芳华因严重脱水，唇皮破裂出血，于是舌头舔舐到的第一滴汁液都是咸的。审问她的人已不知来去几拨，只知最后来的是一位面容和善、眼神锐利，且身材圆胖的外国警察，叫埃里耶。他见到她的第一句话是对身边的看守讲的：“快给这位女士一杯水，你们这样对待女人真是太不人道了！”

朱芳华听得出来，他的语气中充满真诚的愤怒。

“施太太，我不是来问你施常云的下落。”待她喝尽杯里的最后一滴水，埃里耶才笑嘻嘻道，“我只是来问两个问题，您只要说了真话，我就放你回家。”

她茫然地抬起头来，嘴角略略抽动了一下，像是认同了协定。

“施常云有没有交给过你一个藤箱？你只要回答有还是没有。”

“有。”

“第二个问题，那个藤箱里是不是有……”埃里耶突然凑近朱芳华，在她耳边讲了几个字，她当即面色煞白地盯住他，僵硬如行尸走肉。

“这么说我的猜测没有错，是不是，施太太？”

她紧紧闭口，像是已对刚刚道出的那个“有”字生了万般悔意。

埃里耶似乎对她的悔恨很高兴，他领着她办完所有手续，并叫了车送她回家。一路上，他都笑容可掬，对她温文有礼，但言语里却有些残酷：“释放一个恶人，比释放一个好人艰难得多了，所以我们才会经常让上帝摇头叹息。尤其对我们来说，人生只有两件事，恋爱和享受。施太太，我不知道你们信奉的菩萨是怎么处理这件事情的。”

朱芳华一言不发，脸上结着冰，左眼角下的细痣呈现淡淡的褐色，嘴唇棱角分明，像天生就用唇线笔描出来的。如果在欧洲，她这样的长相会很受青睐。

但是，正如杜春晓私下跟埃里耶所说，朱芳华虽与她仅有一面之缘，却将她牢牢记在了心里，因这女子有薄命相。所以后来听闻上官珏儿服毒自尽的消息，杜春晓脱口而出：“奇怪，死的为何不是施家大奶奶？”

如今埃里耶每每找夏冰出来讨论案情，都会顺带问一下杜春晓的意见。但艾媚那条线挖出来之后，他又开始怕这个女人，因她这一挖，不仅没有找到珍妮的死亡真相，还又多出一桩悬案，便是毕小青的失踪。单单这一条，便让埃里耶有些想收手，因查了毕小青，必会追到秦爷头上去，招惹黑道在上海滩是件麻烦事，但放弃了却可惜，侦探的职业热情时刻提醒他要一追到底。所以当得知夏冰正私下给秦爷办事的时候，他还是按捺不住好奇心，想套出些底细来。

作为交换，杜春晓提出，要埃里耶通过关系去见朱芳华，并问她那两个问题，将答案带回来。所以埃里耶与夏冰、杜春晓的这次碰面，气氛也格外严肃，尤其杜春晓在得知朱芳华的反应后，脸色遂变得异常凝重，喃喃道："虽说是意料之中，但恐怕这位施家大奶奶，今后也是凶多吉少了。"

"那还不如让她待在里边？"埃里耶即刻嗅出味道，紧追了一句。

"嗯。"杜春晓点头，"不过估计下场也是一样，这几天好好盯着她，有什么风吹草动也好控制。"

埃里耶手下的探员跟踪朱芳华似乎非常容易，因这个妇人自回到施公馆之后，几乎足不出户。娘姨出门虽勤快，也无非是辗转于菜市与三五姑婆偷懒聊天之间，并无任何异常。只一次，因施逢德张罗上官珏儿的葬礼，他出门之际，站在大儿子被害的阳台底下一片花园空地上，朱芳华不知为何，也跟在公公后头出来，站在那里，形销骨立的模样看着叫人心惊。二人在那里站了好一歇，似乎又说了些话，起初像是平静沟通，继而又讲得激动起来，两人的头颅都在不同程度地颤动。朱芳华尤其反常，竟出手给了公公一记掌掴。施逢德这才停止说话，看了她一阵儿，转身上了汽车。

这一幕告到埃里耶那里，老头儿觉得有趣极了。

杜春晓在秦亚哲跟前已骂了好一阵儿，她豁出命去冲"阎王"撒气原因有二：一是那次本是去赎人的，却不料几乎将自己的性命搭上，自然要怪秦亚哲的人马反应过慢；二是从那晚的情形来看，秦亚哲从未将他们的命当命。

所以杜春晓自认已不必跟原本就心存险恶的人拐弯抹角，反正早晚难逃一死，不借机骂几句岂不亏大发了？于是她骂得铿锵，骂得用力，居然句句掷地有声。

"秦爷不拿咱们的命当命不要紧，难不成五太太你也不要了？巴巴儿骗我们两个打头阵，放砧板上被人剁成饺子馅儿了，你都不皱一下眉头。我们小两口的性命是小，赔了一个五夫人又折八十根金条……哦不，大概抽去箱底那些砖头，才十几根金条，这个事可就大了，丢的是秦爷的脸，这要传出去——”

正讲到兴头上，杜春晓的嘴突然如鸟雀一般翘起，嘟成滑稽的形状。原来是秦亚哲一把捏住了她的两腮用力往里挤，才让她彻底闭口。

“杜小姐，既知道你们的命在我手上，便不要多讲。没救回五夫人的事体还没找你算账，倒跟我计较起来了？”秦亚哲开腔的辰光，手上几乎也要将杜春晓的下颌捏碎。

她痛得眼泪汪汪，又无法开口，只得瞪大眼睛看着对方，直到他松手。

回来的辰光，夏冰一见她腮帮上的红印子，便怒道：“怎么你每次去找这姓秦的都要带点儿伤回来？他凭什么虐待你？下次还是我去！”

“不用，这是我自讨的。”她捂着脸，另一只手下意识去摸包里的香烟，掏了半日只掏出一个空烟盒，便一把捏成了团，远远抛进前院的泥坛子里。

“你讨这个作甚？不如讨点钱实惠。”

“因为若不转开他的注意力，我怕他会追问我们是怎么逃过一劫的，然后——”她顿了一顿，幽幽道，“他恐怕很快就会知道小四的事儿。”

话毕，两人好一阵沉默。她拿起饭桌上的一个剩菜碗，径直拿手捡里头的咸肉片吃，他却两手托腮，仿佛要看透弥漫冷菜味道的空气，脑壳里却在努力寻找某个答案。

施逢德自上官珏儿下葬之后，与朱芳华一样不再出门。听里头的娘姨讲，是卧病在床，起不来了。大夫来看过两回，都说是心结，要慢慢解。埃里耶却愈发觉得有蹊跷，于是造访了一趟，接待的是朱芳华，她还是一张素淡的脸，憔悴中略见坚强。

“您公公现在还好吗？”

“好一些了，在吃药。”不晓得为什么，她鼻尖总是红红的，哪怕壁炉的火烧得正旺，她身上厚厚的荷兰手织披肩还是紧紧裹于肩头，指节也是白的。

“我想跟他谈谈，可以吗？”

她咬了一下嘴唇，回头道：“他倒也不至于还不能讲话，只是疲得厉害，时间不太长还是可以的。”

话毕，便起身将埃里耶引到二楼最大的一个房间。埃里耶看到阶梯上铺着昂贵的羊毛地毯，每踏一步，他的半只皮鞋就被地毯吞没。

“铺这样不合时宜的地毯，是为了掩盖凶案发生时留下的血迹吗？”他抹了一下胡子，转头问朱芳华。

“是。”她应对之平静令他有些意外，于是只得尴尬地吹了一记口哨。

施逢德的房间与他豪宅的欧化风格完全不匹配，里头摆的还是老旧的木框棕绷床，略动一动便吱吱作响。床头柜与衣橱虽是贵重的红木，但因房间过小的缘故，东西都显得过于庞大，挤挤挨挨，似乎快放不下。床头柜上一盏琉璃罩台灯流光溢彩之余，却显得昏暗，绒布窗帘厚厚的，长直垂地。一个落地大钟摆在对面角落，嘀嗒声震耳欲聋。埃里耶一见那钟便笑道：“看来施先生跟我们一样，习惯这样的大钟摆着，也不觉吵。”

施逢德撩开幔帘，果然是槁颜枯爪，眼白血丝密布，花白头发因长久没有梳理，乱蓬蓬地顶在额前。他看埃里耶的表情亦是怔怔的，笑容呆滞，有着多数人看到陌生人时的迟钝反应，但似乎又在抵触被对方观察。

“施先生，有些事情不要太挂心了。”做过自我介绍之后，埃里耶其实已经对施逢德有些放弃，在他面前的，不是一个藏有巨大秘密的说谎者，而是一位连遭打击而身心俱疲的男人，他实在不忍再多问什么。

“是常云，有消息了？”施逢德突然眼睛发亮，要将希望托付给一位外人，这是何等悲哀？尤其是作为父亲，他对于从警察那里得到亲骨肉的消息实在是百感交集，一面怕这样的结果，一面又希望得知儿子的下落。埃里耶虽然一直保持单身，却深谙人间真情，所以他摇摇头，对施逢德挤了一下眼睛，笑道："没有消息就是最好的消息，施先生应该明白的。"

施逢德果然又挤出一个笑来，在五彩斑斓的琉璃灯照射下，那笑容也是五味杂陈的，甚至有阴森与酸楚。

下楼的辰光，朱芳华在后头幽幽道："您不是想问他什么，只是想看看他吧？"

埃里耶转过头来，一脸狡黠的笑："中国女人比法国女人聪明的地方在于，你们的洞察力过于细微，这是你们的优势，更是悲哀。"

话毕，埃里耶盯住朱芳华的面孔。

她怎么突然变得容光焕发了？先前每一寸尖锐的曲线现在都温滑无比，莹莹然散发着异样的神采。

-4-

琪芸整个人泡在水中，耳膜里充满细微的流动之音，至于是什么在流动，对她来讲并不重要，要紧的是思维可以暂时飘浮起来。这难得的"清静"，令她无端怀念起从前在百乐门的那些日子，她因怎么也学不好狐步舞，上海话也讲得极结巴，于是时常被燕姐罚去坐冷板凳，连吃半个月"阳春面"都是有的。所以饿肚子的感觉，她了解得比其他蓬拆小姐要多一些，然而即便如此，她还是在那里待足了一年。

其中原委，琪芸并非想不通透，只是不敢想彻底，倘若要一根筋往深处挖，便只能挖出三个字——邢志刚。

不晓得为什么，她就是对他无端挂心。他并非万人迷的品相，太冷，太傲，也太愚蠢。有些男子，表面像豺狼，骨头其实是软的，缺少主见，只能在背地里找一个依靠。琪芸从前一直幻想她会是那个依靠，直到发现秦亚哲对她根本没兴趣，而将目标锁定了小胡蝶，她才彻底绝望。事实上，她早在与秦亚哲会面之前，便已做了长达两个月的准备，他喜欢女人穿什么样的衣服，化什么样的妆，眉尖修成何种形状才能让他看着顺眼，往他嘴里灌什么酒他会醉，他到底是喜欢酒量好的女人还是一杯便倒的……一丝一缕都计算到位了，原以为可以一击即中，孰料他对她的万无一失竟没有兴趣，眼睛却是望向在舞池旁边脱下一只高跟鞋偷偷歇脚的小胡蝶。此后，她终于明白一个道理——那就是男人喜欢什么样的女人，其实并没有具体的道理。

琪芸走出百乐门的辰光样子也颇狼狈，连个送行的姐妹都没有，邢志刚托燕姐给她的信封里，只有孤零零几张纸币，代表她在他心里的分量。所以后来她牙关咬紧，誓要出人头地，在电影圈子里爬到如今的位子，也是赌着一口气，幻想着邢志刚看到她在大银幕上风姿卓约，光彩照人，会生出怎样的复杂情绪。

女人多半都要靠这些自我安慰，才能活得舒心。

浴缸的水开始变凉，她将头探出水面吸一口气，又打开龙头放了些热水，身体复又回暖，每个关节都觉得松柔，疲意顿消。但深处绷紧的那根弦却还在嘶叫，提醒她某些阴霾还如影随形，必须找一块透明的“抹布”将它们抹去，就像邢志刚为了生机，能将亲密爱人从世上抹去。

她想起上官珏儿，那是个可怜的女子，然而生前颇有手段。琪芸每每想起她们经历的事体，便恨不得能将这些污点直接从身上割去。

唐晖……

她只觉他有一张与邢志刚轮廓相似的脸，只是要比后者更阳刚一些，明朗一些，像在轮廓上撒了金粉，但她还是沉迷于邢志刚的弱势与幼稚。有人跟她讲过：“男人外表越强，做事情往往越犯蠢，这样的男人你要珍惜，因为他们依赖性强。”

只可惜，邢志刚从未依赖过她。直到一周之前，她的娘姨夜里到后院剪罂粟叶子嚼来治胃痛，却见他缩在墙根下，一脸的惶恐。

“只有你能救我。”

她能看到他乞求的眼神里藏得并不高明的得意，于是偷偷有些气恼：原来他一直知道她的心思！于是救赎里也带了些报复的心态。

从浴缸里站起，身体骤然发冷，忙拿过一条松软的棕色大毛巾披在胸口。门把手似乎震了两下，她迅速拉起浴帘，将一只手伸在睡袍底下，保持一个放松的站姿，仿佛并没有设防，却是什么都准备好了的。

“你紧张了？”邢志刚将门关上，抬头纹显得很稚气。

她只得抱起睡袍，连同包在里头的手枪，若无其事地背转身去穿上睡袍，同时把枪放进口袋，于是一边便有些不对称地下坠。

“什么时候能离开上海？”

他问得很不合时宜，令她愈发认为付出有所不值，但还是忍住气，凶巴巴回道：“两条路，一是走水路到福建或者广州，二是坐火车去北京，你自己选。不过洪帮的人正到处找你，恐怕要走也得等到风声过了以后。”

“姓秦的没找到他想要的东西，风声就永远也不会过。”他口吻有些焦虑，但绝望中竟还流露了一丝性感。

她只得苦笑：“那你又能怎样？踏出这个门恐怕就离死不远了。”

他望着她，沉默了好一阵儿，吐出几个令她诧异的字：“但不出这个门，我也早晚要死。”

这一句，像是点中了她的要穴，她竟不由自主地把手伸进口袋里，握住了那支枪。

他走到她面前。因靠得太近，她能看清他下巴上杂草一般的胡楂，烧酒的气味也在轻轻刺扎她的鼻腔，与她身上残留的檀香皂之馥郁芬芳混在一起。

她突然吻上他的唇，像是索取，又似在抵抗。他顺势剥掉她的睡袍，握住她一只乳尖。

她听见自己的枪落在马赛克地面上的声音……

艾媚洗完斯蒂芬衣橱里的最后一件衬衫，便再也动不了了，她腹部酸胀，胃里像有一条毛虫在偷偷蠕动。斯蒂芬再次出现在她面前的时候，样子看起来很轻松，仿佛从不曾犯错。她有些茫然，却还是带着呆滞的表情将衬衣一件件在阳台上晾起。

“听说你去别处找过我？”斯蒂芬生气的时候还是保持着优雅的谈吐，这是他最可怕的地方。

她手指根肿得像胡萝卜，姆妈早就要她停掉这份工，她事实上已是停了，却还每日假装去上班，便是到他的住处来做些可有可无的杂事。

“我不晓得你去了哪里，所以到处找。”

“怎么会找到那里去的？”他声音柔情似水，她却有些背脊发凉，于是假装没有听见。

“是不是看到了那个火柴盒上的地址？”

她只得点头。

“你见到她了？”他的口吻越来越温和，完全不像在质问。

“见到了，不过……应该是我多想了。”她勉强挤出笑意，将洗衣盆拿起，刚转过身便贴到了他的体温，微热的胸膛，带一点淡淡的须后水的芬芳。

他在她面颊上轻轻吻了一下，便放开了。她不由得有些沮丧，因这是两人近期最亲密的举动，自她跟踪他到那俱乐部并看见珍妮以后，他很久都没有对她做过越界的事。

“哦？”他轻挑了一下眉尖，笑道，“怎么会这么快就意识到是自己多心了？恋爱中的女人都很盲目的。”

“再盲目，有些事情她们也不得不注意到。”艾媚用英语回答他。

“那么——”他转动她的肩膀，以便自己从背后抱住她，在她耳边轻语，“你得再帮我注意一些事。”

“比如呢？”

“比如那个法国老头儿。”

她蓦地想起埃里耶肥圆风趣的面孔，绷紧的肉体竟放松了一些：“那个老头儿并没有那么难应付，他若有法子找到我，那就兵来将挡，水来土掩呗。”

斯蒂芬笑起来，叫人如沐春风，他会嘲笑艾媚的天真，却又喜欢她的天真。女人无知起来，往往就会变得勇敢，他确实需要一个勇敢又不太聪明的女人为他贡献一切。

埃里耶找到艾媚的时候，她正坐在红石榴餐厅里发呆，他尽量将这次调查搞得像偶然相遇。有趣的是，这姑娘似乎并没有察觉自己已被盯上，仍然坐在那里喝一杯红茶，她点了一个蓝莓派和一杯牛奶、一碟薯片，显然胃口很好，一气吃了不少。尽管穿着宽大的灯芯绒背带裤，隆起的小腹和肿胀的乳房还是非常抢眼。

“姑娘，我知道你也许不认得我，不过——”

“我认得。”艾媚的笑容甜津津的像话梅，“从前您经常来吃午饭，喜欢这里的牛腰肉和杜松子酒。”

埃里耶有些不好意思地摸了摸胡子，道：“是啊，可惜现在换了老板，味道也变了，所以我——”他露出痛苦的表情。

“您还在查那个外国女人的案子？”

“是的，听杜小姐说，你以前见过珍妮？”埃里耶当即开门见山。

她低头不语，表示默认。

“那你见过这个女人吗？”埃里耶将一张相片递到她眼前。相片上的女子黛眉凤眼，神情略显木讷，虽然生得标致，却也仅限于标致，但眼角下的泪痣却让她心惊肉跳起来。她必然是见过她的，深夜，那幢青灰色群居房里的一间，她半倚在床头，素白绣花边睡衣领口处托着一张寂寞雍容绽放的面孔，远比相片里的那一位要鲜活美丽。

“见过。”她点头承认，因直觉若断然否认，必定会被对方识破，不如学乖一些。

“在哪里见过？”他果然上钩，露出兴奋的眼神。

“在这里见过，她用过一次餐，是我招待的。”

“用过一次餐你便记得这么清楚？”

“在画报上看到过呀，上海小姐第二名嘛。见着真人，觉得有些像，但又不敢认真，所以跟其他几个招待还打了赌，由我过去认呢。”她口吻一派天真烂漫。

“什么时候来的？她一个人吗？”埃里耶显然像是找到了希望一般欢喜。

艾媚继续演戏，偏头嘟嘴想了好一阵儿，才喃喃道：“大概两个月前吧，好像是跟一个男人来的。那男人长相我没看清楚，穿深蓝色洋西装，戴眼镜，看起来蛮撑头（有权势）的样子，想想也必是有钱人。”

埃里耶遂将钞票放在桌上，向招待打了个响指，起身笑道：“艾小姐，很高兴跟您聊天，我要告辞了。”

“这么快就走？您都还没尝尝这个派呢，这里如今唯一还称得上不错的食物。”

“我应该相信你这位漂亮姑娘的建议吗？”埃里耶撇了撇嘴，笑道，“你撒谎撒得太像了，不过还需要锻炼。要知道，记不住一个人的长相的同时，是绝对不会想起对方穿的是什么颜色的衣服或者戴不戴眼镜的，何况还是很普通的服饰。”

话毕，埃里耶便挪着肥肥的大屁股走出餐厅，只留下瞠目结舌的艾媚。

-5-

杜春晓在桌上摆了一副中阿尔克那，然后对着那一桌的牌发了呆，香烟快烧到指节都不自知。

敌人牌：皇后。

贵人牌：倒吊男。

障碍牌：力量。

都是些毫无头绪的启示，更何况她推测事态从不是真正靠牌，只有被逼上死路，才会拿这些牌来出气。此刻，她就将那张皇后当作秦亚哲，严格来讲，他是她的财路，可同样亦是最大的敌人。不仅拿她和夏冰的命不当命，很可能找到毕小青之后，他还会处理一些多余的麻烦，这个“麻烦”是什么，她不得而知，但隐约觉得应该与她有关。障碍牌无疑是邢志刚，他的藏身处还未找到，但秦亚哲已布下天罗地网，要逃出上海几乎没有可能，如果他还在这里，又会去哪儿？她遂想到现在正被倒吊在秦亚哲家后院柴房的那个广东人，倒是有一副硬骨头，十根手指已被削去了三根，还是一声不吭。夏冰那日目睹了对此人上酷刑的场面之后，回家后三天都不能吃一口肉。

究竟邢志刚背后有什么力量在支撑他？他能逃到哪儿去？

她越想越觉得心寒，因已迷失方向。更糟糕的是，秦亚哲给她找出邢志刚下落的期限只有三天，即是讲三天之后，她与夏冰会是什么下场已显而易见。但凡做大佬的，一旦被惹急了，便会拿无辜的生灵出气，这是常规。

“春晓，咱们逃走吧？去北京，或者南京，或者再远一些，去香港。”夏冰大剌剌说道，仿佛只是建议去郊外游乐。

她清楚他的焦虑，于是面上淡淡的，摆出拿他当孩子的态度来：“你说，邢志刚会藏在哪里呢？他除了燕姐之外，身边再无其他的知心人。旭仔也被关起来了，一个人要绑架毕小青，还要取赎金，也太难为他了。”

“肯定还有别的人在暗中配合他，但会是谁呢？你有没有想过，其实邢志刚、高文、斯蒂芬、珍妮，可能还有上官珏儿和施家父子，都是因为在同一件事情上有牵连，才会落到这种地步的。我只是一直没想明白，邢志刚到底……”她拿起那张倒吊男，搔起下巴来，“如果换了你是邢志刚，你会躲到哪里？”

夏冰憨笑道：“恐怕我哪里都躲不了，一来我没钱没势，不能买通任何人；二来也不是元宵模子，去哪里也不讨女人喜欢——”

“元宵模子”四个字一出口，杜春晓已从沙发上跳起来，她两眼放光，高声道：“对啊！邢志刚这样的小白脸，虽不比唐大记者年轻，但也能把女人迷得神魂颠倒，且他的夜总会里，还有那么多女人！”

两个人当下便去了百乐门，却见那里大门紧闭，唐晖站在不远处给它拍照。

“就这么倒了？”杜春晓上前问唐晖。

“哪里能倒，不过是等着其他人接手罢了。”唐晖不晓得为什么脸上肤色苍白，眼神却是透亮的。

“谁来接手？秦爷？”

“可能。”他不置可否，对着“百乐门”三个用电线与铁丝圈起来的阴暗大字，陷入了彷徨。

“所以他更要找到邢志刚，要不然办不了移交。”杜春晓有些天真地接话，笑问，“你可知道那些蓬拆小姐都去哪里了？”

“我哪里晓得？”唐晖无奈地耸耸肩膀。他较一个月前明显瘦了，颧骨愈发突出，然而也更漂亮了。

“个把总晓得吧，比如米露露？”

唐晖不假思索地摇头。

“朱圆圆呢？”

唐晖还是摇头。

“你知道朱圆圆是谁？”

“不知道。”他不耐烦地皱起眉头，“我还要跑几条新闻，先走一步了。”

唐晖一离开，杜春晓便与夏冰笑道：“他今朝有些奇怪啊，怎么也不问问我们为什么要打听那些蓬拆小姐的下落？还有……我记得他是专门跑电影明星的，怎么会来这里？”

夏冰也推了一下眼镜，回道：“不过没关系，我们还有小四。”

果不其然，次日下午，小四便上门来了，只说了一句“朱圆圆现在在金帝豪门夜总会上班”便要走。

“怎么不坐下来聊聊？”面对救命恩人，杜春晓倒是格外客气。

“不了。”小四的神色异常严肃，似乎正背负着巨大压力，“而且杜小姐，今天以后，我再也不能帮你们做事了。”

“为什么？”

“我有很要紧的事情要去办。”

她想问什么事，却又忍了下来，因知道他必定不会讲，于是只得道：“那这些日子麻烦你了。”说毕，正欲从钱包里拿钞票出来，却被他止住，说了句“不必”，转身便走。

不晓得为什么，杜春晓恍惚觉得小四这一去，必是再也见不着了，心下便愈发惆怅起来。个性过分沉默的人，往往因过分隐藏心事而让自己陷入命运的僵局。

“金帝豪门”比百乐门规模还要小一些，开在法租界的繁华地段，招待的多为军火商人，抑或想借机捞钱的拆白党。所以朱圆圆转到夏冰的台子时，一看是个穷酸后生，便傻里傻气地嗔道：“先生啊，侬……侬到这里来开开心心白……白相是可以唉，不要弄出胡乱的事体来，晓得哇？”

“圆圆，长远不见，口气横了不少嘛。”因早前听杜春晓讲过她直肠直肚的憨傻个性，所以夏冰也不计较，反有些喜欢起来，“杜春晓说好久不见你，怪想的，赶明儿去她那里玩一趟？”

朱圆圆听闻“杜春晓”三个字，当即雨过天晴，恢复一脸稚气，笑道：“侬……侬是春晓的朋……朋友？哦，不是唉，是伊老……老公，对哇？”

夏冰隐约从她身上看出些杜春晓少女时代的天真，于是不由得有些神迷，回道：“是的呀，你啥辰光过来白相。”

“好呀！”她爽快答应。

“你可晓得你原来的老板去哪里了？”

“不……不晓得。”朱圆圆当即把头摇得像拨浪鼓，“上一通……有……有几个穿得蛮流氓相的人也来问过，我不晓……得就……就是不晓得。”

“那你有没有听其他原来百乐门的姐妹讲起过邢先生的去向？”

朱圆圆偏着头，思忖道：“真不晓得……得，伊……伊就这么不见了，后来一帮人……人把百乐门翻了个底朝天，听说旭仔也被捉去了。还有我……我在那边，其实没有什么姐妹的。”

话毕，她蝶般上下翻飞的长睫毛几乎要将下眼睑盖严了，生得美貌果然占便宜，连落寞的狼狈相都好看。

“那当初你的几个……同行里，必定也有特别讨邢先生喜欢的？”

“讨伊喜……喜欢的不见得有人，伊眼睛里只有燕……燕姐，我们都晓得的。喜欢伊的倒……倒有不少，不过也是自作多情，侬也晓得，倒贴货男人一般不稀……稀罕的。”未曾想头脑简单的朱圆圆竟讲出这样的世故话来。

“那有哪一些喜欢他的，你可还记得？”

她眼珠子转了几圈之后，开始扳起手指头来：“有薛素芳，不过后来嫁给米行老板，早就不做了；前年跳河自尽的红月，是鸦片瘾头太大，周转不过来，被追债的逼死的；还有一个……哦，这个不能讲的……”

“哪个不能讲？讲讲呢。”夏冰一把抓住她的话中核心。

“真……真不好讲，不过讲……讲了也没有人相信。”

“那就讲，反正也不怕有人信。”

“我也是听来的，因为我进来的辰光，她已经走掉了。后来听露露她们吃小酒的辰光有讲到，这个女人生意做不好，不过心机老重，想跟小胡蝶抢秦爷，自然抢不过。不过露露讲，其实她抢不过，是因为心里喜欢邢先生，所以戏演不真。不过也蛮有趣，后来她不做了，竟真的去演戏，你讲好不好笑？”

“哦？这个人是谁？”

“现在的大明星琪……琪芸。”

-6-

旭仔已是“死”过两次的人，所以他对死亡并不陌生，更深谙死亡比痛苦舒服的道理，所以他现在最觉恐惧的不是没命，而是加倍的肉体折磨。削去的手指，像依然长在那里，他经常以为它们尚活动自如，只是有一些迟钝。唯有用眼睛确认，看到手掌上草草包扎过的切口，才倍感无奈。

断指的根部还在流血，他能体尝到生命正一点一滴地流逝，这令他多少有些欣慰，因终于要去了，永别颠沛流离的境况。诸多千钧一发的关口，他求生之余心底里都会冒出“不如就此放弃”的念头，继而怀疑起自己的生存意义来，究竟这般支离破碎的人生是否还值得苟且？教书先生冰凉的手掌仿佛一直压在他潮湿的前额上，让他因高烧而发烫的身躯得以暂时的平息。

但旭仔求死的决心，似乎一点也没变。他并没有忆起前半生，因那些都是不堪回溯的往事，哪怕有一点点所谓的“美好”，除教书先生的短促温柔之外，恐怕唯有对邢志刚的忠诚了。这“忠诚”里包含了太多微妙的情愫，所以他对邢志刚有些畏惧，有时互相递一个火，便靠得有些近了，他能看清他唇上的青色胡楂，及头顶那个苍白的发旋。想到这一层，他便心脏紧缩，喘不过气来。尤其原本打算从容赴死，但邢志刚的面貌一浮现，那些壮烈便成了灰。

他想知道邢志刚在哪里，但又预料到他的安全处境，倘若秦亚哲已找到他，便不必如此费心审问。断他三根指头了，接下来，恐怕得挨“三刀六洞”的刑罚，于是从昨晚开始，他便在计算那个时刻的到来。

结果等来的，是秦亚哲。

旭仔虽然被秦亚哲折磨到一心求死，但他骨子里并不讨厌秦亚哲，相反却有些羡慕他。同样从马仔混起，有些人是早死早超生，有些人像他一样至今还是跑腿做事的，而另一些人就是他们活到这种程度却仍不放弃的唯一依据。倘若没有“秦亚哲们”的存在，旭仔真不晓得风口浪尖上的日子还有什么甜头可尝，秦亚哲就是他们的愿景，他们的梦。

而有梦，其实是一种“致命伤”。

给旭仔处理伤口的，是一个形销骨立的老头子，背很驼，脸上生满了老人斑，但眼镜片后头的一双眼却透着精光，且动作灵活，有一种与年纪背道而驰的动力。旭仔只觉得伤口微微刺痛，绝对在承受范围之内。待料理完断指，被推到饭桌前的辰光，他已是一身轻松。

桌上摆着一大盆小米粥，一份小笼包，一碟榨菜，并一个砧板碎肉炖豆腐。他未曾觉得饿，却还是机械地坐了下来。左右手都已没了食指，只得用大拇指和中指贴合，夹起一个大大的银汤匙来。舀了一勺粥，温温地含在嘴里，还未吞下，眼泪却出来了。他不晓得自己为什么哭，只是眼睛在发热，怎么做都是失控。

“点解（为什么）放过我？”

“你认得花弄影吗？”秦亚哲将一只镶瓷面戒指摆到桌上，泛黄瓷面上有教书先生的清俊面孔，“听说，她的父亲救过你一命？”

花弄影？这名字在他心里是蒙了灰的，仿佛不知塞在何处的一件旧衣裳，早已记不得要穿，更记不得要丢。

于是他茫然摇头，又变成点头。因隐约想起她是个声名在外的老举，他曾看在这只瓷面戒指的份儿上替她收过几次钱，后来有一天，这老举竟提出要他带她一道远走高飞。他知她次日便要被赎身，嫁与一个上海大老板，于是只当成玩笑，便讲了句："好，明早六点，在码头等你。"次日他果真去了码头，却不是六点，而是深夜三点，浑身伤痕累累，上船时已丢掉了半条命。

"是我的四姨太，现在杭州调养身子。"秦亚哲轻轻抿了一口茶。

旭仔竭力压抑住心中惊讶：他又怎会知道这段往事？

"你一讲话，便让我想起她来，口音像得很，只是你的上海话更灵光一些。"他微笑的样子都有些慑人，"所以你们广东人给我的印象并不差，更何况——"

他每一次刻意的停顿都令他紧张。

"更何况，你对邢志刚的下落的确一无所知。"

"这就是我那三根手指让你明白的事吧？"旭仔苦笑，又吃了一口粥，动作比先前熟练多了，脸上的疤痕色泽也淡了。

"不，是抓你的时候就知。"

他很想追问一句为什么，却忍住了不开口。

"邢志刚杀掉燕姐之后，应该是早就想好了退路，你也不会那么不小心，在舞厅里束手待毙。只有两种情况会让你这么容易被我抓到，一是你根本不知道内情，所以邢志刚完全把你撇下了；二是你与邢志刚串通一气，你来受苦，然后道出所谓的真相转移我的视线，他借机逃出上海。但是，折磨了你这么长时间，却没从你口中套出半个字来，若是演戏，你未免演得有些太真了，所以我还是宁愿选择相信第一种。"

"所以，秦爷要放了我？"

"对。"秦亚哲点头，将毛茸茸的耳孔对着旭仔，"但是有个条件。”

“什么条件？”

“有个人想见见你，问你一个问题，不是关于邢志刚的，所以请你务必答他。”

“如果不呢？”

“那就只有死在这里。”

旭仔垂下头，表示默许，但更重要的是，他依然保持了旺盛的好奇心，想见见那个人。

夏冰笑嘻嘻地走进来的时候，旭仔便认出来了。虽然那日室内光线昏暗，但绝对就是那个与他在珍妮的住宅里狭路相逢的怪人，也许也是将他推进地下室的人。

“那天为什么把我推进地下室？”

“什么？”夏冰露出一脸困惑，旭仔看出他并没有演戏。

“算了，你想知道什么？”

“我只想知道，那天你在珍妮家的书里，好像翻到了一件东西，那是什么？”

旭仔终于确认，当晚暗算他的人不是夏冰，不知为何，竟有松一口气的感觉，当即答道：“是一张类似抵押收据的东西。”

夏冰挑了挑眉毛，笑道：“我陪你一起出去吧，再帮你叫个黄包车。”

二人内心同时浮涌起一股久违的松快。

走出秦公馆的一刻，旭仔头一件事便是拍遍身上的口袋。杜春晓急急向他们这边招手，手里正捏着一包黄慧如牌香烟。

“你可晓得秦亚哲放你走的意思？”杜春晓碰上“烟友”，语气分外亲切。

“嗯。”旭仔用残手上的纱布搔搔鼻头上的痒，吐了一口烟雾，“他是想让邢志刚以为我是他的人了，后面的发展就会很有趣。”

“不是有趣啊，是你有可能会被邢志刚做掉。”

“他现在自身难保，怎么做掉我？”

“一个能绑架毕小青的人，怎么做掉你都不奇怪啊。”杜春晓把烟蒂丢在地上，踩了一脚，寒气随即代替暖雾涌进鼻腔。

“我还是认为他没有理由找我麻烦。”

他既是固执，又是为邢志刚做某种暧昧的开脱。杜春晓瞬间洞悉了他的底细，心里竟生出几分怜惜。因这样天性特殊的男子，在这个时代多半都没有好下场，于是道：“你可知道如今的大明星琪芸与邢先生有些瓜葛？”

旭仔仿佛没有听见，已径自走向一架黄包车，他的背影纤瘦得像个女子。

邢志刚一直漠视他人的死亡，比如燕姐，比如旭仔，这是从小养成的纨绔子弟个性，自私得光明磊落，所以琪芸接下《浮萍花》这个剧本，像是注定的。这个剧本好便好在，因情节多半都是发生在海上，于是要登船在松江、滨海一带取景。原本这些戏找个水库拍也是一样，但琪芸坚持要出海，只说那里拍起来更逼真。何况片子是要拿去跟《香雪海》比的，掉价绝对不成。关乎这一决定，琪芸的老搭档导演冯刚倒是赞成的，只剧组其他人有抱怨，已是初冬季节，在露天伸一根指头都会被冻僵的时候，去海上吹风浪，无异于发病。不过众人亦想瞧瞧琪芸的能耐，她平素娇里娇气，很难让人相信她能挨得住海上拍戏的苦，所以大家听到决定后也都不响，只默默去做了。

依照琪芸与邢志刚的计划，拍戏的船只要行到松江上，在临近公海的地方便由琪芸买通的偷渡船接应，带他前往日本。计划简单，但很实用。再讲无人怀疑到琪芸头上来，她自然就是安全的，她安全，便意味着邢志刚安全。

“可是，万一那时船来了，你却在拍戏，没有把我交过去怎么办？”他疑心病向来很重，重到让人既爱且恨。

“所以最好还得有一个人接应，只是我也想不出要拜托谁，好似谁都不可信。”

“那怎么办？”他将问题都推给了她，仿佛不是在计划自己怎么保命的事。

“怎么办还要问邢先生你了，身边也没个靠得住的。”她讲了句气话，见他没有反驳，又有些不忍，少不得安慰道，“其实办法还是有，你那个旭仔已经出来了。”

“你怎么知道？”

“他来找过我，问你的下落。”

“那你信不得他，说不定已被收买。”他眉宇间尽是杀机，咬牙切齿道，“你们什么时候动身拍海上的戏？要抓紧了！”

“就在后天。”她看着他，有些痛恨自己爱错。但感情从来不由理智拍板，所以只得顺着，因理智只会叫人生索然无味，感情才是人快乐的源头，“若他真在秦亚哲跟前把你卖了，恐怕如今削掉几根手指的那一个就是我了，哪里还能跟你在这里舒舒服服讲话？”

他垂下头，将两只手插进头发里，仿佛在与自己争斗，好一歇才抬眼道：“万一他靠不住呢？”

“靠不住的话，邢先生现在就可以杀了我。”

旭仔缓缓从浴室里走出来，穿一件乳白色的浴袍，胸膛赤红，目光晶莹。

“旭仔，你没事就好！”邢志刚神色激动地起身，将旭仔抱住。旭仔闻到他身上散发的虚伪气息，甚至还看到他发红的眼圈。

“邢老板没事才最好。”

“旭仔，在行动之前，你最好再替我做掉两个人。”邢志刚表达的深情像是限时剧本，演过这一条便很快过去，转而谈别的事。

“什么事？”

"替我做掉朱圆圆与米露露。"

"为什么?"

"因为除了燕姐之外,只有她们晓得琪芸在百乐门做过蓬拆小姐。"邢志刚抓住旭仔的肩膀,仿佛拿到了一柄凶险的暗器。

三天以后,米露露与朱圆圆从如今各自上班的舞厅消失,再不出现。

-7-

琪芸的服饰箱里充斥着淡淡的脂粉味儿,邢志刚很想憋住气,拒绝这香喷喷的污浊空气,然而不行,他必须保持呼吸平顺,才能避免出现大的动静。他的鼻腔与思维习惯像是结了盟的,都会不由自主地对胭脂水粉抑或香水感觉污秽,女人用这个诱惑男人,同时也染脏了自己。他见识过太多蓬拆小姐眼角流下污黑的眼线水,唇膏沾在门牙上,一笑就像嗜血,香水与酒气混在一道,更是令人作呕。

他猜想自己在船舱内应该很安全,琪芸的房间靠近最里边,除了化妆师与随行保姆,一般没有人会进来。而且她是出了名的脾气怪,未经允许碰不得一点东西,否则便要大吵大闹,装病不开工。当然,琪芸这么样败坏名声,自有她的道理,兼因邢志刚搅乱了她的生活乃至品性,真当命运弄人。

"等一歇有场戏,拍过了船就要返回去,所以我会故意重拍好多条,叫他们都围牢我转,旭仔再领你到船尾,去登专门接你的渡船。清爽了哇?"

这句话,琪芸已跟他叨唠不下十遍,总像是怕他忘记,又更似提前告别,有许多话要讲,却总也说不出口,只得就这么样顾左右而言他。

旭仔是以美工助理的名义跟剧组登船的,自然也是琪芸买通的关系,只说是她远房表亲,要照顾一下,别人也不好讲什么。琪芸对旭仔的信心,源自从前在百乐门有限的交往。印象里这个矮小精干的广东人鲜少开口讲话，但几个舞女笑话说得前仰后合时，他会在一旁轻笑，不张扬的，静默得很，令她一眼看穿了他骨子里的极端与坚韧。

所以这样的人，下定决心要做一件事，就一定能做到。

《浮萍花》的这场重头戏，讲的是琪芸扮演的富家千金，意欲逃婚，在船头与父亲吵架，吵到酣处便银牙一咬，不惜跳海以示决心。原本跳海的替身演员已经到了，却因晕船而大病不起，实在完不成任务，把导演冯刚急得直跺脚。好巧不巧旭仔坐在最角落里整理道具箱，他便招手让他过来。

“你叫什么？”

“田旭升。”

“会不会游泳？”

“小时候就会。”

冯刚暗自惊喜，忙指着甲板上的护杆道：“站在这上头跳进海里，会不会怕？下面有小汽艇接应的，马上能把你拉上来。”

旭仔怔了一下，下意识地点头，却被琪芸一把拖到身后，对冯刚吹胡子瞪眼道：“做啥？侬想得倒稀奇唉，叫我表亲做替身，到辰光出了事体谁担待啊？不行的！”

“不行的话，这个镜头就拍不了，我们都收不了工。”冯刚仗着自己是大导演，也不太卖琪芸面子，当下脸色便难看起来。

“笑话，你们找的人出问题，跟我有啥关系？”

气氛一下僵持起来，见两位大牌剑拔弩张，周围人没一个敢上去劝，只假装看不见，自顾自埋头找些事情做。

“没事，我可以上。”旭仔一句话，勉强化解了尴尬。

但邢志刚却还在船舱里如坐针毡。

尽管游轮上的船员和伙计都悄悄离岗走上甲板看大明星拍戏，但邢志刚一颗心还是提在喉咙口的。他穿着轻便的衬衫和毛衣，将毛呢大衣裹成一团，包在一块防水布里，以便换船之后穿。另外还有一个牛皮背囊，是美国货，燕姐送给他的生日礼物。他先前嫌东西又大又没形状，像是西部牛仔拓荒用的，而且与他平素西装革履的行头也极不相称，于是有些看不上，但她却笑说："兴许早晚有一天用得着呢？"想到这一层，他不禁冷汗直流，原来这个女人从认识他那天起，便已看穿他的宿命，这才暗中默默打点一切。如今背囊里放的是罐头食品、一壶淡水、两件换洗衣物，和层层包扎的一沓现金。

准备妥当后，他坐在琪芸的床上深吸一口气，只等旭仔过来接应。有一系列的动作是需要这个手下助他完成的，譬如将装有他的服装的箱子搬到船尾，再用滑轮将他吊下，放到接应的船内，付过钱，便万事大吉了。可以的话，他甚至希望旭仔能与他一道东渡，一个人漂洋过海实在太过寂寞，他不知道整个余生是否都要在陌生的国度度过。但是如果身边有个熟人相陪，情绪上便安慰许多，哪怕只是个从前没放在眼里的小赤佬。

打开表壳，见时针已指向三点，他知道快了，于是打开箱子，将背囊与外套堆在一个角落，自己再缩进箱中，吃力地盖上箱子，瞬间没入黑暗之中。

很快，邢志刚听见舱门打开的声音，接着，箱子有了轻微震动，像是皮环被根根扣上。

"旭仔？"他不放心地开了腔。

"嘘——"

箱外传来这样的示意，令他紧张得喉咙发干，竟也下意识地听从了。

从来没有一条路，让邢志刚感觉走得那样漫长。因他是躺着的，只能听到箱底与甲板摩擦的吱吱声，随后箱底板开始发烫。虽然无法看清外面的动静，但他感觉得到自己正与箱子一道缓缓向某个方向移动，那噪音于他来讲，是震耳欲聋的，甚至其中还掺杂了一记吃力的喘息。

邢志刚发现，箱子每移动一至两分钟便要停一停，仿佛怕箱子承受能力有限，没到目的地便散了架。于是他将身体尽量掰直，一只手摸到裤袋里的硬物——是一只打火机，遂将它拿出来捏在手上。

箱子每停顿一次，他便记数，待记到三十六次的时候，它终于不再前进。他猜想大抵是已到了船尾，接下来要做的便是将箱子吊下船进行移交，也是将他的命交给一个陌生国度。他有种被全盘操纵的悲情，却又无处宣泄。

“邢老板，到了。”

不对！那声音，完全不对！

他刚要挣扎，整个人却凌空弹起，碰到了箱子顶部。

怎么可能飞升起来？一秒钟之后，他才知道自己正在下坠，箱子必定是被推下船了，而不是用所谓的滑轮吊下去的！

绝望像爬虫一般疾速涌上心头，他即将与箱子一起成为海底冤魂。正想着，人已落回箱底，巨大的水浪声吓得他几欲哭泣。

冷静！

他一面告诫自己，一面舒展了一下身体，想伸手勾到脚边的背囊，因为里头放着一把瑞士军刀，可在关键时刻使用。但无论手脚，现在都已用不上了。手上有的，只一只打火机！

他只得点着火，在箱口接缝住燃烧，箱内即刻发出刺鼻的焦臭，整只箱子正在海浪上不住颠簸，他祈祷不要太快沉没，同时后悔腹部绑了五根沉甸甸的金条，它们现在完全可以要了他的命！

大抵是老天开眼，在箱底已不断渗水的同时，只听得“嘣”的一声，扣住箱子的一条皮带断了！他大为惊喜，忙去烧另外一条，也很快如愿以偿。于是他打开箱子，这才整个人没入水中。所幸关键一刻他抓住了那只背囊，它奇迹般地浮在水面上，仿佛一个温柔的怀抱，令他不顾一切想要投入。

邢志刚逃离箱子之后的第一个反应便是抬头看那条游轮，船尾依然高高耸立，因为处于停泊状态，马达都关了，所以愈发像一只沉睡中的猛兽。

他只得向它游去，却隐约听得又一阵激浪的声响，嘈杂人声响起，大抵是在说“快！快快！”“还有人呢”之类。于是他不由心焦起来，担心船头上的人会因在找什么人而跑到船尾，想来想去，只得向中间段游去，想攀上边缘悬挂的救生艇，再回到船上。

就在此时，他感觉脚被什么东西牵绊住了，开始以为是水草，便用力蹬了两下，没有蹬掉，反而缠得更紧，一股强大而隐秘的吸力将他往水下拖去。他挣扎了几下，想从包里拿出瑞士军刀，割断底下的缠绕。那神秘的力量却从他背后蹿起，一把扼住他的咽喉。

“再见了，邢先生。”

邢志刚溺死之前，耳边充斥着旭仔低沉而阴郁的细语，虽然意识已随身体没入泛黄的海水，手却还紧紧抓住那只背囊，仿佛抓着燕姐的手。

“救我——”他向燕姐的幽灵发出最后的呼吼。

-8-

装邢志刚尸首的藤箱，就摆在秦公馆门口，皮带断裂，断口处有焦灼的痕迹，箱面的清漆已经磨光，摸上去毛里毛糙的。邢志刚面目浮肿，嘴唇乌紫，浑身赤裸，头发缝里爬满细小的黑虫。夏冰看到这样的尸首，便莫名联想到黄浦江上的那些不知名的浮尸，只是尚未膨胀到这种程度。然而变形后的邢志刚，依然是个好看的男子，原本泡得稀湿的眉毛上沾满粉状盐粒，苍白的臀部蜷曲成一个光滑的弧度，竟漂亮得有些妖冶。

“是谁做的？”

盛着“艳尸”的藤箱搬移至秦公馆大厅之后，其主人气定神闲，坐在上头吃茶，只拿余光瞟一眼夏冰，道：“你可知道是谁做的？”

“知道。”夏冰点头，“是旭仔。”

“怎么知道的？”

“邢志刚最近一直在那小明星的住处藏身，你放了旭仔之后，他被琪芸收留。后来琪芸去滨海拍戏，旭仔也在那剧组里，当时琪芸是拖了五个箱子去的，回来却只剩四个。”夏冰一面讲，一面将磨糙的箱底角擦了一擦，金属角片上果然刻了一个“芸”字。

“这箱子也是他放的？”

“应该是。”

“为什么？杀了邢志刚，又暴露了琪芸——”

“不是暴露，是琪芸想和秦爷做一笔交易，没有邢志刚的命，便得不到您的信任。”一直坐在角落里摆弄塔罗牌的杜春晓，终于阴沉沉地开了口。

“如此说来，你们不是跟踪旭仔得出的结论，却是琪芸小姐让你们带的话？”

“没错。不过——”杜春晓将牌理起，笑道，“今晚她在苏州路的红石榴餐厅与您碰面，除了交易之外，还会讲另一件事，估计那才是您目前最挂心的。”

“什么事？”

“五太太的事。”

秦亚哲手中的瓷杯蓦地爆裂，粗大的手指上流满姜黄的茶水。

“秦爷倒是难得失态。”杜春晓似乎改不掉那份刻薄，“不过邢志刚死后，晓得五太太下落的，恐怕也只有琪芸了。”

“邢志刚没有绑架五太太。”

红石榴餐厅内，琪芸劈头第一句便讲了秦亚哲最不爱听的。倘若她没有扯谎，那么见毕小青便遥遥无期了。

“我晓得你最关心的是这个，所以——”

“那你也一定晓得这样找我出来，我也来了，就是要结果的。没有的话，有什么后续，你应该自己想得到。”

秦亚哲讲这个话，是一字一句，慢吞吞的，仿佛只是跟人家介绍一件珍奇的古玩。

面对这样露骨的威胁，琪芸倒也面无惧色，反而笑得更开，一张脸如牡丹吐艳：“看把秦爷急的！人家只是讲邢志刚没有绑五太太，并没有讲不知道五太太的下落。”

“听说琪芸小姐要和秦某人谈一笔交易，不知你指的是什么？”秦亚哲突然岔开话题，倒让琪芸当下有些不知所措。

她只得随着他转，说道：“自然是那批货的事情，秦爷之所以不杀五太太，反而要抓活的，想来也是为了它吧？”

这一句，让秦亚哲面孔僵硬起来。

“关于这件事，秦爷也不用想得太多，东西没了不要紧，要紧的是怎么弥补，不让那位知道。”说到“那位”的时候，琪芸在自己的鹅黄色旗袍袖子上点了点。

“请讲。”秦亚哲半晌才冒出两个字。

“下个礼拜，会再有一批货从淞江口运往英租界，时间和交易信号我到时自会与你说，秦爷只要把货拿过来，填平了它，便什么事也没有了。”

“我做了，你又有什么好处？”

“四六分账，我六你四。”

“你一个女人，吞得下那么多吗？”

“那就罢了，我走出门之前你便杀了我，一了百了。”她娇声笑道，指间还绕着一把银汤匙。

秦亚哲仍是腰杆笔直，与店里优雅舒适的气氛格格不入。他始终是端严传统的做派，却亦无端地散发出男人的魅力来。

琪芸慢条斯理地站起，走过秦亚哲身边时却被一把抓住手腕，力道不大，却极慑人。

“拿到钱之后，把毕小青交给我。”

她挣脱了他，唇角浮起的一朵笑轻蔑中带些困惑。

朱芳华周遭的空气一直是清冷而稀薄的，所以这个冬天她做了许多编织物，盖在餐桌和沙发靠背上。钩针不停在指尖上下跃动，绒线摩擦皮肤的触感柔韧而单调，她绝非一定要完成这些手工活，只是手上一旦动起来，脑子便可以暂时停歇，这才是功效。

偶尔望一望窗外，庭院里的冬青叶已经变成金色，夏日里花圃中鲜浓繁茂的月季早已不见影踪，坛边一圈厚厚的银霜，令她恍惚以为天正落雪。但再看看就近的一棵金橘树，秃光了叶子的枝节上暴露出古怪的斑纹，于是明白上海只不过是干净而已。那树下站着的那个女人，依然让朱芳华感觉寒意逼人。

那女人她见过，虽只是擦肩，却印象深刻，因鲜少有看起来不像混迹欢场的女人身上有如此浓重的烟味。她与施常云的关系，大抵亦是扑朔的。但她不想细究，只期望事情能早些过去，可惜怎么也过不去，只好坐在那里编织各色铺盖，与时间角力。

“大奶奶，有位姓杜的小姐找您。”娘姨跑进来讲，面色也是淡淡的。

“姓杜的？以前可曾见过？”她放下织物，顺手抚了一下有些干糙的额发。

“不曾见过，伊讲伊是二少爷的朋友，有事情要同大太太讲，人现在就在花园里，叫伊进来哇？”

朱芳华点了一下头。

杜春晓身上的棉袄大且无形，腰腹处有些松垮垮的，胸口却是紧绷，一点余地没有。浅蓝底白色碎花图纹颇显别扭，然而竟有一些阳光的感觉。朱芳华惊觉，自己已许久不见阳光，即便口红涂得一丝不苟。

“好香啊……你们中饭吃的什么？”杜春晓用力抽了抽鼻子，样子很滑稽。

“油焖茄子、水炖蛋和清炒牛肉丝。”朱芳华之所以要一五一十报来，兼因在试探自己是否已成不记年月的行尸走肉。

“你可认识我？”杜春晓笑了。

“见过。”朱芳华垂下头，微微有些莫名的耳热，“是你猜中了藤箱里的东西，让埃里耶来向我求证的？”

“对，其实你还是希望不要猜中才是吧？”

无所谓了……

朱芳华在心里想道，嘴上却说：“是有点意外。”

“意外的是我啊！”杜春晓拿出塔罗牌，放到朱芳华手中，道，“我是来给你算命的。”

“我不需要。”朱芳华看也不看，便将牌还回。

“你不想算，我却想算一算呢。”杜春晓竟无视自己不受待见，兴冲冲将牌接过，洗了三遍，摆出菱形阵来，“这一回，想算算施常云到底去了哪里。”

“过去……过去就不用算了，反正我晓得他是在牢里。”她乐呵呵地把过去牌——正位的国王移去。

“未来牌……暂时也不需要。”说毕，那张逆位的隐者亦被她拿掉，只余并排的现状牌。

正位的世界。

逆位的女皇。

“既是世界牌，说明天大地大，任他遨游。不过……到底还是逃不出女人的手掌心哪！到底是养尊处优的大少爷，到哪里都有人护着，所以……”杜春晓突然压低声量，贴近朱芳华耳边，“他现在就在这屋子里吧？”

朱芳华嗅到香烟味以外的狐媚气息，突然有些晕眩：“你在胡讲什么？”

“确切地讲，他应该在楼上施老爷的房间里头吧？漂了白发，化妆成他爹的模样，混过了埃里耶警长的检查，我可有说中？”

朱芳华别过头去，对着外屋站着的娘姨高声道：“进来送客！”

“不必了，我自己走。”杜春晓站起身来，把牌放进兜里，“今朝我不是来见施二少的，所以你尽管放心。”

此时娘姨已踮着小脚跑进来，杜春晓却仿佛看不见她，还是面向在沙发上端坐的朱芳华，道：“大太太，以后记牢少搽一些口红，容易暴露心事。”她又点一点那身材滚壮的娘姨，“刚刚问她老爷的病如何，吃过几服药了，她竟一丁点儿答不上来，只说好似不用服药。这可真是奇了。”

“奇什么？快上来陪我说说话！”

施常云略显尖细的嗓门自楼上传来。

-9-

施常云的老妆化得极好，连鬓角上的雪霜及唇边的纹路都细致入微，杜春晓不禁暗自惊叹。尤其是施常云与父亲生得极为相似，均是五官犀利的相貌。她从唐晖那里也看过施常风的照片，只觉这位大少爷双颊丰满，眉眼清俊硬朗，其阳光温绚之气质，与弟弟的阴笃沉重有云泥之别。

久别后的重逢，虽然气氛古怪，杜春晓却莫名觉得温暖。尤其是朱芳华又给了她一个包着棉布的汤婆子，她捂在手心里，对施常云微笑。

“你爹呢？”

“怎么一见面就问不该问的呀？”他笑了，不过是对着朱芳华笑的。有些男人，不见得英俊、豁达，但时刻散发出某种残忍的优雅，自有感知敏锐的女人会迷上他。

“我就是专门问那些不该问的问题的，你又不是不晓得。”

“那你当初为什么逃离斯蒂芬了？”他突然变得咄咄逼人起来，“这也是个不该问的问题。”

“我没有逃，如果逃了，就不会到上海。”

“那是因为你觉得不服气，解铃还须系铃人，这笔账早晚要算。”他点穿了她的心结，“你是在那法国人来过之后，就知道我取代我爹了吧？”

“不，还要早一些。”

“在你逃狱的时候，我想来想去，你大抵也只有这一种办法。没有人比亲爹更会牺牲自己的。”

“这个牺牲是什么意思？”

“意思是如果有可能，他将永远不会出现，但是又不能被发现他死了。不过你最冒险的是还以你爹的身份去操办上官珏儿的葬礼，人那么多，虽然不大可能都来看你的脸，但你一定不会再冒这样的风险——”她脑中蓦地掠过一道闪电，“不！你绝对不会在乎这个，因为人一旦到了某种权位，就没有人敢当面仔细看你。你对这个一直了解很透，而上官珏儿的姆妈也一直姿态谦卑，逢人便低着头的。只有——”

“只有谁？”

“只有琪芸不是。你竟不担心她会认出你来？”

“可能她早认出来了，只是不讲。”施常云用右手食指摩挲干燥的唇皮，皱眉道，“其实我一直好奇这个女人到底在想些什么。”

“据说，是要与洪帮二当家做笔买卖。”

“什么买卖？”

“我也想知道，也许你比我更清楚一些。”

施常云冷笑道：“但凡提到‘买卖’二字，多半都为求财，你认为洪帮有什么买卖能赚钱？开赌场、设嫖馆、绑肉票、贩烟土……其中必有一件是他们正谈着的。”

“你又认为是哪一宗买卖？”

“这应该问你呀，你们不是雇了包打听吗？”

杜春晓一时语塞，心里模糊想着小四那张晦暗精明的面孔。这些日子她最愁的便是包打听，仿佛全上海滩的包打听都讲好了，竟没有一个肯再被收买，只说：“有别的事。”与小四道别时的托词完全一样。至于这个“别的事”是什么，成了杜春晓目前最大的心结。

“包打听不管用了，最近我所有的消息都来自自己的调查，还有唐晖和埃里耶那里的零星线索。”

“什么线索？你目前最想查的是什么？”施常云又一语切中要害。

“自然是受秦爷委托，找出他的五太太来。”

“恐怕还有别的目的吧！比如小胡蝶的事，再比如上官珏儿的事——”

“还有你的事。”

杜春晓背后“哗啦”一声响，转过头去，是朱芳华打翻了一个瓷杯，正手忙脚乱地收拾。

“杜小姐总是忍不住要知道太多，而且不顾后果。我总算明白为什么斯蒂芬当年会调转枪头来对付你，把你逼入绝境。”

话毕，施常云又摆出一张豺狼的面孔来。

“二少爷，有件事，我一直想问一问你。”孰料杜春晓似乎全不介意，“你为何要把大少爷砍成那个样子？”

“不知道，大概是疯了。哈哈哈哈！”施常云的爆笑声里夹带着朱芳华的纠结，那个碎裂的杯碟，就在她手指上震颤。

“依你的臂力，只要在对方头部砍上一斧，便能将事情了结。何况你头脑精明，要杀掉一个亲人而不坐牢的方法能想出千百种，为何偏偏选了最蠢的一种？还有——”

“杜小姐，我累了。”施常云喉咙沙哑，眼睛只盯着一挂蒙灰的窗帘，再无半点要理会杜春晓的意思。

要找到小四并不太难，然而也不容易。当杜春晓与夏冰再度来到那个桥洞下的时候，发现油布帐篷已减了近一半。天气日渐冰冻，每踩一次地面，脚底板就会生疼，杜春晓的棉鞋还是夏冰的爹娘从青云镇寄过来的，她穿得既舒服又忧虑，因以她的步行速度，实在是不经穿，可质地上乘的牛皮靴又买不起。她想起还在伦敦的辰光，斯蒂芬每年圣诞节都会送她一双鞋，各式各样的，鞋口上偶尔还会围一圈漂亮的狐狸毛。

“怎么人变少了？”夏冰与她有同样的疑问。

“因为天气太冷了。”杜春晓讲这话的时候神情严肃，她是亲见过“路有冻死骨”的。

“今年与往常一样，也要冻死不少人了吧！”夏冰紧了紧棉衣领子，也冷得龇牙咧嘴，“你说小四会不会离开这里回老家了？眼看就要过年了。”

“这种人不会有家。”

“那可说不准，不定在哪个地方还有老婆有孩子呢。”

“那他们就不会一直跟着咱们。”杜春晓突然语气变得古怪。

“什么？”夏冰显然没听懂，但见她已将脸别过，于是顺着她也转过头去。却见几个身上裹得极度臃肿，步履却极其灵活的叫花子正鬼森森地走在后头，一对眼珠子在蓬乱的头发底下转得极快。

“唉！过来，都过来！”夏冰心中大喜，忙向他们招呼。几个人互相拿眼神示意，似是无声地商议，然后其中一个便畏畏缩缩蹭上前来。

“赏几个小钱儿？”那叫花子蓄了一大把胡子，嬉皮笑脸地伸出一只脏污的手。

夏冰往那只手里放了一角钱，道：“兄弟，跟你打听个人，等下给的更多。”

话毕，又给了他几个角子，于是其他几个也围拢过来。

“你们可认识小四？”

几个人似乎没有听见，都低头在数角子，唯有第一个靠近他们的停止动作，抬头瞟了杜春晓一眼。

“你可知道？”她于是紧盯他。

对方犹豫了一下，突然又拼命点头。

“他现在在哪里？”

“这里。”叫花子把银角子放进衣袋，吞了一下口水，道，“前……前阵子从这里漂……漂过。”

他指的，是浑浊不堪的黄浦江面。

杜春晓登时头皮发冷。

-10-

同是死在水里的，黄浦江里的浮尸却与邢志刚有些不同，均是眼睑浮肿，指甲乌青，腹膜僵硬。杜春晓跟埃里耶讲：“这些浮尸一直无人认领，是因为他们都是无家可归的流浪汉，所以怎么死并无人关心，引发的恐慌也不会太大，但是……难道真没有人知道他们的真正死因吗？”

埃里耶戴着白手套的手指一直在翻弄尸体，查看上面的几块尸斑，它们像天花一般布满后背，但他越看眉头便皱得越紧：“死因还要进一步调查，不过可以肯定，这些尸体肺部都没有进水，所以绝对不是溺毙。”

“而且死人数量还在不断增加。”

“那个小四，你最后一次见他的时候，他有没有跟你讲过什么？”

“讲过。”杜春晓心中的悲切愈积愈浓，在看到浮尸的那一刻，她还不见得有多难过，但是愈靠近他，回忆愈多，有些伤感是积沙成塔，不会一下子决堤，“不过他讲的不多，只说有些事要忙。”

“你……见到施常云了？”埃里耶突然发问。

“你怎么知道？”

“关于乔装的知识，我在阿加莎·克里斯蒂娜的小说里已经领教过了，而且我相信一个病重的老年人，是不可能受得了那么响的座钟放在睡房里的。”埃里耶得意地耸了耸肩。

杜春晓对这位法国侦探生出由衷的敬佩：“那为什么不当场拆穿他？”

“因为我直觉这个人不是杀人凶手。”

“何以见得？”

“眼睛。”埃里耶指指自己那对淡灰的眸子，“我接触过太多杀人犯了，所以我认得出什么样的人会成为凶手，什么样的却永远不会。”

“那么接下来，这个游戏又将走向何方？”杜春晓竭力压抑悲痛与惊奇，将手插在放着塔罗牌的衣袋里，随意抽一张出来——恋人牌。

奇怪……她突然有些在意起牌面的本来意思。比如“恋人”，正位是指即刻有事情会产生巨大转变，逆位则是错误的选择。到底是什么样的转变？如果有选择，她又错在哪里？大抵是错在当初没有向小四问清楚他要做的事。

但是，听那老叫花子讲，小四成为江上冤魂之前曾透露过，要去找一个人，一个被他唤作“花爷”的人。

秦亚哲找张啸林喝茶的时候，张啸林的“小八股党”正在外头活动，所以各自身边都只带了极少的几个心腹。舒春楼的艳妓素秋正坐在一旁演奏《春江花月夜》，坐姿与嗓门一样酥甜，但心里却有些惶惶的。因跟前的两个男人，均做过她的入幕之宾，从前他们是抬头低头都不见的，纵晓得会出现在同一场合，亦会尽量互相避让，今次不知怎么，竟主动约到一起。于是她的节奏便有些乱了，生怕是晓得她一人伺两主，所以特意将她拎出来做个了断。不过转念一想，风月场的女人哪一个不是有几个金主？都要计较的话，妓院岂非血流成河？于是又昂头挺胸起来。

“我的小素秋今朝特别漂亮嘛！”张啸林身材矮小，但气度不凡，即便是谈论风月，都有些“不怒自威”的样子，“秦老板，侬尝过伊味道哇？尝过了忘记不掉咧！”

“哎哟。张老板讲得人家难为情，我出去帮侬再添点好菜色，可好？”素秋红着脸起身，将琵琶交给一个清倌儿，那清倌儿接过便出去了。

“菜色嘛等一歇也好叫，侬先过来陪我们吃一杯。”张啸林一把将素秋搂过，素秋笑吟吟地接过酒杯，先干为敬。

秦亚哲一直端坐，仿佛从不认识素秋，杯中红酒也是涓滴未碰：“张老板，我只要你让出一夜里。”

“听到没？”张啸林捏了捏素秋的下巴，笑道，“秦老板叫我让出一个夜里，我张啸林不是个小气人，一个女人家罢了，让就让，不晓得素秋自己的意思如何？”

“出去。”秦亚哲眼睛望着张啸林，话却是对素秋讲的。

素秋当即领会，从张啸林怀里挣脱出来，道：“我先去看看还有啥好菜色，等一歇回过来再计议。”

说毕，人便香飘飘地出去了。

“侬看看，这种女人家是人精哇，讲到关键处伊就逃脱了！”张啸林满面通红，鼻尖泛着油光，像是兴奋到了极限。

“张老板，侬晓得我借一晚上是指借什么。”

“哟哟哟！秦老板这张面孔严肃得来！”张啸林浑身散发的酒气都是嚣张的，“借素秋嘛，闲话一句，女人家就是衣裳，没有什么。借另外的东西嘛，就不是我张啸林一个人讲了算，要看弟兄们的意思。”

秦亚哲喝了一口红酒，道：“张老板，我不是来跟你谈判的，只是来通告你一声，今晚要借我。”

“秦老板这话说得就有点过分啦。”张啸林拉长声调，道，“兄弟们已经在船上了，这会子让他们都折回去，恐怕不大好啊。”

“没关系，我已经让你的几个兄弟都折回了。”秦亚哲啜了一口红酒，两条乖张的粗眉呈现舒展的形状。

“什么意思？”张啸林面色一紧，似乎酒也当即醒了一半。

“意思就是，上一回你让我的人吃‘馄饨’，这一回多少我也得回个礼。”秦亚哲声音不大，但每个字都在戳张啸林的神经。

“我已经跟您解释过了，上次的事与我张啸林无关！那些金条也不是我们动的——”

“那是因为数量太少，入不了您的法眼。如果那次我真在箱子里装满了，恐怕现在您就不会跟我一起坐着喝茶了。”

“我先走一步，您慢用！”

“想找我大哥评这个理？那可要三思啊……”秦亚哲唇边的冷笑寒若冰霜，那是赢家的表情。

“这个事体我们以前就讲好的，怎么现在又反悔？”张啸林登时面色发白，然而语气还是狠的。

“不是我反悔，有人不义在先，我也就没办法了。对了，张老板可是要好菜色？马上就送过来了，莫急。”

话毕，外头帘子一掀，进来的是素秋，手里拿一个银制盖顶汤盆，见她两个男人剑拔弩张的模样，扑嗤一笑，道：“做啥？等菜色等到面孔难看起来——”

她边笑边将汤盆往桌上一摆，刚要揭开，却被秦亚哲拉住手：“你出去。”

素秋刚想再调侃两句，见形势不对，一句话不敢再讲，缩着脖子走出去了。

秦亚哲这才慢条斯理道：“张老板借给我今朝一夜的事情，秦某人没齿难忘，小小薄礼，不成敬意。”

揭开的汤盆里，装了整整半盆血淋淋的人耳，都呈古怪的赤紫色。

“一人一只，麻烦数一数。”秦亚哲道，“看你的那批兄弟，数目可能对得上？”

位于上海老街东段的馆驿街，唐晖已熟到不能再熟，包括寡妇苏氏开的绣坊，被柴火熏得乌糟糟的老虎灶茶馆，都留下过他的足迹，那里有他童年的回忆，以及如今摆脱不掉的诱惑。初来鸦片馆，是被一个朋友拖去的，只说比喝花酒刺激得多，要他也来试一试。不晓得为什么，每每穿过烟街柳巷，金玉仙或上官珏儿精致的眉眼便会在眼前轮番浮现。

如今，她们又在这酸浓的烟雾里显形。上官珏儿裸体冰冷，淡褐色的乳头与心口的红痣向他款款逼近，他伸出手去抚触，她又瞬间逃离，眼里盛满凄楚的泪。

“你不要忘记了……”金玉仙在他耳边呢喃。

“忘记什么？”他心脏怦怦直跳。

“你不要忘记了……”金玉仙又道。他能闻到她身上温暖清淡的花露水味道，脖颈上的汗毛正感受着她柔软的吐息。

忘记……他苦笑，将烟雾深深吸入胃中，身体顿时飘浮于半空，于是踏着金红色云彩步入一幢墙面斑驳的楼房。上官珏儿正坐在那里，手中端一碗莲心粥，发梢卷得很仔细，保持着他们在酒店房间欢好时的形状。她看到他，面色晶莹水润，分明是葬礼上经过入殓师化装成的蔷薇色。

“何老爷慢走！来，送一送！”

一记响亮的招呼打断唐晖的冥想。他睁开眼，见一个背部完全佝偻的老人正往外头走去，虽然一身行头还算富贵，然而眼屎唇沫都暴露在外，一看便是毒素入蚀骨髓，没得救了。于是唐晖便在卧榻上翻了个身，意欲重新沉溺进去，但心里却怎么也放不下了，只觉此人与他在烟馆打过好几次照面，但这些照面之前，似乎还在哪里见过……是哪里呢?

唐晖突然两眼放光，放下烟枪霍地立起，随即一阵头晕目眩，身子又不由自主地坐下。

“客官小心哪！莫急，要慢慢起身来的。”一个伙计忙上来扶他。

他丢下一沓钞票，便冲出门去，大约走了半条巷子，才望见对方畏畏缩缩往一个丁娘棉布坊那里走去。

“何管家！”唐晖扯开嗓子叫道。

那背影果然怔了一下，然后继续往前。

“何管家！”唐晖追跑了几步，轻松赶上，抓住了他的右臂。

“侬认错人了！”老何无力地甩动臂膀，眼神竟惶惶的。

“没认错，侬从前就是在月老板家做事的！”唐晖不晓得为什么，竟莫名激动起来。一来是想到月家被灭门的惨状，二来因不曾为月老板报仇雪恨，反而自己的两个朋友还在为仇人卖命，这一点始终令他无法释怀。

-11-

较之月家葬礼上看到的老何，现在他已憔悴得不成人样，才五十多岁的人，看起来鸡皮鹤发，俨然八旬老翁的模样。唐晖起初还当他是思主心切，煎熬成这个样子，可转念一想，便领悟到那是“福寿膏”的威力。

“何管家，如今在哪里高就?”

因天气阴冷，茶楼里格外清静，偌大一层楼面里，只坐了五六个客人。老何抽了一下鼻子，用大拇指上一枚老玉扳指磨了磨下巴，与其讲是要叙旧，不如说是在琢磨着怎么逃走。

“何管家，我有几件事一直不太明白，在这里能不能就此问个清楚?”唐晖险些被鸦片蚀空的脑袋突然又开始正常运转。

老何只是鼻子里轻轻哼了一声，并未作答。

“月老板被杀当日，您应该也在公馆里头伺候他两位夫人吧？怎么除了躲在床底下的二夫人之外，单单就您逃脱了呢？”

“当时，我恰好去了厨房——”

“当年月老板庆祝女儿诞生，在公馆举办晚宴，我曾来过。案发现场的客厅与厨房只隔了十几步的距离，倘若您听见枪响这样的大动静，第一反应就该跑入客厅，更何况月太太死前手里还抓着唤佣人用的摇铃，您不可能听不到。”唐晖见老何只阴着脸，一副“死猪不怕开水烫”的模样，便忍不住动了真气，于是逼问道，“为什么秦亚哲的人独独放过了您？”

“这位唐先生，我何某人命大逃过一劫，你倒来疑我？哈！哈！”老何突然干笑两声，“你们年轻人的想法，我真是不明白啊。”

“我也还有不明白的地方，比如何管家你三天两头与我在烟馆碰面，想来应该是没有在别的公馆高就，您是哪来的本钱花在这大烟上头的？”

孰料老何摆出一脸鄙夷神色，不慌不忙端起茶盅来喝了一大口，说道：“我有没有钱抽大烟，自有我的来路，侬一个小赤佬无权过问。我要回去吃饭了，侬随意。”

刚转身跨出去几步，唐晖的声音如冷箭射中老何背心：“我能随意，月老板却再不能随意了，得在阴曹地府睁着一双眼，等待沉冤昭雪的一天！”

“年轻人——”老何缓缓转过身来，拿一对浑浊的眼珠子打量他，“有些事情，你能管，有些事情，却是不能管的。你听我劝，回去吧。起码现在还有大烟抽，有茶喝，若再多管闲事儿，说不定后头连这个都没了。”

“如此说来，您确实知道些内情？”唐晖紧追不放，“那些我不能管的事儿到底是什么？月老板的死是不是与你有关？”

老何不再作答，径直走下茶楼去了。

次日，唐晖收到消息，讲这位昔日的月家大管家在家中自尽，尸体被发现时，喉中塞满了鸦片膏。

“必是那何管家知道些什么，良心上过不去才寻死的。”杜春晓这样讲，不晓得是真心话，抑或只用来宽慰唐晖的。

唐晖突然仰面长叹，杜春晓从他眼角恍惚看到一些老年人的沧桑，于是暗自吃惊：难不成他已过了年少轻狂的心境？在她的印象里，男人一旦心态早衰，便注定要不幸，它与成熟不一样，后者让男人更容易成为枭雄式的人物。就这一点来讲，她偷偷希望夏冰永远都是个孩子。

“有些事体，永远也过不去的。”他眉间的阴影愈发深浓了一些。

她走近他，盯着他的脸看了好一阵儿，突然笑了。

“怎么？”他的口吻连诧异中都带有些麻木。

“没怎么，只是在想，这个时候如果吻你一下，你会是什么反应。”她眼里闪动的竟是情欲的光芒，这平日里傲气懒散的女人，却是真情外露且有目的性的。

他看她的眼神亦略有所思，突然鼻尖发红，似是激动起来，道：“其实，我现在只想有个人能靠近我。”

杜春晓的吻里，有烟味，有口水味，有区别于女性的强势和热烈，既迫切又极具侵略性。唐晖几乎要碎在这样的吻里，这令他愈发想念上官珏儿的吻，她是随着他的，像人鱼之吻，会诱发他空伤怀；杜春晓则更似鼓励，甚至带点戾气，不是他希冀的抚慰，于是他不由自主地将她推开……然而已来不及，他一直放在外套内袋里的采访本如今已到了杜春晓手里。

“没饭吃的时候，我也做小偷的。有一回得知要给一个品性刁钻的当铺老板娘算命，为了让她服气，前一晚我就把当铺里的几件宝贝给顺了，换了钱维持书铺开销，顺带让那蠢女人心服口服，以为真是我塔罗显灵，算出她失窃的东西到哪儿去了……”她一面讲，一面翻开卷了边的簿子，一张泛黄照片掉了出来。

“还我！”他几乎是扑向地面，手指刚触到照片，她却抢先一步将它捡起，重新夹回簿中。

“你自上个月二十号以后便再无采访记录，说明这东西已经用不着了，放我这里保管着，择日奉还。”说毕，她已径自将簿子由领口塞进，一直抵至胸前。

唐晖张了张嘴，似要开骂，但回想起先前那个心机暗藏的吻，又硬生生将恶言吞了回去。

事后，夏冰质问杜春晓，她只一脸沉重道：“因为他给我的感觉，愈来愈像个死人了……”

施常云的胃口像是越来越好了，与杜春晓一道吃饭，后者狼吞虎咽都比他不过。最后只得认输，放下两只刚抓过烤羊腿的油手，讪讪笑道：“你果然是吃中豪杰，斗不过你。”

“其实男人的食量素来比女人要大些，只是平常都空出位置来留给酒了，所以让你们误以为我们不爱吃东西。”施常云拿毛巾擦了擦唇角，笑道。

他的一派悠然，让杜春晓来了气，道：“也不问问我何以三天两头到你这里来转？真当只是蹭吃？”

“你想说的，自然会说，不说便是要瞒着我的，我纵撬开你的嘴也无济于事。”他那张原本皱纹纵横的面孔，竟被美食撑得皮肤挺括亮泽。

“那我可告诉你了，前些日子，唐晖恰巧碰上了月竹风家的何管家，他如今大烟抽得极凶，也不知哪来的钱。因唐晖疑他与月家灭门案有直接关系，他竟吞鸦片自尽了。你说这事奇不奇？”

“不奇啊。”施常云心满意足地啜了一口茶，道，“何管家我是不认得，但之前我也奇怪怎么灭门没当场把管家一起做掉，想来他必定是收受了好处，从中串通的。管家嘛，在主人家里有些小偷小摸也是常事，若要钱要得急了，什么事做不出来？”

“可他是用什么法子让人来灭门的，也只有施二少你晓得了。”

“何以见得我会晓得？”

“因为太巧合，怎么小胡蝶一失踪，唐晖在报纸上一曝料，月竹风就被暗杀了？两者之间肯定有必然联系。至于是什么联系，就只等施二少告诉我了。”

施常云沉默了好一阵儿，只盯着杜春晓看，半晌才道：“跟你做交易真是麻烦，还得包娶老婆包生孩子。我已经把斯蒂芬出卖了，就别再管其他事了。否则，再发展下去，谁也不晓得会是什么后果。”

“你把斯蒂芬的事告诉我，本就是在他计划之内的，所以这个交易本来就不公平。如果你不把真相告诉我，那你偷梁换柱的事体也莫怪被别人知道！”

施常云果然脸色有些难看，但很快便恢复镇定，像只是嗑到一粒坏掉的瓜子：“杜小姐，有句话叫‘各安天命’，许多事情都是强求不来的。你与斯蒂芬之间的恩怨，恐怕一时半会儿也了结不掉，但另一边，洪帮二当家的事体如何还没解决，恐怕……你死咬我不放也没有用。该放手的还得放手，该死的人也一样会死。”

“没有人是应该死的。”杜春晓拿出一张死神牌，移至施常云手边，“死神的逆转必将迎来新生，我查案素来不喜欢以多死人为代价。”

“这又由不得你。”坐在身后一直埋首编织的朱芳华幽幽叹道。

杜春晓看着死神牌上披了黑斗篷、手持镰刀的死神，无端觉得它有股正面的力量，于是将牌收回，与其他二十一张堆到一起，洗牌，摆出大阿尔克那阵形……

“过去牌，正位的星星，说明是见财起意，终导致多宗血案的发生；现状牌，逆位的皇帝与正位的力量，可见你们是群龙无首，终导致某些人渔翁得利；这张未来牌倒也颇有意思，竟是正位的世界，那可是老天爷长眼，表明邪必定不能压正的态度。施二少，这塔罗可有说对？”

“嗯。”施常云点头道，“算到个七七八八吧，不过要理顺关键的一环，就得看你的道行了，单凭装神弄鬼绝对不成。”

“施二少，你没有杀你大哥吧？”

临走前，杜春晓神色淡漠地抛下一句话，将施常云牢牢钉在了座椅上。

-12-

见到花爷的时候，琪芸已经不再焦虑了。她戴着精致低调的黑色无边圆帽，搽深红色唇膏，手中的香烟散发出清香的薄荷味，原本略显平整的双颊用胭脂打得微微隆起。红石榴餐厅的点唱机里播放的爵士乐低沉缓慢，空气依然寒冷，只是通过食客的呼吸焐暖了一些。

“他们再也等不了了，必须尽快。”琪芸怔怔盯着指间的烟，实际上每吸一口都令她烦躁，可就是怎么也停不了。

“秦亚哲那边的事情已经了结了，东西都有了，你还怕交不了差？”花爷冷笑。

“你明知道那东西只能顶一时的，我必须找到那箱货，否则——”

“否则你就得被打回原形？”

她抬头整了整脑后精心梳起的发髻，颤声道：“这不是打不打回原形的问题，关系到太多事情。”

“依我看，这最要紧的事情，是放毕小青回去，否则你可还得这么样两头受击，早晚会被压成碎片。”花爷慢吞吞地搅动了一下杯中的咖啡，将面上一层薄脂搗得七零八落。

琪芸瞬间感觉如坠冰窟。

次日，秦公馆门前又出现了一个藤箱，与装邢志刚的箱子从式样到大小均如出一辙，所以底下人亦不敢贸贸然打开，只慌忙向秦亚哲禀告，抬进公馆内的客厅。打开的时候，众人都拼命忍住捂鼻的冲动，因前一次已尝过被尸臭呛喉的滋味。

所幸这一次，箱子里装的不是死了的舞厅老板，却是昏迷中的毕小青。这位秦家五姨太如砧板上的鱼肉一般出现，只穿着一件绣花图案过于浓艳的短褂，每道走线都找不到头的，别致中带有一些异样的硬朗。全身绵软，仿佛体内已被掏空，只余沉重的呼吸，除了那只断了一指的浮肿右手还缠着纱布，她几乎是健康完好的。

新聘的管家略通医术，试过鼻息之后忙将五太太从箱内抬出，粗粗检查了一番，抬头对主人道："谢天谢地，只是被下了点蒙汗药，晕过去了，过一歇就好了。"

秦亚哲看着昏迷中的毕小青，一言不发。

三天之后，杜春晓出现在秦公馆，只说是来要钱。

"这可奇了，人也不是你找着的，凭什么来拿钱？"

"就凭我们为秦爷拼过命呀！"杜春晓说得理直气壮，"秦爷大抵是忘记了，当初是谁通过旭仔那条线找到了邢志刚的下落，又是谁用借刀杀人的法子让邢志刚送了命？"

"借刀杀人？"秦亚哲当即有些激动起来，"杜小姐想来是记性不好，我要你们去赎人，结果赔了金条又折兵。那广东人我是放了，目的是要通过他那条线找到邢志刚，谁知道他不知发了什么疯，竟对自己的老板下了杀手。如今小青能回来，怎么又成了你们的功劳？于情于理，这个钱我都不该付。"

这一番奚落，不但未让杜春晓退却，反而愈发从容。只见她拿起盘子里的一块蟹黄酥塞进嘴里，大口嚼了一阵儿，方才说道："我记性不好，秦爷却是脑筋不好！也不想想，五太太能平安回来，可不是邢志刚的善行，若非我们从旁周旋，您以为想找的人能平白无故出现在大门口？”

秦亚哲一对铜铃般的大眼望着杜春晓，两只眼珠燃烧的火焰似要将人灼穿。杜春晓亦如此回视他，虽心跳如鼓，但她晓得，在“故弄玄虚”的游戏中，神棍是绝对不能输给任何人的。

“哈哈哈哈……”秦亚哲发出惊天动地的狂笑，“杜小姐够胆量！这个钱，我给！”

过一阵子，我跟您要的可不只是钱了。

杜春晓心里这样想着，遂也笑出声来。

毕小青虽缺了一根手指，表情却未曾露出半点痛苦。对镜梳妆的时候，迅速而细致，一丁点儿不似受了伤的人，描眉时裹纱布的手仍举得高低有度，一板一眼，看得出她有些心急，但节奏却很得当。娘姨要上来帮忙，均被她拒了，只说：“一边去，这个活儿哪有叫人替的？你不如替我吃饭如厕？”尽管脸上有些余怨未褪，但无论谁来问她被绑架的日子里发生过什么，她总是摇头，称“不记得”。唯有秦亚哲隐约觉得，她并非不记得，只是怕一旦翻出这些事情来，谁都不能接受。从清白到尊严，哪一件都不容坦诚。

虽是半软禁的境况，毕小青偶尔还是会抽空走出公馆去买些衣物，另几房姨太太在被送去杭州之前，不知怎么都潜进她屋里去过，顺带拿走了她极好的几件行头，于是只得重新去裁些衣服来。秦亚哲竟也睁只眼闭只眼，由着她出去，两人更没有要再同房的迹象。毕小青要把从前的娘姨朱慧娟请回来，秦亚哲却死活不肯，于是只得将月姐从厨房调拨回来。月姐略有些不情愿，但做了几日，发觉传说中被娇纵惯了的五太太并不如想象中那般刁蛮，便也没了怨气。何况月钱也跟着加上去了，那边夏冰还不时从她那里探听些消息，给她些外快。

在月姐眼中，劫后逃生的五太太确实行径可疑。譬如她只躲在自己房里吃饭，吃得也极少，但三餐不漏，偶尔夜里还要些绿豆糕之类的点心垫饥。这倒也罢了，好几日清晨起来竟都要对着痰盂干呕，而且看似食量小，一日多餐这样的吃法，加起来却是不少了，于是盘算下来，便推测五太太怕是怀上了！

这件事自然不能让秦老爷知道，尤其是推算了一下，五太太整整离家三个半月，那纤薄身板却丝毫不像是怀了那么长时候的，所以愈发说不得。可说不得归说不得，说还是要说，月姐于是找了新来的管家嚼舌根。那姓李名治的新管家倒是区别于原先花弄影的姘头，年纪不大却极稳重，见月姐吞吞吐吐在那里试探，便笑道："之前我给五太太检查过，有没有怀孕不晓得，不过有一点可以肯定，如果谁敢动五太太一根指头，或者嚼一次舌头，老爷必定会对那人——咔！"他用两根手指作剪刀状在伸出的舌头上比画了一下。

自此，月姐才晓得李治与其他的下人完全不是一路的，秦亚哲这次也是慧眼，找了个了不得的人物。不过这位李大管家的狠毒与城府，月姐后来才真正领教。

随着时间流逝，毕小青渐渐开始显怀，怪道她后来买的衣裳都要大两号，原先月姐有些不解，如今知道她这个事体，亦只得顺着。心知肚明，同时万般纠结，要不要讲出来也成了一桩难事，不讲，怕东窗事发时被"连坐"，讲了，恐怕知道太多的碎嘴下人也是府里容不下的。当然，毕小青也怕出嫌话，每个月都会剥下裆部有血迹的裤头来叫月姐去洗，但同时手指头上也总有割破皮的伤口，女人要瞒这样的大事，吃的苦头是男人难以想象的。尤其半夜腹痛起来，不能叫唤，只咬牙忍着，喉咙里发出一点点压抑的呻吟，睡在外屋的月姐其实听得真真切切，却只得装睡，不敢进来揭破这层纸。

冬至那天，李治吩咐厨房下了汤圆，给秦老爷与五太太送去，这夫妻二人照例是各吃各的。不过毕小青只吃了一口便放下了，嫌芝麻馅的太甜腻，要换肉馅的。不消一会儿，李治便叫月姐去厨房端咸汤圆出来，她急颠颠去端了来，放到五太太跟前时，却见那甜馅的碗里的六只汤圆全不见了，于是脱口而出：“原来那碗呢？”

“都被我倒掉喂狗了，看了就倒胃口！”毕小青捂着嘴唇道。

月姐知她其实是吃光了，也不敢怎样，便将咸汤圆放下，出去了。

孰料到了半夜，毕小青连起了三次夜，一次比一次辰光待得长。后来实在忍不得，叫了声“月姐”。月姐只得披衣起来，扶住在马桶上已站不起来的五太太。

“要不要叫医生瞧瞧？”

“你这是放屁呢？不过拉个肚子，还要这样兴师动众？”毕小青面色煞白，汗珠一颗颗爬过面颊，流得脖子上都是，双手紧紧捂住肚子，眼里满是泪花。

“那……那要怎么办？”月姐已急得六神无主，双腿不住打战。

毕小青眉头紧皱，已无力气说出个字。月姐屏息将她的裤子提起，谢天谢地，尚未见一点血迹，于是放心把人扶到床上。她一沾床铺，果然整个人便蜷成虾状。

“五太太稍等，我去叫人来帮忙！”

毕小青“不要”二字还来不及出口，她已跑到外头了。

月姐去敲李治的睡房，只敲两下便开了，李治衣着齐整地站在那里，劈头便问出了什么事。她结结巴巴还未将事体讲清楚，他人已先她一步走出来，她只得跟在后头解释，但越解释越乱。直等二人到了毕小青的屋子门口，他转身只说一句“你在外头等一下”便进去了。

月姐僵立在门外，整整两个时辰。

这两个时辰里，她思路也清爽了许多，已觉察出李治的异常。他的鞋子、长衫、放在手边的医药箱子，一切的一切，仿佛就是为五太太准备的！

李治出来的时候，身上衣服像是换了，变成别扭的赭色。

“五太太怎么样了？”月姐神色忐忑地问道。

“白天的咸汤圆吃坏了，可能是肉不好吧。我给她做了些针灸，把她肚子里的东西清干净了。”

“清……清干净了？”她即刻背上发毛，仿佛有数百只幽灵的手正贴在那里。

“没错。”李治目光冰冷，浮起一丝轻笑，那笑里是掺了残忍的，“清得一干二净，绝无后——顾——之——忧。”

“李……李管家，五太太年纪还小——”

“年纪小就更要小心着了，东西绝不能乱吃，否则像今朝那样，吃得又甜又咸，不拉肚子才怪。五太太过后倒没什么，只苦了咱们下人，秦爷若怪罪下来，谁担得起？是你？是我？还是那个据说在杭州疗养，却死于难产大出血的二太太？”

“二太太大出血死了？怎么也没——”

“怎么也没办丧事是吧？秦爷的人，命都在秦爷手上，丧事也是他想办才办。换言之，他让二太太活，二太太才能活，他要她死，或者死了不办丧事，也使得。所以做下人的，在力所不能及的事情上头，就得放手，但有一点可以肯定，要保自己，就得保住主子，自古宫廷里就这规矩，这里也是一样。所以，把主子身上不太好看的事情都清理干净，才是做下人的本分。”

“你少说好听话！”月姐已气得怔怔的，“必是你当日给昏迷中的五太太检查，就晓得她怀上了。可是家丑不可外扬，讲给秦爷听，少不得你自己也要遭殃，所以今朝才来下这个狠手，你还是不是人？”

“是不是人不要紧，重要的是得活着，到这种地方做事，你还能把自己当人？”

李治一席话，将月姐的愤慨与怜悯统统堵回去了。她站在那里良久不敢进屋，也终于看清李治那件颜色古怪的褐色长衫，实是原来那一件反了面来穿的，那是里子的颜色。至于面子上是什么光景，她早已不敢想。

-13-

上海老街的鸦片馆，靠近最边角的总是生意最兴隆的。那里原是长三书寓的地界，被包养的倌人均在自己的地盘设烟榻接待金主，后来南京政府要求娼馆严查管制，一些私娼便渐渐没了踪影，只余偌大的屋子，成了正宗大烟馆。唐晖常去的那一家，便是哪个出名的倌人留下的住宅，墙壁都是胭脂色的，烟榻肮脏不堪，连木头窗上的灰都不曾揩一揩。他坐在窗口位置，只觉灰尘不断往鼻孔里钻。

之所以愿意在这样的地方久留，一是摆脱不掉瘾头；二是那一家去久了还能赊账；三是一个叫张炽的伙计态度尤其亲切，每每见他等烟管等得无聊，便会上来聊几句。后来才知道，这个张炽原来在面馆做过，后来因经不住烟馆老板出的高价，便跳槽过来。张炽并没有三头六臂的能耐，只嘴皮子厉害，不管来客身份贵贱，他总笑脸迎人，所以特别招待见。唐晖喜欢他还有一个原因，便是他从不嫌弃他这样手头拮据的客人。

“唐少爷，今朝身上钞票有了哇？没有的话，我跟老板也不好交代了。”

这几日唐晖过来，张炽还是殷勤地为他掸一掸烟榻，招呼却又打在前头。

“怕什么怕？不好交代，我自己去交代！”唐晖断不敢理直气壮地赖账，只得觍着脸，只是形销骨立的模样已同鬼魅无异。

“嘿嘿……”张炽赔笑道，“要嘛……唐少爷今朝不要在这里抽了？”

唐晖这才恼了，一把抓起张炽的胸口衣襟，骂道：“小赤佬，侬敢赶我？”

“不敢，不敢呀！”张炽倒也面不改色，继续道，“其实是为了唐少爷好，这个东西抽不得多。”

“我乐意抽，你管那么多作甚？”

“唐少爷乐意抽，可乐意给钱？”

一提“钱”字，唐晖的气焰顿时矮了半截，嘴里虽仍是骂骂咧咧，却再不敢大声。只可惜即便如此，也让掌柜的听见了，对方大手一挥，将算盘往旁边撸了撸，高声道：“小张，带伊出去！”

“我不出去，我要抽这个！”唐晖将鼻涕一抹，当即要起赖来。

于是张炽那张媚俗的笑脸上皱纹挤得更深，忙道：“唐少爷误会咧，不是要赶侬出去，是带侬去另外的地方吃。”

“啥地方？我不去！”

“跟我去，那个不要钞票。”

“做啥不收钞票？世界上有这样的好事？”

“有唉，如今有了别的规矩，就是每次新进鸦片，都要叫几个熟客尝尝看。侬晓得，现在每批货进来的渠道都不一样，所以一定要试过才可公售。唐少爷平常也算关照得多了，所以也轮到我们关照一下唐少爷，可好？”

唐晖半信半疑，将大衣披起，跟着张炽走进里边一个静谧的房间。那里的空气明显要潮湿许多，一张长桌上摆了几只藤箱，都已经打开，里边密密麻麻整齐装着两排青绿色瓷瓶，瓶口都封了蜡。他一闻见瓶口那熟悉的香味便心中大喜，抬头对张炽道：“小张，看来侬真是关照我呀！”

“就是，就是嘛……”张炽的笑容有些僵硬，他隐约觉得唐晖身上有一道光晕，却又看不出是从哪里放射出来的。

“快！去把我的烟枪拿来！”唐晖的声音又急又喜。

拿到钱之后，杜春晓又终日蹲于黄浦江边看死尸，有时好几天没见一个，有时一天漂过来好几个。不过如今除夏冰之外，她又多了一个陪她看死尸的伴儿，那人便是埃里耶。他一面紧紧盯住湖心，一面嘴巴不停唠叨：“杜小姐，我上个礼拜心血来潮查了一下施家大少爷的命案，看到验尸报告上写着，施常风虽身上被砍了几十斧，但真正的致命伤却是背后的一处刀伤，可见凶手是先从背后捅了他，然后——”

正说着，江中已有惨白起皱的浮尸被打捞上岸，埃里耶忙上前翻查一番，像是对死亡有异常的执着。这些尸体特征依旧大同小异，是长发散乱的赤裸男性。

但是今朝，似乎二人等到了“奇货”，竟有一具短发的尸首漂过。

埃里耶如获至宝，挤到最前头，站在负责打捞的巡捕跟前指手画脚。因他是个洋人，那些巡捕当即也不敢怎样，只得忍气吞声由他发号施令，只没人听得懂他半生不熟的中国话，所以并未搭理。杜春晓则懒洋洋跟在后头，双手环抱，心里惦记的却是那个包打听小四。

“你看，这个死人很特别呀。”埃里耶已不顾周遭的围观平民，径直将手指伸进死者口腔，掰开他的嘴巴看了个仔细，边看边喃喃道，“他的牙齿看起来像是定期去看牙医的，而且头发起码在一个月前也是修剪过的。”

因为埃里耶惊人的行为，身边起哄者、窃窃私语者不断，几个巡捕也对他偷偷翻起了白眼。唯杜春晓呆若木鸡地站在埃里耶身后，两眼呈现深渊一般的浓黑色。

“不用查了，我知道他是谁。”

她梦呓一般的语调，似是地狱冤魂。

唐晖……

这个令所有女人一见便会钟情，继而沦陷的奇特男子，他与她从相识那一刻开始，便已知道彼此该以什么样的身份来维系关系。他为人坦诚，却又有些秘密；他多情，但不代表不负责任，对诸多女子来讲，他甚至都算不得一个好人，可又是那样惹人怜爱。仿佛上苍给女人心上打的一个死结，她们以为可以忘记他，实是永远都会惦记着的。

四周已化作寒夜，冰冷、哀凄。杜春晓心如刀绞。

张炽对鸦片这东西保持一定的敬畏，他端着它们走到那些软趴趴的熟客跟前，看他们清一色的颓靡、懒散，浑身骨头均抽走了一般，所以他深深明白，这不是仙丹，是毒药。而且如今走夜路回家时，终觉那老街特别长，有鬼魅在身后飘荡不歇，仿佛要向他讨还一个公道。

“别……别找我！”张炽壮起胆子，回头吼了一声。

其实身后并没有什么，唯冷风呼啸，地上的青石板结了雪白的霜，一踏一个脚印。几个尚未打烊的酒肆与花烟间都还亮着黄澄澄的灯，光线还不至于昏暗，却无端照出他许多的影子来，于是愈发像恶煞附体，吓得他几乎抬不动腿。

“我好冤哪……”

什么声音？一记阴恻恻的呻吟在张炽耳边扫过，他神经即刻紧绷，头上的狐皮软帽已挡不住发自内心的寒意。

“谁？什么人？”

他试图说服自己只是听错，于是继续垂头往前走。孰料又传来一连串凄怨的泣音，夹在风里盘旋而过，宛若看不见的手，悄悄擒住了他的心脏。他在原地站了一会儿，断不敢再回头查探，于是两眼一闭，继续往前。

“我死得好冤哪……”

他再不敢前进，因为直觉这一次，声音来自他的前方——不！那鬼该是就站在他跟前的！他用两手捂眼，扑通一下跪倒在地，头皮瞬间冰冷彻骨。

“饶命！饶命啊！”他这样大叫，希冀此时有个路人能走过来拍拍他的肩，说一切只是幻觉。

“这位客人，可要买个人头去？”

那鬼声线尖细，仿佛用钢丝勒成圈，轻轻套在了张炽的脖子上，掌控一切，只等将钢圈收紧。

“我……我……”张炽拼命摇头，事实上他对那只鬼的古怪问题完全无法理解，只能一味拒绝，至于在拒绝什么，他自己也不明白。

“这位客人，可要买只人肝去？”那鬼继续问。

“我不要！我什么都不要啊！”张炽突然哇哇大哭起来。

那鬼发出一阵凄厉的尖笑：“这位客人，可要买两只眼珠子去？”

“冤有头，债有主，不是我害你们，真不是我害你们的！”张炽一面哭，一面拼命磕头。越磕脑袋越冷，令他深信自己半只脚已踏进了鬼门关。

“那你就讲讲，是谁害死我们的呀？”

鬼的声音突然变得亲切而熟悉。张炽抬眼一看，只见从前因高文被害一案向他套过话的戴眼镜的后生，如今正戴着从他头上掉落的狐皮帽，笑嘻嘻地看着他。

“哎哟！”张炽拍着心口大声喘气，“这位爷爷唉，你可吓死我了！”

“不是怕你吓死，是怕你脑袋撞那青石板撞死了，变成冤魂向咱们索命哪。”

张炽背后传来的女声，叫他寒毛再次竖起，忙回头看，只见杜春晓正笑嘻嘻看着他。

张炽从冰硬的石板路上站起，一只玉扳指从他脚下滚出老远……

第五章　祭司神的真相

“当然是大事！”

杜春晓翻开十字状交叠中底下的那张现状牌

——正位的隐者，

“你看这张牌，说明事情办得还不太妙，

该找到的东西都藏着，所以麻烦大了。”

-1-

秦亚哲与施常云面对面坐着，两个人似乎都不想开口讲话，只是盯着对方。在这么静谧古怪的气氛里，横在他们中间的朱芳华的尸体像是根本不存在似的。

朱芳华怒目圆睁，两只手在空中摆出扭曲的抓挠姿态，双腿大张，旗袍下摆一直盖到脖颈下方，露出血津津的私处。

施常云面无表情地看着这个女人，仿佛在看一张极普通的桌子。

“施二少，你应该晓得会有这样的下场。”秦亚哲缓缓开了口。

“我晓得。”施常云竟笑了，往嘴里塞了一颗巧克力。

“你要弄清爽，等一歇我对付你可是要比对付她狠十倍，但愿你吃得消。”

施常云将巧克力嚼得更猛，嘴里发出“吧嗒吧嗒”的巨响，像个全无教养的平民：“秦爷，是祸躲不过。我施常云既然栽在你手里头了，自然也不怨天尤人。要杀要剐，你自便。不过……想要回那东西，却是不可能了。”

秦亚哲沉默片刻，对一旁正在拴裤腰带的几个小流氓道：“动手。”

只可惜，话音刚落，施常云便已瘫倒在椅子上不动了。嘴角的血痕与他豺狼般的冷笑搭配得天衣无缝，脚边还落了几颗未吃完的巧克力。

秦亚哲刚要发作，却硬生生停住。因发觉施常云那一双满是嘲讽的眼突然变得温柔了，深褐色的瞳仁分明正瞟向地毯上死状惨烈的朱芳华。朱芳华神情虽愤怒，那双暴睁的双眼，在弥留之际亦是望着施常云的。

他蓦地想起毕小青，都是那样外柔内刚的女子，脾性倔如磐石，于是背上无端地刺痛起来。这种痛很微妙，像有人在他背上偷偷剐肉一般。每次只剐一丁点儿，只因那痛尚且忍得住，所以并未在意，但长久下去呢？他未曾再往下想，只淡淡说了句："给我再搜一遍，最好能找到施逢德。"

不消一刻，整个施宅已被翻得底朝天，连花坛和石板都被撬起，可惜一无所获。这一边，李治正在处理两具尸体，之前他一直守在门外头，只等事情办完，才进来收尾。钳掉手指，用刀从死人的下颌处一直往上挑剐，将面孔割除，剥光衣裳，用石灰块止血……一系列动作娴熟得叫人惊讶，最重要的是，临走前他还命人将地毯抽掉，带到车上。

于是，整座宅子便只是失踪了两个人，有盗贼进入过，除此之外，全无血光之灾的迹象。至于乡郊野外的哪只土坟像是被翻新修整过了，那也再正常不过，诧异的无非只有坟主而已。

操办完毕之后，李治拉开车门，对秦亚哲淡淡道："老爷，都收拾干净了。还在花坛底下刨出一具男尸，看年纪穿着，像是施家大老爷的，我也一并处理了。"

"怎么死的？"

李治顿了一下，道："舌头都腐烂了，看不太清楚，瞧样子像是中毒。"

秦亚哲脑中掠过施常云面色污浊的死相。

这样的事，秦亚哲不是第一次做，但是最近他竟有些力不从心起来。尤其每每在毕小青面前，她看自己的眼神里不是憎恶，竟有些同情与怜悯，这令他如芒在背。

“侬到底也不打算跟我讲话？”他偶尔也会负气问她，“侬做了这许多错事体，我都没有怪过侬，侬难道是铁石心肠？”

她只是别过头去，就此不再看他，那气赌在哪个环节上，无人知晓。更令他不服的是，如今与这位五姨太最亲近的人，反而是她的娘姨。他虽偶尔也施些小钱，向月姐打探些情况，但对方讲的无非是毕小青吃穿用度上的无聊事，他恍惚觉得自己在与她的消息共同生活，至于活人，可能连同她的心都飞到了九霄云外。

埃里耶跟踪艾媚并没有遮遮掩掩，两人似乎是在心照不宣地玩游戏。他走在她后头，她便也坦坦荡荡让他跟，并没有想方设法躲闪的意思，甚至出入斯蒂芬的公寓时都不避讳。偶尔的，斯蒂芬还会跑出来，主动邀埃里耶享用下午茶。不晓得为什么，艾媚烤的松饼非常美味，令埃里耶极度怀念在法国乡村的安逸假期生活。

“埃里耶先生，其实我的孤独，是女人无法填补的。”斯蒂芬常常会这样感叹。

“那要什么来填补？金钱？”埃里耶笑眯眯的，这样的午后，这样的阳台，除了下午茶同伴不太让他惬意之外，其余部分几近完美。

“难道钱这个东西能缺了？有了钱，才会有女人，有一切。”斯蒂芬啜了一口茶，阳光落在他金色的眉毛上。让周遭光线都围着他转，似乎是漂亮男人的专利。埃里耶隐隐有些嫉妒，但只要看一看艾媚走火入魔的神情，便很快释怀了。

“有些女人，你没钱她也跟你，那对你来讲，不是最大的财富吗？”

“你是指她？”斯蒂芬瞟了一眼书房，门虚掩着，露出艾媚翻书的侧脸，旗袍上的金紫色芙蓉一团团盛开。不知为什么，她的少妇装扮令埃里耶有些心痛。

“我应该说天真呢，还是太善良？”斯蒂芬继续冷笑，丝毫不曾在乎是否会让艾媚听见，“人与动物的相似之处在于，都知道自己要什么，所以艾媚不是我要的女人。”

“只是棋子？”埃里耶咄咄逼人。

“嗯，有些人，只适宜做棋子。”

斯蒂芬直言不讳的态度让埃里耶颇为意外，但他知道，对方如今从哪个方面来看都是清白的，审问他会非常困难。

“斯蒂芬，那两个入室劫杀高文的俄国人说，你曾经讲过，即便你没在这桩凶案中分得一分一厘的赃款，你也是最后的赢家。这个话，到底是什么意思，我至今都没想通过。”埃里耶深吸一口气，道，“但是，您这番豪言倒是激励我了，我最看不得罪犯在侦探面前自称胜者。如果说你们都是艺术家，那么侦探就是艺术品鉴定人，你们的作品完不完美，还得我们说了算。”

“没错。”斯蒂芬抹了抹嘴角，浮起一个蛊惑的笑，“那到时还望您多多指点。”

“要吃点咸点心哇？”艾媚从书房内探出头来问道。

在琪芸身上，旭仔闻到一股久违的气息，妩媚的，缠人的，贫瘠的，似进入尾调的香水，有诀别感。他紧紧抱住她，欲从她体内挖掘一点温良。孰料她终是平淡如水，乳房平平地贴在胸前，身材鱼一般修长，只在臀部微微滑出一个橄榄型弧度。

“我可一直当你对女人没那兴致呢，原来竟能厉害成这样啊……”她在他下面呻吟，他望着她的面孔，像观察某个稀奇物种。

“来，再来。”她抱住他，用力往自己内部刺探起来，“你若能再来一次，我就服你。”

他有些激动起来，器官在她体内抽搐伸张，但脑子里却在推开她：“我不需要你服我。”

话毕，他竟真的从她身上抽离出来，旋即走进浴室，全然不顾她欲求不满的愤慨。于是她跟着站起来，走入浴室，对正在冲洗的他恨恨道：“你以为这样就能了结了？我告诉你，秦亚哲不会放过你的！他已经把施常云和朱芳华都做掉了！”

他果然愣了一下，而后继续清洗身上的汗液。琪芸在他矮小健壮的躯体上，看见了诸多陌生的东西，譬如情爱、妒意，以及疲惫。她承认自己终究也无法弄明白任何一个男人的想法，这大抵便是她与小胡蝶的区别，后者总有办法让男人围着她转，她却只能出现在银幕上，远距离释放魅力，才能颠倒众生。冯刚曾经私下讲过这样的话：“我第一次看到琪芸，觉得她没什么吸引力，无非是脸盘子娇小，特别上镜罢了。但透过镜头去看她，她的气质姿色是丝毫不输上官珏儿的，真是奇怪。”

所以琪芸面对真实的男人，总是失些底气，所以想着，或者与旭仔没有肌肤之亲会好一些？被对方这样厌弃，着实令她懊恼，尤其是这样今朝不知明朝事的“小赤佬”。

“侬讲清爽，侬是不是想不认账？侬杀得了侬老板，就杀得了我！侬有本事，现在就杀掉我，大家都好过！”这气话一说出口，她便有些后悔。之前对邢志刚的痴，抵不过她对尊严的需求，于是便让他这么样去了；但旭仔实际上有些像她兄长，也是傲慢而纤细的。童年在家乡的时候，会一面吃她做的豆腐，一面眉头紧皱，为这一年的庄稼收成操心。

这个忧虑的表情，终究决定了她后来的命运。

此时，睡房外“笃笃”两声轻响，将二人尴尬的僵持气氛登时打散了。娘姨在门外怯生生道：“琪芸小姐，有人寻。”

“啥人？”她边问边走出浴室，披了件晨褛，将腰带系紧。

外头过了好一歇才有了回复：“是……是个记者。”

“先把他名片递进来，我看一看。”

正说着，旭仔也已穿好衬衫长裤，将一支手枪插在腰后。那支枪自琪芸交予他之后，便像长在他身上的一块肉。他埋头穿鞋的时候，外头娘姨又道：“伊讲伊忘记带来，报个名字可以哇？”

“不行唉，当我是什么，谁都可以采访的吗？也没个预约！”琪芸一面假装动气，一面迅速换上毛衣和长裤，同时与旭仔对望一眼。

只是这一眼，便将先前的恩怨一笔勾销了。

“伊讲伊预约过的，是秘书忘记掉了。”

“哪里会有忘记掉的事情？乱讲！”

琪芸猛地将门打开，正欲对着神色凝重的娘姨一通吼。

孰料那娘姨却愣愣地看了她一会儿，突然喉间绽开一个洞，血浆喷溅在琪芸雪白的面孔上……

琪芸没有尖叫，却是顺势将娘姨一抱，便疾速退后。几声枪响，那娘姨头颅上又开了几个血洞，遂被琪芸推到一边。旭仔此时也已经拔枪向袭击者开火，但对方动作异常灵敏，很快便闪过了，躲在门框外头，只露一支枪管进行还击。火花在地板上不住弹跳，几个空弹壳擦过琪芸的面孔，她已分不清哪些是自己的血，哪些又是娘姨的，只猫着腰躲在旭仔后头。

“你从窗口跳出去。”旭仔艰难地回过头来看她。

“那你呢？”她看出他已受了伤，却不知伤在哪里，只得咬牙移至窗边，将窗子打开。只听得“啵啵”两声闷响，琪芸只觉肩部一阵灼烫，她跳下窗台，重新与旭仔贴在一道。

两个人这才发现，已经逃不掉了。

“扑街！”

旭仔怒骂一声，挣扎着将床垫竖起，迎着睡房门口的枪弹前进，后边的杀手也已跳窗进入室内。琪芸抹开眼前的血污，试图看清楚对方，对方的礼帽帽檐压得极低，遮住了眼睛。

“东西在哪儿？”

那人已用枪抵住琪芸的眉心。她肩部的灼热感尚未褪尽，所以还感觉不到痛楚，一只手下意识地搭在旭仔的小腿上，却摸到一把咸湿的血液。他果然受了伤！

另一个杀手也已停止射击，走进房内，一声不响地开始翻弄。

“告诉秦亚哲，东西已经被我卖了！”琪芸恨恨道，她知道自己还在不停流血。

“卖去了哪里？钱呢？”那个干掉了娘姨的杀手追问，声音里有种别致的铿锵感。

琪芸不再讲话。

杀手冷不丁往旭仔另一条健全的腿上开了一枪，旭仔遂大叫了一声，双眸喷出怒火。

“不……不晓得！”

杀手点头道：“很好，最好所有人都不晓得。”

话毕，将枪管再次举向琪芸的眉心。

“我晓得！你们等一等！我晓得！我带你们去拿！”

两个杀手与琪芸一样露出错愕的表情，因那口口声声讲“晓得”的年轻女子，站在一片狼藉的睡房门口，双手抱在脑后，神色紧张而兴奋。

旭仔勉强回头去看，那女人很眼熟，像是从前在百乐门上过班的一个香烟妹。紧接着，从香烟妹身后又钻出一个书生模样的男人来，同样神色惶恐。

两个杀手面面相觑，几秒钟之后才反应过来。其中一个用枪管将帽檐往上顶了顶，露出一对极富朝气的眉眼，左眼皮上有一块指甲盖大小的红斑。

“哈哈！”那眼皮上有红斑的杀手突然笑了两声，将枪口指向杜春晓与夏冰。

夏冰忙将身体挡在前头，虽然已吓得手脚打战，行动还是英勇的：“我……我带你们去！但……但你们要……要放了他们！”

杀手刚要张口，突然胸口绽开一朵血花，他自己似乎亦有些不相信，抬手抚摸了一下不住流血的伤口，才缓缓倒下。另一个杀手显然有些慌乱，对着夏冰猛烈射击。

杜春晓忙将夏冰的头颅摁下，二人一起扑倒在地。子弹在他们头顶呼啸而过，夏冰完全不敢抬头，只在心中念了几百遍的“阿弥陀佛”，直念到一记明快响亮的笑声在上方响起：“哈哈！希望我没有迟到。”

夏冰这才仰起脑袋，怒视着乐呵呵的埃里耶。

杜春晓也站起来，看着被撂倒在地的两个杀手，长长地舒了一口气。

“真奇怪啊，杜小姐。”埃里耶用轻快的语气道，“按您的个性，一定不会在意这两个人的性命，怎么在那么危险的时刻跳出来救人了呢？”

“因为在阿加莎女士的小说里，波洛侦探总要在好几个嫌疑人面前解开谜底，揪出真凶。如果人太少，我会觉得自己还不够像个侦探。”杜春晓答得理直气壮，眼里闪烁着希望之光。

-2-

毕小青站在客厅内，腰杆笔直，面色铁青。秦亚哲则坐于酸枝椅上，悠悠然喝一盏茶，他似乎一点也不急，只等答案揭晓的一刻。埃里耶东张西望，似乎相对案情来讲，对琳琅满目的古董更感兴趣，可见财富在每个人心中都占据着重要位置。夏冰已熟门熟路，便没有太多拘束，只一脸正色坐着。

“也没什么，今朝过来，无非是想请五太太认个人。”

“昨儿不是去医院认过了吗？”毕小青穿着白色硬绸长棉袄，领子浆得极挺括，让她的下巴不由得抬高，讲话显得傲气十足，“一个是大明星琪芸，谁会不认得？另一个脸上有疤的男子，却是没有见过的。”

“五太太误会了，今朝要您认的，是另外一个人。”杜春晓笑道，“一个死人。”

毕小青也不言语，只定定望着客厅大门的方向，似是已做好准备等着。

“五太太……哦不，是毕小姐……也不对，应该称呼您为秦大小姐吧？”

“杜小姐，饭能乱吃，话不能乱讲啊。”开腔的竟是李治，他不知何时已站在门前。

“我有没有乱讲，秦爷心里头最清楚了，是不是？”

“杜小姐，有话快讲，不要耽误时间。”秦亚哲背上如火烧一般，仿佛有只虫子在啃咬皮肉，所以恨不能当即离座，浸在雪水里凉快一下。可同时，他的焦虑又来自于杜春晓那句“秦大小姐”。这几个字预示着诸多秘密即将被揭穿，有他知道的一部分，更有他不知道的，所以他必须忍住疼痛，坐到最后。

“我一直奇怪，既然您的五姨太在外边偷人的事情是铁证如山，您又对她下了‘毒手’，又缘何她死里逃生的事情连我都查到了，您却是不知道？更何况人还躲在那么显眼的地方，除非人脉广阔，可布下天罗地网的洪帮二当家睁只眼闭只眼，否则又怎会放过她？您不是把您的另外三个小妾都处理掉了吗？女人嘛，就是衣裳，脱了一件，可以再买十件新的。但女儿就不一样了，那是您的贴心小棉袄，哪是说丢就丢的？更何况，您这个女儿，讲得好听点是父亲的心肝宝贝，难听点，却是您手下的爪牙。有些事情让弟兄去办放心，但有一些更重要的，关系到身家性命的，却还得让血肉相连的亲人去做，最无后顾之忧，可是这个道理？”杜春晓边讲边蹲在地上，用塔罗摆出中阿尔克那的阵形。

中阿尔克那阵形共布十张牌，中间两张牌十字交叠，上下左右再各摆一张，最后右侧呈斜翅状布四张。

“你这话说得可奇了，我能帮秦老爷办什么事？”毕小青冷冷开了口。

“当然是大事！”杜春晓翻开十字状交叠中底下的那张现状牌——正位的隐者，“你看这张牌，说明事情办得还不太妙，该找到的东西都藏着，所以麻烦大了。”

说毕，她已翻开现状牌上头横压着的障碍牌——世界。

“我一早便跟施二少讲过，邢志刚、斯蒂芬、高文与你之间，必然存在某种利益交易，所以才闯下大祸。这个祸端，还包括黄浦江上接连不断的浮尸。我很早以前听一个包打听讲起过，如今最赚钱的是烟土生意，大半个上海滩的烟土都从黄金荣那里出货，别人分不到半个子儿，上海老街上大大小小几十个鸦片馆，秦爷可都是有份照管的，这也不是什么秘密。可是人终会见钱眼开，这才出现了所谓的‘小八股党’，盘踞在松江口一带，专门打劫过往的潮州帮与两广帮运往英租界的鸦片。原本对于这样的事体，大当家黄金荣黄老爷自然是要管的，他来管，谁来做呢？这任务便落到秦爷头上。秦爷您后来搞出的‘大八股党’便专门负责秘密沿途护送，一遇‘小八股党’作乱，便去摆平。不过张啸林亦非等闲之辈，遇上旗鼓相当的对手，当与之结盟才是上上策，二人联手做这些黑买卖真是再好不过。每个月不要多，劫两三趟便可，其余的自按正常渠道流入上海，既能给大当家交代，又能中饱私囊，果然是一举两得哪！

“但是秦爷手下的人，其实也是跟着大当家做事的，所以这个您亲手组织的‘大八股党’对您来讲并不可靠，还得用尽办法打点堵住那班兄弟的嘴。与其如此，还不如秘密招兵买马，组成‘八股党’以外的新势力，再与张啸林合作。这个新组织的人选当然不能从洪帮里挖，他们必须是新面孔，新身份，最重要的是有一个不容生疑的背景。后来您终于找着了，他就是邢志刚。”杜春晓清了清嗓子，翻开希望牌——逆位的倒吊男，“正值国难当头，办舞厅自不是长久的营利之道，邢志刚也在愁将来的生路，和秦爷您是一拍即合呀！可同时，邢志刚也有自己的问题，他除了旭仔之类的一群男保镖和大堂领班，手下全是舞女，根本不能做劫匪，更何况，如果用他自己的人实在冒险，想要自保，就得出些奇招，比如用外国人。”

听到这里，埃里耶忍不住插话道：“的确，那帮俄国流氓很强悍。”

“没错，邢志刚的下一步计划，就是从与洋人有关系的舞女身上开刀，结果找了一圈，唯有小胡蝶的金主施二少，似乎与一个英国人有些牵连。这个英国人既能找到洋人为其卖命，甚至还有渠道把烟土出掉，这可是做梦都想不到的最佳人选！小胡蝶找到施二少，施二少便去找了斯蒂芬，斯蒂芬负责去贫民区招收俄罗斯恶棍。于是，人马齐备，也打听到那一晚有货下来，发财的机会就在眼前！之所以我知道那些劫匪是外国人，完全是托秦爷的福，被作为赎出秦大小姐的人派出去，结果遭了抢，那些人头上蒙着黑布，看不清面目，但口音很古怪。我想来想去，后来和埃里耶聊天的时候才想到，洋人讲生硬的中国话就是这种腔调！只可惜——”

杜春晓翻开旧时牌——逆位的力量。

“只可惜这一次，你们劫到的烟土既不是潮州帮的，也不是两广帮的，竟是日本人的！当然，不管是从谁那里抢来的货，这几大箱烟土等于满满几箱钞票，所以到了手便可以，其他一律都不是问题。可是，当这批烟土交到斯蒂芬手里的时候，斯蒂芬却没有碰，他让那帮俄罗斯人把货拿去给钟表店老板高文，想换成现金。虽然高文是个守财奴，但考虑到通货膨胀的问题，一般聪明的财主都会把钞票换成保值的黄金珠宝，所以高文的老伙计孟伯说那几个俄国佬是拿珠宝抵押给高文换现金，其实根本不对，事情正相反，是高文用珠宝换下了俄国佬手中的烟土。拿到珠宝之后，斯蒂芬扣除了他自己的那部分，并且将其余的全交给了施常云。哦，忘记讲了，施二少是个精明人，同时也是个鸦片鬼，在牢里越吃越胖，是因为不能过大烟瘾，所以当时他选择要了一箱烟土，却没有要珠宝。

“正当邢志刚打算将珠宝交给秦爷的时候，这些东西却不慎落入了小胡蝶的眼，于是小胡蝶将珠宝盗走，人也失了踪。起初，我与邢志刚的想法一样，觉得这舞女必定也是拜金女郎。直到唐晖与我说她当选了花国大总统，米露露也说她气质优雅，谈吐不凡，还会演奏西洋乐器，又有皇族后裔的背景，只是命运不济，落魄到在长三书寓卖笑的时候，我才想到，兴许那有苏北口音的小胡蝶才是伪装，金玉仙则是真名，她确是皇族后代，为掩盖真实身份才装成低俗的蓬拆小姐也未可知。不过秦爷总是慧眼识人，当初百乐门里想勾搭您的可还有姿色远在小胡蝶之上的米露露和琪芸，您却偏偏选中了她，可见也是被她骨子里的高贵吸引，晓得她是个宝物。”

杜春晓此刻脸上浮现出惋惜的神情，缓缓翻开近时牌——正位的太阳：“一位皇族后裔，看到宫里的东西落到邢志刚手上，一时起意，意欲维护最后的皇族尊严，于是将它们拿了回来。可秦爷的眼线是无孔不入的，邢志刚也在到处找她，她在上海滩必定插翅难飞，除非将身份转换回来，这才摇身一变，成了金玉仙。”

“慢着，你又怎知这些珠宝是宫里的？”秦亚哲冷冷追问。

埃里耶欣然举手，用生硬的中国话说道：“因为我对贵国的珍奇古玩素来都很有兴趣。”

“可是……金玉仙错就错在，行事过分招摇。她以为只要让邢志刚他们坚定了‘小胡蝶只是与金玉仙长相相似’的想法，便会放她安然离开上海，所以索性抛头露面，出席大小上流宴会，还得意忘了形，竟将邢志刚珠宝中的一对钻石耳环戴出来了！被拍到后登在报纸上，这才惹来杀身之祸。”

“这么说，小胡蝶是邢志刚派人做掉的？”秦亚哲忍不住追问。

“不是。”杜春晓揭开将来牌——正位的女皇，“是另外一个人干的，这个人属于‘螳螂捕蝉，黄雀在后’里头的‘黄雀’。其实秦爷可以想一想，这批珠宝经过几个人的手，也就是有几个人看到过？无非是邢志刚、施常云与斯蒂芬三人，所以能从报纸登的图片上一眼认出来金玉仙就是小胡蝶的，也只有那三个人中的一个。但如果这只‘黄雀’是邢志刚，他无论怎样都能从金玉仙身上捞到一部分的珠宝来交差，比如她与那几个凶手一道出去郊游时那身价值不菲的行头，可是他什么都交不出来，甚至脑子发晕杀了燕姐，想避过这一劫。施常云呢？那时已经在牢里了，更不可能有这个本事安排人来行凶，所以这个人——”

“只有斯蒂芬？”说到斯蒂芬，埃里耶便两眼放光。

“也可能是与他认识的某个人。”杜春晓翻开真心牌——正位的女祭司，“刚刚是女皇，现在是女祭司，可见这个事情也只能是女人搞出来的了。秦大小姐，可是这个道理？”

众人将眼睛都望向了一直端坐的毕小青。

-3-

“今朝让你来认这个尸，其实我也是于心不忍的。”

杜春晓说毕，便将脸朝向门外张望，两个巡捕抬了一具用白布盖上的死尸进来，放于大厅正中。虽说天气冷，闻不出尸臭，但还是让在场者无不神情凝重。杜春晓蹲下，揭开白布一角，露出尸体的头颅，对毕小青道：“五太太可要过来认认他是谁？”

毕小青一声不响地站起，径直走到尸体跟前，略弯下腰瞧了一眼。这死人虽然面目惨白，左眼皮上的红斑却异常触目。她站在那里，胸膛略略有些起伏，面上却是纹丝不动的，只看了几秒钟，便折转身，道：“从来不认得。”

“怎么会不认得呢？”杜春晓故作惊讶道，“这儿所有人都可以不认得，唯独您不能不认得。”

“这话又怎么讲？”

“虽然他不是大名鼎鼎，与宋玉山不能比，可他也是梨园长大的，跑的是大龙套。您看了多少回戏了，又到过多少回后台，怎么也该认得吧？！”杜春晓翻开右侧第一张真心牌——恋人，“自从你娘姨那儿听说秦爷把你掐晕后弃之荒野那件事，我就觉得奇怪，这一切太牵强了。首先那张宋玉山的照片是哪里来的？根据秦大小姐您自己的讲法，乃是其他三位姨太太中的某一位陷害了您，可另三位太太又不是戏迷，纵能托人买到流传在市面上的宋老板的照片，也一定是戏服照，生活照必是没有的。可见那张照片，少不得还是你这位名义上的五太太自己弄来的，一来是为了演场戏逃脱某些危险，二来是为了在秦爷面前掩盖自己真正的相好——就是这位没有走红过的小武生陆云龙。”

毕小青嘴里“哧”的一声，道：“你可真会编！我何必演这场戏？再说了，万一真被秦爷杀了呢？”

“不会的。”杜春晓翻开环境牌——高塔，笑道，“这本就是秦爷一番苦心，要让您逃离秦公馆来着，又怎么会真的忍心伤您？”

“为什么他要让我假死逃离这儿？这可有趣了。”

“还不是因为那批货？那是日本人运进的鸦片，恐怕与大当家早打过招呼了，货物特殊，务必要安全送达。可惜货已脱手，甚至还闹出大事体来了。大当家不是糊涂人，自然对帮内出现吃里爬外的事儿敏感，所以他给出秦爷期限，要他把货交出，他不要钱，要货。当然，秦爷您也不敢交钱充数，因这一交钱，就表示默认了自己与‘小八股党’暗通款曲的事儿。这就是您后来通过我演了一出戏，找个由头把三位姨太太秘密护送到杭州的原因吧？送去杭州大抵是为了转移大当家的视线，好让他的人在那里扑空，即便你那三位夫人全部落入他手里也无关紧要，重要的是你的女儿不能成为要挟你的工具，所以你们才在娘姨朱慧娟眼前演了那一出。”

“杜小姐实在是讲故事的高手。”秦亚哲拍手道。

“哪里？秦大小姐，之所以我感觉您在演戏，兼因您将武生的戏服拿给裁缝改制有关。起初我也通过这戏服以为您是与宋玉山有染，但看了那张小报上登的您在车站为宋老板送行的照片后，便不再那样想了。因为从照片上看，你们完全不像心有灵犀的情人，宋老板侧转身体，反而有些避着您。大抵后来宋老板也察觉了你和陆云龙的事，所以陆云龙在舞台上用真刀捅死了他，因有那些‘秦家五太太与大武生宋玉山有一腿’的桃色新闻打掩护，所以人人都以为宋老板的死是秦爷一手造成的。秦爷之所以也没有澄清，是因为他正为那批烟土的事体忙得焦头烂额，甚至因怕事情败露，杀了曝出小胡蝶失踪案的《申报》老板月竹风一家。秦大小姐冰雪聪明，就在这节骨眼上说服秦爷让您假死，然后暗中调查那批烟土的下落，招数倒也高明。

“想要回烟土，必须找到两个人——斯蒂芬与施常云。所以秦大小姐私下与斯蒂芬联系，想赎回那批烟土。斯蒂芬那时正好通过报纸看到，已摇身一变成为花国大总统的小胡蝶耳垂上戴着的钻石正是他从高文那里换来的珠宝，于是他便将小胡蝶的下落告知秦大小姐，跟她讲唯有拿回原来的珠宝，才能从收货人那里换回烟土。这便是为什么，秦大小姐会让陆云龙假扮一位叫周启生的富家公子，将金玉仙约出来以便劫杀！

“另一方面，施常云身上还藏了一箱烟土的事，斯蒂芬必定也告诉秦大小姐了，所以当有人向施常云讨还这箱烟土的时候，施二少嗅觉灵敏得很，他晓得自己若不交出去，是要受苦刑的，交出去了也必死无疑。正犯愁的时候，却碰上他老爹杀了自己的大儿子……”

“什……什么？”这回轮到夏冰瞠目结舌了。

“没错，施家那位孝顺能干的大少爷是施逢德亲手所杀。”杜春晓神色也随之沉重起来，“我通过施家两个儿子的照片，及从底下佣人打探的情况，得知他们不是亲兄弟，换言之，施常风并非施逢德的亲生儿子。施常云却简直就是施逢德的翻版，所以扮成亲爹丝毫没有破绽。这大抵早就是施逢德的一个心结，眼看自己年纪渐大，手里的家产早晚是要交托出去的，但交给与自己没有血缘关系的人，必定心有不甘，要把这大儿子赶出去，那自己戴绿帽子的事体便会大白天下，又不能把因病早逝的夫人从坟里拉出来休掉，所以我猜想他的遗嘱里必定没有施常风的名字。可是施常风自然不会答应，尤其是他得知施常云与洪帮惹上麻烦之后，便跟施逢德谈判，要求家产分他一半，否则就把弟弟的事儿捅出来。施老爷必定是情急之下，从背后捅了那孽子一刀，施常风当场毙命。而'虎毒弑子'的一幕恰被施二少看到，他灵机一动，便拿了斧头对着已死的大哥尸体上乱砍一通，企图掩盖父亲下的毒手，让自己被关进监狱候审。反正横竖是死，待在牢里反而安全，尤其是施老爷财力雄厚，为这个宝贝儿子上下打点，住单间牢房，还有狱卒照顾。恐怕秦爷纵有通天的本事，也奈何不得他！"

说毕，杜春晓翻开第二张愿望牌——隐者："自然，藏在暗处的斯蒂芬知道金玉仙手头有那批珠宝之后，原本也正打它的主意，这便是为什么他会勾结洋人交际花珍妮。珍妮与他应该是俱乐部的旧识，起初斯蒂芬是想通过珍妮把金玉仙手上的珠宝捞到手，顺便打探对方的来路。但是后来既然有秦大小姐出马，他便以逸待劳，反正金玉仙的珠宝最后都会交到他手上，让他赎回烟土的。可是斯蒂芬并没有赎回烟土，因为高文已经被他指使的俄国佬灭了口，就算没有灭口，这批珠宝他也断无可能交还。不过……斯蒂芬与珍妮幽会的那个俱乐部，也是有名的地下赌场，在那里一掷千金是常事，斯蒂芬大抵是早已在那里输得倾家荡产，所以他分到的珠宝也必定是通过珍妮抵押给了高文。因为是个交际花来典当原来就属于高文的珠宝，高文自然也不会起疑心，只当是斯蒂芬生性风流，拿用烟土换得的珠宝来取悦女人。但是高文死了之后，斯蒂芬知道自己会被当作嫌疑人受审，那张抵押票是万万不能被发现的，于是他把东西交给自己的老相好珍妮保管。可惜的是，风声过了之后，珍妮却没有把抵押票交还斯蒂芬，因为她发现斯蒂芬与餐馆女招待艾媚有染，这让她因妒生恨，于是断然否认有收过这件东西。所以斯蒂芬才暗中指使几个俄国佬挟持珍妮，对她动用酷刑，逼迫她交出抵押票。这就是从俄国佬手里逃脱的珍妮牙齿被拔掉，身上有那么多伤痕，但她不去治伤，却首先冲入红石榴餐厅找斯蒂芬报仇的原因！

“当时，我对珍妮的死充满好奇，只觉这个女人一定是被动了酷刑，而且与斯蒂芬有关，她要追砍斯蒂芬，分明就是气极了，却不是气疯了。而一般受过酷刑的，必定是想从其身上挖掘到秘密，察觉这一点的，除了我之外，还有邢志刚。这便是某天夜里，夏冰潜入珍妮居所找线索的时候，会碰上那广东人旭仔的原因。不过旭仔好似先行一步找到了那张抵押票，只可惜他被后来一步的斯蒂芬推进地下室，拿走了抵押票。因为高文已死，这张抵押票可以通过英国领事馆，以取回寄存物的方式把这批被抵押的珠宝拿回来！”

“怪不得他不要俄罗斯人从高文那里抢来的现金和怀表，但仍然宣称自己会成为大赢家！”埃里耶不禁惊呼道，“谢天谢地，我这几天都派了警察在他的住所埋伏，他跑不掉的！”

杜春晓点头道：“你派的警察其实也等于在保护他，这也是为什么秦爷的人迟迟没有动斯蒂芬的原因。”

“狡猾的家伙！”埃里耶狠狠敲了一下桌子。

“自我的包打听小四告诉我关于‘大小八股党’在黄浦江上争抢烟土的事，我便怀疑整件事情与这个有关。不过抢烟土也是为了财，可秦爷难道不奇怪为什么大当家一定要追回那批烟土吗？按理讲，这批货没了，再等下一批不就行了？”

秦亚哲背上的疼痛已然钻心，只得勉强摇了摇头。

“原先，我也想不明白这批烟土究竟有多重要，直待看到这些照片才让我茅塞顿开。”杜春晓拿出一沓照片，举起其中一张，上头是一只打开的箱子，里边放满了瓷瓶。

“从前运送的鸦片，好像都是论包装的，为什么这些却是用瓷瓶装的？当然，装酒装菜也可以用，不巧的是，好像日本人搞什么毒气研究也会用到这玩意儿吧！我曾经委托埃里耶先生查过黄浦江上那些浮尸的死因，都不是溺水身亡，却是十指泛乌，像是中了什么不知名的毒，这些毒是从哪里来的？中毒的为什么偏偏都是流浪汉？这是我觉得最有趣的部分。”

杜春晓将那沓照片一张张摊于摆成中阿尔克那阵形的塔罗牌旁边，道：“所幸，唐晖给了我全部答案。”

她又举起一张相片，上面一个骨瘦如柴的烟客正软软躺在榻上，捧着烟枪的手上戴了偌大一个玉扳指：“这个人秦爷应该见过，他是月竹风公馆的大管家老何。因我在唐晖的采访簿上看到他最后记录的虽是对琪芸大小姐的采访，但是簿子最后页记着的却是一排地址，均是小东门几个烟馆的地址。于是我就想到，兴许唐晖以客人身份潜入鸦片馆在查一些事情，这些事情必定是与月竹风有关，因为他盯的那个人是老何。按唐晖的想法，老何能在没有经济来源的情况下抽得起鸦片，必定是在秦爷那里出卖过自己的主人。其实他的思路错了，老何能抽得起大烟，兼因他一直在替这些烟馆试烟。”

“试烟？”秦亚哲不由挑了挑眉毛。

“没错。”杜春晓点头道，“秦爷也许还不晓得你与张啸林联手做的第一笔大买卖就要了那么多人命吧？日本人把试验用毒掺入鸦片，通过大当家那条线运送入上海，原就是用来做人体实验的，所以这批货不能丢。可是，当高文把这些烟土悉数卖给各个烟馆的时候，却有客人吸了这个东西一命呜呼了！鸦片馆的人自然要找高文算这笔账，死了的人也要他负责，所以某个鸦片馆老板才会把死人烧成焦炭，装入原先放鸦片的藤箱，送到高文处，以威胁他赔钱偿命，这才是他躲进地下室以求自保的原因。施常云要我们找到高文要一只藤箱，其实想要的是一箱鸦片，他在被捕之前应该就与高文说好了，要他一箱鸦片来向秦亚哲的人交差，把两人的命都保下来，否则他要出卖高文也是易如反掌。但是当我们去找高文要一箱烟土的时候，他那里已经出事了，所以他抱着箱子逃命，兼因不想让我们知道他私贩的烟土出了大问题！而这件事，老街上其他几个烟馆也都听说了，于是他们每每有烟土进来，就先行在桥洞底下找些叫花子来试烟。抽了没事就拿出来公售，死了便将尸体往黄浦江里一抛了事，反正叫花子无家可归，没有亲人，死多少个都不会有人管。这便是黄浦江上连续有浮尸出现的原因！”

杜春晓又拿出另一张相片，上头是面容扭曲，口里塞满黑色泥状物的何管家。

“何管家的死很关键。他因为没有钱，主动提出要给各大烟馆试烟，连性命都不顾，才过得滋润，但夜路走多，终要撞到鬼，他依旧难逃一死。不过那烟馆不能把这样有家有室的人丢进黄浦江，所以让伙计张炽把他偷偷运回家中，制造他吞鸦片自尽的假象。你看这张照片上的尸体，手上已没有那玉扳指，这东西我们后来在那伙计身上找到了。”讲到这里，杜春晓的眼睛变得黯淡，“唐晖是拼死将这些真相都用相机拍下来的，宁可自己铤而走险，奉上性命也要揭开内幕，他果然还是做记者的本性……”

她脑中又掠过从张炽交出的烟枪里找到胶卷的情景，那是他用命换来的。

“所以我把在高文处的遭遇告诉施常云的时候，他比我先行猜到这批烟土一定是有问题，所以秦爷才急着把它们要回来。同时——”杜春晓顿了一下，道，“秘密追要这批烟土的，除了秦爷与秦大小姐之外，还有日本人自己派出的间谍。”

她又抽出一张泛黄的旧照，举过头顶，上面有两个穿和服的日本姑娘：“秦爷，这次您再来认一认，其中一位姑娘如今已红遍上海滩——就是如今的大明星琪芸。还是托埃里耶先生的福，我们查到了琪芸的底细，她原名田中菊子，出生于日本群马县的小山村，十二岁被卖到伪满洲国当慰安妇，在那里被训练成一名间谍，要她负责在上海配合田中隆吉与川岛芳子的工作，所以她第一个任务就是用美色接近秦爷，可惜秦爷没有吃她那一套，却选了小胡蝶。她只好另寻出路，离开百乐门，按上级的命令去参加女演员的甄选，这大抵是日本军部想炮制第二个山口淑子……哦不，是李香兰。

“这位田中菊子办事情果然比洪帮的人要细致，她率先找到斯蒂芬想要回鸦片，但斯蒂芬交给她的却是一箱残缺的焦尸，告诉她那批货有问题，但他可以帮她找到货的下落。这个所谓的‘下落’，自然是指施常云留在手上的那一箱烟土。田中菊子也是聪明人，她查到施家大少奶奶与这位施二少有私情，于是以施家大少奶奶的性命相要挟，想取回鸦片。大少奶奶后来频频给牢里的施二少送吃用物品，便是要传递这样的信息。当施常云交代朱芳华将鸦片交出之后，琪芸——也就是田中菊子却提出另一个要求，她要朱芳华把那箱子放在上官珏儿家中。这大抵是日本军部的人也不曾想到的事情，此举为的是顺便给上官珏儿制造麻烦，于是用那箱焦尸换下了放在上官珏儿家柴房中的鸦片。如此一来，上官珏儿因那‘箱尸奇案’彻底暴露了自己与施逢德的不正当关系，这条桃色新闻加上血案的陪衬，搞得上官珏儿几乎身败名裂。在这样的时机，制造她服毒自尽的假象，应该也没有人会怀疑。反正上官珏儿在家用餐的碗筷都是独一份儿的，在器具上下毒丝毫不会有人起疑心。把施逢德的车子弄坏，将她临时送进日本人开的医院，以便确保她会不治身亡也是这位日本女间谍的计划。这便是我在唐晖的采访簿上看到他问琪芸怎会知晓上官珏儿家的住址的原因。因为照片的关系，他必定是早对她有了怀疑，所以才会借采访的名义试探她的底细。”

“那邢志刚绑架小青的事又怎么讲？”秦亚哲问道。

“他真有绑架她吗？”杜春晓笑道，“邢先生躲在琪芸的住处，身边已没有一个人，能绑架秦大小姐是天方夜谭。唯一绑得住秦大小姐的只有她自己了。因为后来在船上抢赎金的就是斯蒂芬秘密收买的俄国佬，所以我才想到，也许只是秦大小姐为了与情郎远走高飞，临时起意，假装自己被绑，与斯蒂芬串通一气要讹亲爹一笔，顺便把黑锅罩在失踪了的邢志刚头上！但是这种讹诈方式却让你识破了，所以秦爷在我们被那些俄国佬绑住的时候才没有急着命自己的手下上前搭救，大抵就是要看看大小姐会玩什么花样！所以你做掉邢志刚之后，不得不又回来了。我说的可对？埃里耶询问过《浮萍花》的导演冯刚和受伤住院的旭仔，旭仔说他本想在当替身跳入海中之后，迅速游回船舱，将躲在箱子里的邢志刚处理掉，却不想似乎已有人帮他先做了一步，把箱子推进海里了。时辰倒是掐得刚刚好，所以他很快便做掉了邢先生。这个助旭仔一臂之力的人，应该就是您秦大小姐吧？”

“可以这么说！那箱子可是很沉的，花了我不少力气。”毕小青用漠然的态度接受一切指认。

“可是秦爷就在这个时候，与琪芸做了笔交易，琪芸向他提供一个情报，说有另一批日本人运来的烟土会在上海登陆，只要抢了来便可交差。秦爷这个当倒是上得不轻，其实那一批只是普通的烟土，潮州帮的货，你却为了这批货，把张啸林的人全都做掉了。正是中了日本人的计策，张啸林的人没了，斯蒂芬手里的那批俄国佬也没有了，‘小八股党’不复存在，秦爷你也从此断了财路，以后吴淞口又恢复秩序，日本人那些意在大面积杀戮的实验，也可以做得安枕无忧哪！”

秦亚哲背部如浸在炼狱的火焰之中，他几乎想就此卧倒，让冰凉的地板解放其痛苦。

“被琪芸耍了，也不能白耍，秦爷发现货不对，自然又来找她。琪芸再次借刀杀人，将施常云假扮施逢德的事体告知秦爷，导致施常云与朱芳华神秘失踪，这个失踪背后的真相，秦爷您应该知道得最清楚吧？我当时一直奇怪，施常云乔装的事情，除了我、朱芳华与埃里耶之外，没有其他人知道，如果有，那必定也是施二少的同谋。但回想起施二少脸上极为精细的老妆，我突然有些明白了，若非专业演员操持，根本出不了这样的效果。必定是琪芸为施二少化的妆，只骗他说既然货拿到了，便好事做到底，再助他一臂之力。施二少聪明一世，到底也有糊涂的时候，到底还是死在了她手上。所以后来，当发现施二少那里根本就没有那批货的时候，秦大小姐又派出自己最信赖的陆云龙，专程去送琪芸上西天，这便是陆云龙带着自己的一个伙计去那里送命的来龙去脉。”

杜春晓翻开最后一张结果牌——恶魔。

-4-

“等一等。”夏冰插话道，“为什么秦大小姐要杀邢志刚？他已经什么都没有了。”

“那可就要问秦大小姐了。”杜春晓又向毕小青发起攻势，“秦大小姐，您是要复仇的吧？报燕姐的仇。”

“为什么？”

“因为燕姐就是您的生母，可对？”杜春晓道，“每次秦爷逼得邢志刚走投无路之际，都是燕姐出来打圆场才过去了，秦爷之所以卖她的面子，兼因念及旧情分。原本我也没这么想过，只是听原来在百乐门做过的蓬拆小姐讲，燕姐还有个女儿，而她那份公开的遗书里头，也署了她的真名——毕雪燕。怎么就那么巧呢？秦大小姐也姓毕。我一直奇怪秦大小姐为什么这么恨邢志刚，于是做了大胆的假设。比方您以毕小青——也就是燕姐私生女的身份去参加‘上海小姐’的评选，拿到第二名是您的幸，也是不幸，幸的是您一朝飞上枝头变凤凰了，不幸的却是被亲爹看中，要娶作五姨太。而且当时您大抵也是蒙在鼓里的，燕姐却知道得一清二楚，只得向秦爷说明一切，于是秦爷明里是将毕小青娶回来了，实际大概也没有夫妻之实，只将她作为最亲近的心腹安置在公馆里头。秦大小姐也是一看母亲的遗书笔迹，便晓得是有人伪造的，这个仇是不惜断指也要报的。可是这个道理？”

“哼！”毕小青冷笑两声，道，“杜小姐果然是既能讲故事，人又聪明，把什么都猜着了。只可惜在上海的地盘上，不是靠推断、讲证据，就能天下无敌了。你今朝在这里讲了这一通，也不能说明什么。埃里耶先生，难不成，你要把秦爷和我当场铐了去？”

埃里耶忙连连摆手，笑道：“不敢，不敢呀！反正事情已经搞清楚了，我们也好回去交个差。秦先生保重，五太太也请保重。”

说毕，便令两个人抬了那尸体，与杜春晓、夏冰一道走出客厅，还未跨出门槛儿，只听得背后“扑通”一声，回头看去，秦亚哲已脸青唇白地倒在地上，嘴里发出诡异的号叫：“有鬼！有鬼来了！有鬼！黑白无常要捉我去了！捉我去了呀……”

还未等杜春晓他们反应过来，李治已先跑到秦亚哲跟前，托住他的头颅，将他乱挥的双手紧紧压住，冲着门外一个娘姨喊道：“快去叫大夫来！”

毕小青仍然僵立不动，瞟向秦亚哲的目光仍是冷的。

“我要先走了，有急事！”埃里耶似是顾不得这混乱场面，抬步小跑往外冲去，杜春晓也拉着夏冰跟上，与他一同上了车。

“急成这样，可是要去找斯蒂芬？”杜春晓也不由得紧张起来。

“对，因为通过大使馆领寄存物需要一个月的流程期，所以斯蒂芬也没有逃走，而是待在他的公寓里等待时机。如果没算错，这几天他应该已经接到大使馆的领取通知了，必须赶在这之前截住他！”埃里耶擦了擦头上的汗。

杜春晓借机笑他：“可见你这侦探根本就不是伸张正义的主儿，不过想赌一口气，才这么死盯着斯蒂芬。洪帮和日本人，你却是怎么也不敢惹的吧？”

埃里耶转过头，看了杜春晓一会儿，正色道：“他们要受到的教训，想来杜小姐应该早就安排好了吧？”

杜春晓笑而不语，只转头看向窗外，自言自语道：“希望我们能来得及。”

“杜小姐，我还有一点不明白，为什么旭仔会杀了自己一直效忠的主人邢志刚？”埃里耶的好奇心从来没有减轻过。

“你是不知道啊。”杜春晓回过头来，“秦爷的四姨太花弄影，与旭仔是老乡，据说感情好得很，若能双双回到家乡男耕女织，倒也不错。毕小青就是用花弄影的性命作威胁，让旭仔背叛原来的主子。”

“那旭仔呢？”

“他伤好之后，必定会先去杭州救花弄影。”

“金玉仙就是小胡蝶，她既然想换个身份逃出上海，又为什么要把珠宝戴出来？难道她不知道这样会让邢志刚识破？”

“我觉得……她实际上一直在求救，向唐晖求救。”杜春晓翻出唐晖在舞女大游行时拍的照片，上边的小胡蝶有一张模糊的脸，“大游行的时候，扮金玉仙的时候，她无时无刻不在请求唐晖救她。可同时，她又抱了必死的决心，故意露了财。”

“为什么她要寻死？”

“如果您站在她的立场上，一个皇族后裔，要卑颜屈膝存活于世，尤其是唐晖认出了她，接近了她，也几乎要追查到她的真实身份。可能索性还是死了要好过一些，有些尊严能得以保留。”

“原来如此——”埃里耶深吸了一口气，摇头道，“女人的心思实在是太复杂了。还有，我总觉得毕小青与秦亚哲之间并没有那么亲密……他们真是父女关系？”

“至少秦爷是这么以为的。”杜春晓得意道，“毕小青为日本人做事也是一定的。”

“哦？”埃里耶不禁瞪大双眼。

“我第一次去毕小青躲藏的住处找她，便看到她那里有男人穿的鞋子，给我的第一印象便是她有个男人。但很快，我又有了另一种想法，会不会她女扮男装在做些事情？比如扮成所谓的‘花爷’，秘密追查那些鸦片的下落。小四几次跟我提到这个花爷，我都搞不清楚那人是谁，但现在想来，那个人应该就是毕小青，她和琪芸有过合作。”

“那为什么后来又要杀她？”

“因为琪芸办砸的事太多，日本军部对她的价值评估肯定做得很低，所以要杀琪芸恐怕也是上级的命令。”

“毕小青为什么肯和日本人合作？”

“因为痛恨自己的父亲吧。”杜春晓的表情又不知不觉变得痛楚，“如果秦亚哲在知道毕小青是自己的亲骨肉之前，已经强暴了她，那么一切就很好解释了……我猜想，没有认父归宗，却依旧以姨太太的身份入了秦家，应该是她自己的决定。有一点，她倒是和我一样，喜欢装神弄鬼，把秦亚哲身边的人一个一个除掉，想是她早已打定主意要让他众叛亲离。”

“所以，他们只是血缘关系上的父女，实际二人之间的羁绊更加残酷。”埃里耶嘘唏道，“真不知道这姑娘先前承受了多大的痛苦。”

“承受苦难的人多得很，那些漂浮在黄浦江上的浮尸便是。会把人变成恶煞的，绝不是痛苦，而是仇恨。”杜春晓的声音低沉暗哑如断弦的小提琴，“上海滩最大的情报网其实是无处不在的叫花子组建起来的，他们是包打听获得信息的命脉。小四必是与那些叫花子交情深厚，因此才会决定追踪浮尸的事儿。所以别以为那些死人不值钱，自有人替他们讨回一个公道。”

“那个小四不是死了吗？”

“是死了。”夏冰终于开腔，道，“不过又还魂了。”

“还魂？”

“对，还魂。”

埃里耶已是一头雾水。

夏冰与杜春晓遂双双浮起神秘的微笑。

这是艾媚头一次与斯蒂芬出来逛街，她挽起他的手臂，小心翼翼，似是怕惊醒了他，又将她掸开。她晓得后头有人跟着，这反而令她有些自豪，女人为心爱的男人做事，总是要赴汤蹈火的，否则那爱情就算不得圆满。

二人兜兜转转，走在苏州路上，上海的深冬季节，街道仍是干净的。她买了一条鲜红围巾，放进包内，将那只斯蒂芬送她的鹿皮手袋撑得鼓鼓的。

“开心吗？”她抬头问他，一脸甜蜜。他却没有作答，面容仍是紧绷的。

“笑一笑嘛！”她柔声道，将胳膊挽得更紧一些。

“艾小姐！”

埃里耶极具亲和力的嗓音从背后传来。

“什么？”艾媚仿佛早有准备，歪着头问道。

“把斯蒂芬先生交给我吧。”

一想到艾媚今后的悲惨人生，埃里耶便有些不忍，于是语气愈发温柔。

“可是……”艾媚果然皱起眉头来，突然又莞尔一笑，道，“可是他不在这里呀！”

“他的确不在这里——”

那假扮斯蒂芬的俄国佬还未转过头来，站在埃里耶身后的杜春晓已颤声揭破了真相。埃里耶一拳打在俄国人赤红的面膛上，回头对一个便衣巡捕大吼：“你们都分不清外国人的长相吗？”随后便匆匆往停车的地方跑去，后头的几个便衣正上前将俄国佬与艾媚扣押。

此时艾媚大叫一声：“我不行了！”便整个身子蜷起，一条穿着厚袜子的腿上流下一道可疑的褐色液体。

夏冰忙将两个便衣拉开，冲着向汽车奔去的埃里耶大喊：“等一等！她需要送医院！”

埃里耶气喘吁吁地回过身来，看着面容痛楚的艾媚，狠狠跺了一下脚！

一路上，艾媚都在呻吟，她泪流满面，两只手紧紧握住杜春晓的左腕，只说：“一定要保住孩子……一定要保住孩子呀！”

杜春晓突然伸出右手，摸向她的裙底，然后望着手上沾染的鲜红血迹冷冷道：“不用保，因为你根本就没有流产。”

“什么？！”被愤怒烤灼得满头大汗的埃里耶惊诧地瞪着杜春晓。

“血不是粉红色的，她只是割破了自己的大腿。”杜春晓显得异常镇定。

“那我们回去追斯蒂芬！”

“追之前，还得把她送去医院，因为她割的是主动脉，恐怕再不抢救会失血致死。”杜春晓从棉袄上撕下一块长布条，系紧艾媚流血的大腿。

“浑蛋！”埃里耶用拳头狠狠砸了下车窗。

“这下……他可真成了大赢家了。”杜春晓想象着衣冠楚楚的斯蒂芬已坐上通往俄罗斯的火车，再经由俄罗斯回到他的祖国，带着那批价值连城的宫廷珍宝，真是天衣无缝的计划！

尾　声

李裁缝乐颠颠儿地捧一罐糯米粥过来找杜春晓拉家常的时候，夏冰正在满脸不情愿地收拾行李，杜春晓则像往常一般倒在沙发上读报纸。

“侬看看，有了钞票就不想着人家咧！报纸自己买了，把我李裁缝就忘掉了。”李裁缝笑吟吟地将粥放到桌上。杜春晓当即起来，冲进厨房拿了两只空碗出来。

夏冰看到了，气鼓鼓道：“你们给我剩一碗，不要都吃光！”

“有的，有的。”李裁缝与杜春晓坐到桌前，悉里索落喝起粥来。

“最近看侬蛮高兴，有啥好事体哇？肚皮里有了？”

“喏，这个好事体。”杜春晓点了点《申报》头版的大标题——《洪帮二当家“怪病”身亡》，而另一版的标题则是——《〈浮萍花〉女主角琪芸命殒上海大医院，死因蹊跷，疑似情杀》，主稿里讲的是琪芸在病床上被一神秘人割喉，引起轩然大波。

“哎哟，这两桩事体我也晓得的呀。”李裁缝忙将一条腿架起，唾沫横飞地说开了，“讲是这个秦老爷背脊上生了个怪东西，烂穿心唉！估计这种人坏事做绝，从里面烂出来了！侬讲是哇？还有这个琪芸，侬讲伊漂亮哇？我看是一点也不漂亮，比上官珏儿差得多咧！也不晓得怎么红成这样，在医院里被人家暗算，难道是上官珏儿的影迷做的？哈哈！”

“是的呀。”杜春晓笑道，“听人讲秦亚哲虽娶了那么多老婆，却是绝香火的，到头来也就一个五太太给他送葬，罪过啊。”

李裁缝一拍大腿，道：“啧啧啧……是罪过呀！”

他大抵不晓得，真正的罪过在于，如今毕小青一面被大当家黄金荣盯着，一面被日本军部盯着，都在向她讨要那批特殊的鸦片，她若再不想方设法逃走，恐怕是永无宁日。

“对咧，你们要回老家过年？现在怎么打包？”李裁缝见夏冰正将旧书捆起，便问道。

“是唉，回家过年的。”

“可回家过年要把书拿着做甚？”

“因过了年就不过来了。”杜春晓淡淡笑道。

“哎哟！怎么回事体？”李裁缝脸上的惋惜多过于惊讶，他可能隐约预见到，这一对古怪的小夫妻在这里住不长的。

“没怎么回事体，就是觉得不适应，还是走了算了。”

此时夏冰急忙也去厨房拿了一只空碗过来，将罐里余下的粥全倒出来，喝得极有滋味。

李裁缝蓦地觉得，他们也许是做了什么他不知道的大事，为了这样的大事来上海，又为了同样的大事离开。他便带着千万般的舍不得，离开了杜春晓的荒唐书铺——也是夏冰的私家侦探社。

“我们要去哪里，你可曾想好？”

送走这位热心肠的邻居后，夏冰一面继续将旧书打包起来，一面问杜春晓。

“我也不晓得，走一步看一步吧。反正只要不让黄金荣抓到，不让日本人秘密枪毙了就成。”杜春晓讪讪笑着，手里还握着唐晖的采访簿。

“春晓，我问你个事儿，你可能认真答我？”夏冰扶了一下滑落在鼻尖上的眼镜，像是鼓了极大的勇气才讲出口的。

“什么事儿？”

“其实……施二少是你想办法让他逃走的吧？把钢条放在巧克力盒子里。”他吞了一下口水，问道。

“是，这是我跟他做的交易，他助我破案，我助他越狱。他以为琪芸拿到箱子就没事了，所以要逃出来，也不排除他是想保护朱芳华。结果……男人遇上感情的事儿，与女人一样，会变得愚笨。”

“还有……为什么你知道流产时流出的血是粉红的？”

她顿了一下，面上浮起凄楚的薄笑：“你真想知道？”

夏冰咬了一下嘴唇，坚定地点了点头。

杜春晓站起身来，还是凌乱翻翘的短发，不合身却宽松舒适的短褂，仿佛从未离开过青云镇。

“我晓得要去哪里了。”她眼神遂清明起来，“去英格兰！去伦敦！”

“为……为什么？”夏冰惊觉眼前的女人无端被神秘的光彩所笼罩，变得明亮动人起来。

“你去那里寻找答案，我去那里了结一些关于斯蒂芬的旧事。”

“可是，要怎么去呢？”

“有小四……哦，应该是秦公馆的大管家李治帮忙，有哪里去不得？讲不定，那位自尊心很重的法国老侦探，也在那儿等着咱们呢！”

“对了，果然如你所料，旭仔从医院逃出来了。”他说话语气出奇地温柔。

“哦？去会他的老情人了？”她也料定他的温柔与爱情有关，于是一击即中核心。

“是，但你也弄错了，他会的女人不是花弄影，而是米露露。”

"哟，总算有你知我不知的事儿了，恭喜呀！"杜春晓横了他一眼，继续埋头喝粥。

"还有一件你不知的事儿，可想知道？"

"什么事儿？"

"你可晓得琪芸死后，《浮萍花》女主角给了谁演？"

"谁？"

只见夏冰一拍大腿，拿捏着戏腔一字一句道："正是那影坛新秀朱——圆——圆！"

杜春晓一口粥顺势喷出，溅了夏冰一脸。但他似乎没有动气，只用一双温和的眼看着她。她手忙脚乱地将他头上那顶鸭舌帽摘下，往自己那蓬乱短发上一扣，蜜色光线恰好扫过帽檐，将她的面孔照得线条明晰，英气十足，宛若摩登的男装丽人。